Marie Louise Fischer, 1922 in Düsseldorf geboren, studierte nach dem Abitur Theaterwissenschaft, Philosophie, Psychologie und Kunstgeschichte. 1951 schrieb sie ihr erstes Buch, dem viele andere folgten. Mit ihren großen Familienromanen hat sie Millionen Leser in aller Welt begeistert. Heute zählt sie zu den erfolgreichsten deutschen Schriftstellerinnen. Seit über zwanzig Jahren lebt sie auf dem Samerberg im Chiemgau. Sie war mit dem 1977 verstorbenen Schriftsteller Hans Gustl Kernmayr verheiratet und ist Mutter zweier Kinder.

Außer dem vorliegenden Band sind von Marie Louise Fischer als Goldmann-Taschenbücher erschienen:

Aus Liebe schuldig. Roman (3990)
Des Herzens unstillbare Sehnsucht. Roman (3669)
Diese heiß ersehnten Jahre. Roman (3826)
Ehebruch. Roman (6468)
Mit einer weißen Nelke. Roman (3508)
Schwester Daniela. Roman (3829)
Süßes Leben, bitteres Leben. Roman (3642)
Tödliche Hände. Roman (3856)
Die Deinharting-Trilogie:
Teil 1: Das Dragonerhaus. Roman (3869)
Teil 2: Die Rivalin. Roman (3706)
Teil 3: Die Frauen vom Schloß. Roman (3970)

Marie Louise Fischer

Der Schatten des anderen

Roman

Wilhelm Goldmann Verlag

1. Auflage Februar 1979 · 1.– 40. Tsd.
2. Auflage Juli 1979 · 41.– 70. Tsd.
3. Auflage Januar 1981 · 71.– 90. Tsd.
4. Auflage Januar 1983 · 91.–105. Tsd.

Made in Germany

Umschlagentwurf: Atelier Adolf & Angelika Bachmann, München
Umschlagfoto: Dell Books, New York
Gesamtherstellung: Elsnerdruck GmbH, Berlin
Verlagsnummer: 3715
Lektorat: Martin Vosseler · Herstellung: Peter Papenbrok/He
ISBN 3-442-03715-8

Daß ich Hans Ullrich Garden kennenlernte, war reiner Zufall – natürlich, man könnte es auch als seltsame Fügung des Schicksals bezeichnen, das kommt ganz darauf an, welchen Standpunkt man zu den Ereignissen dieser Welt einnimmt. Jedenfalls war es höchst ungewöhnlich, daß ich an jenem Samstagabend allein von der Universität nach Hause ging. Sonst war ich fast immer mit meiner Freundin Renate Römer zusammen, Peter, Bill, Pützchen und noch ein paar andere Figuren pflegten unseren Geleitzug zu ergänzen. Aber an jenem Abend war der ganze Haufen ins Kino gegangen. Es wurde ein französischer Film der »Neuen Welle« gegeben, auf den sie alle scharf waren. Natürlich hatte ich ursprünglich mit von der Partie sein wollen, aber nach dem soziologischen Seminar hatte Professor Gahlen mich zurückgehalten, um mich mit einem Referat zu betrauen. »Technisierung der Freizeitgestaltung.« Professor Gahlen hatte es sich nicht nehmen lassen, mich auf alle möglichen Gesichtspunkte, die ich berücksichtigen sollte, aufmerksam zu machen, und als er endlich glaubte, alle Unklarheiten beseitigt zu haben, waren die anderen längst von dannen. Ich war, ehrlich gestanden, nicht einmal traurig darüber. Den Film konnte ich mir morgen auch noch ansehen, und falls Renate mir berichtete, daß er eine Enttäuschung gewesen war, hatte ich sogar vier Mark und fünfzig Pfennig gespart. Ich empfand es als ausgesprochen angenehm, einmal allein zu sein und Zeit zu haben, und ich entschloß mich, nicht wie gewöhnlich durch die engen Gassen der alten Stadt nach Hause zu gehen, sondern einen Umweg durch den Park zu machen.

Es war ein milder Abend im April. Der Himmel war noch hell, aber die schmale Sichel des aufgehenden Mondes hing schon über den mächtigen alten Bäumen. Es roch verheißungsvoll nach Erde, feuchtem Laub und Frühling. Es fehlte nur noch das süße Schlagen der Nachtigall, um mich in eine poetische Stimmung zu versetzen. Statt dessen war von fern her ein Höllenlärm zu hören, ein sonderbares Geschrei und Rhabarberrhabarber, dessen Ursprung ich mir nicht erklären konnte.

Als ich in die Nähe des Konzerthauses kam – ein ganz moderner Bau, erst nach dem Krieg errichtet, und eigentlich viel zu groß für unsere kleine Universitätsstadt –, sah ich eine Menschenmenge. Es waren vorwiegend junge Leute, das, was man heutzutage Teenager und Halbstarke nennt. Sie versuchten, die Kette der Polizisten, die eine Absperrung bildeten, zu zerreißen, und gerade, als ich mich näherte, gelang es ihnen.

Im ersten Augenblick glaubte ich, daß sich die Menschen um eine Unglücksstelle drängten, aber dann fiel mir ein, daß heute nachmittag im Konzerthaus eine Fernsehveranstaltung stattgefunden hatte. Anscheinend war sie gerade zu Ende, denn während die Jugendlichen zum Konzerthaus stürmten, strömte das Publikum heraus. Es kam zu Zusammenstößen, Schimpfworte flogen hin und her, der Polizei gelang es offensichtlich nicht, Ordnung zu schaffen.

Eine Weile schaute ich mir den Tumult aus sicherer Entfernung an, überlegte mir, ob solche Zeiterscheinungen auch zur Technisierung der Freizeitgestaltung zu rechnen waren, dann wurde mir die Sache zu dumm, und ich beschloß, mich aus dem Staub zu machen. Das Hauptportal und der Künstlereingang waren von Menschen blockiert. Es blieb mir nichts anderes übrig, als mich an der stillen, fast unbeleuchteten Seite des Konzerthauses vorbeizuschlängeln.

Ich hatte fast die Rückseite des Gebäudes erreicht, als ich sah, wie wenige Schritte vor mir die Flügel eines Fensters im Hochparterre von innen aufgestoßen wurden. Ein junger Polizist sprang federnd heraus, richtete sich auf, streckte seine Hand nach oben und sagte: »Kommen Sie! Die Luft scheint rein zu sein!«

Gleichzeitig näherte sich eine stattliche Limousine, die vorschriftswidrig an der linken Fahrbahnseite stoppte. Meine Neugier war geweckt. Ich blieb stehen und starrte hinauf.

Ein Herr in Wintermantel und Hut kletterte aus dem Fenster, sprang auf die Straße – nicht ganz so elastisch wie der junge Polizist. »Au, verdammt!« sagte er und rieb sich seinen rechten Knöchel. Der Hut war ihm vom Kopf geflogen, der Polizist lief hinterher, hatte ihn nach wenigen Schritten eingeholt und brachte ihn zurück.

»Danke«, sagte der Herr und stülpte sich den Hut wieder auf das blonde, leicht zerzauste Haar. Dann plötzlich sah er mich, und ich errötete unwillkürlich unter seinem Blick – nicht, weil er mich als Mann beeindruckt hatte, sondern weil mir zu Bewußtsein kam, daß ich mit offenem Mund wie ein Schulmädel dagestanden und ihn angestarrt hatte. Ich hoffte, daß er mein albernes Rotwerden in dem Halbdunkel der Gasse nicht bemerkt hatte, gab mir einen Ruck und setzte mich in Trab, um weiterzugehen.

Er deutete meine Reaktion offensichtlich falsch. »Na, Sie sind ja eine ganz Gerissene, kleines Fräulein«, sagte er halb ärgerlich, halb geschmeichelt.

»Wieso?« fragte ich dumm.

»Na, kommen Sie her, ich weiß schon, was Sie wollen!« Er holte eine Fotografie aus der Innentasche seiner Jacke, drückte sie mir in die Hand. »So – und nun verschwinden Sie, aber rasch.«

Ich starrte von der Fotografie auf den seltsamen Vogel, der sie mir zugesteckt hatte. »Was soll ich damit?« fragte ich hilflos.

Der Mann hatte sich schon zum Gehen gewandt. Er drehte sich plötzlich noch einmal um. »Haben Sie etwa kein Autogramm gewollt?«

»Natürlich nicht. Ich kenne Sie ja gar nicht.«

Seine Augen wurden groß vor Verblüffung. »Was? Wollen Sie allen Ernstes behaupten, Sie kennen Hans Ullrich Garden nicht?«

Als ich den Namen hörte, ging mir ein ganzer Kronleuchter auf. Natürlich wußte ich, wer Hans Ullrich Garden war – jeder weiß es. Hans Ullrich Garden galt als *der* Quizmaster des Fernsehens. Trotzdem sagte ich – und es entsprach der Wahrheit: »Ich habe Sie noch nie gesehen.«

»Das darf doch nicht wahr sein!« sagte er voll ungläubigen Staunens.

Dann packte er mich, ehe ich wußte, wie mir geschah, beim Handgelenk und zerrte mich zum Auto. Als der Wagenschlag von innen geöffnet wurde, steckte er seinen Kopf hinein und sagte: »Stellen Sie sich vor, Lewin, was ich für einen Fang gemacht habe! Ein junges Mädchen«, er wandte sich mir zu, musterte mich prüfend und sagte dann, wieder in den Wagen hinein: »Zirka zwanzig Jahre alt, das noch nie etwas von Hans Ullrich Garden gehört hat! Was sagen Sie dazu?! Ist das nicht ein Phänomen?«

Aus dem Innern des Wagens ertönte ein boshaftes Kichern, und eine helle Stimme sagte: »Ein schwerer Schlag für Ihre Eitelkeit, wie?«

Hans Ullrich Garden lachte vergnügt. Entweder war sein Selbstbewußtsein so groß, daß man ihn nicht kränken konnte, oder er nahm sich doch nicht so ernst, wie es den Anschein hatte.

»Na, steigen Sie schon ein, Süße!« sagte er und wollte mir in den Wagen helfen.

Ich versuchte, mich seinem Griff zu entziehen. »Aber nein! Warum? Ich will doch nicht . . .«

Ohne auf meinen Protest und meine Abwehr zu achten, schob er mich auf den Rücksitz des Wagens, und wenige Sekunden später war ich ihm fast dankbar dafür, denn jetzt hatten die Fans den Quizmaster und das Auto entdeckt und rasten wie eine wilde Horde durch die dunkle schmale Straße auf uns zu. Bestimmt war jeder einzelne dieser jungen Leute für sich allein ziemlich harmlos, möglicherweise sogar liebenswert. Aber wie sie da grölend, mit aufgerissenen Mündern und funkelnden Augen auf uns zustürmten, eine wilde, fanatisierte Masse, erschrak ich bis ins Herz hinein. Ich schloß die Augen und preßte die Hände vor die Ohren, um nicht miterleben zu müssen, was jetzt kam. Tatsächlich geschah gar nichts. Der Motor heulte auf, der schwere Wagen setzte sich in Bewegung und brauste davon, und als ich wagte, durch das Rückfenster hinauszublicken, war alles schon vorüber.

»Das sind eben die Schattenseiten des Erfolges«, hörte ich Hans Ullrich Garden neben mir sagen, aber sein Tonfall verriet, daß er den wilden Ansturm in vollen Zügen genossen hatte.

»Tja«, spottete die helle Stimme auf meiner linken Seite, »unser Hans Ullrich Garden ist fast so berühmt wie ein Fußballspieler der Nationalmannschaft!«

Ich saß ziemlich eingequetscht zwischen den beiden Männern, zwischen Hans Ullrich Garden, dem Quizmaster, und dem anderen Mann, den er vorhin mit Lewin angesprochen hatte. Die Situation war mir mehr als unbehaglich.

»Bitte, kann ich jetzt aussteigen?« fragte ich.

»Kommt gar nicht in Frage«, antwortete Hans Ullrich Garden sofort. »Natürlich bringen wir Sie nach Hause – das ist doch wohl Ehrensache.«

»Es ist gar nicht weit – ich kann ebenso gut . . .«

»Wo wohnen Sie?« unterbrach mich der Mann namens Lewin. Er hatte das Gesicht eines großäugigen, klugen Vogels.

»Burgstallergasse sieben«, antwortete ich.

»Ihr Name?«

»Sonja Horn. Was soll das? Weshalb fragen Sie mich aus?«

»Kommen Sie, kleines Fräulein, regen Sie sich nicht auf!« Hans Ullrich Garden legte seinen Arm um meine Schulter, und ich fand in der Enge des Wagens keine Möglichkeit, ihn abzuschütteln. »Wir interessieren uns immer für Land und Leute. Ist es nicht so, Lewin?«

»Besonders für junge Damen, die dem sprichwörtlichen Charme unseres Quizmasters noch nicht verfallen sind!« sagte Lewin. »Sie sind Studentin?«

»Ja.«

»Und was wollen Sie werden?«

Jetzt wurde es mir wirklich zu dumm. »So fragt man die Leute aus, Herr Lewin«, sagte ich böse. »Was geht Sie das an, was ich bin und was ich werden will? Das ist doch wohl wirklich meine Privatsache.«

»Beim Fernsehen ist nichts privat.«

»Um so schlimmer für Sie! Bringen Sie mich jetzt nach Hause oder . . .«

»Ist sie nicht eine süße Kratzbürste, Lewin?« fragte Hans Ullrich Garden fast zärtlich und drückte mich fester an sich.

Herr Lewin beugte sich statt einer Antwort vor, klopfte dem Chauffeur auf die Schulter und sagte: »Bitte fahren Sie uns zur Burgstallergasse sieben.«

»Wo ist das?« fragte der Chauffeur, ohne sich umzusehen.

»Gleich an der Brücke«, erklärte ich ihm. »Es ist die Gasse hinter der Uferstraße!«

»Wollen wir die Kleine wirklich schon nach Hause bringen?« fragte Hans Ullrich Garden. »Wie wär's, wenn wir . . .«

»Bitte nehmen Sie die Hand von meinem Arm«, sagte ich, denn sein Griff war ziemlich besitzergreifend geworden.

Er lachte nur und machte keine Anstalten, meinem Wunsch zu

folgen. »Warum so spröde, Kleine?« fragte er. »Sind Sie etwa verlobt? Oder verliebt?«

»Bis jetzt noch nicht«, antwortete ich, »und wenn's mir mal passieren sollte, dann bestimmt nicht in einen aufgeblasenen Allerweltshelden!«

Lewin kicherte boshaft, und Hans Ullrich Garden wurde plötzlich stocksteif. »Finden Sie nicht auch, daß Sie reichlich vorlaut sind?« fragte er böse.

»Wie man in den Wald hineinruft, so schallt es heraus«, sagte ich, weil mir im Augenblick nichts Besseres einfiel.

Ich war froh, als der Wagen endlich vor dem schmalbrüstigen alten Haus in der Burgstallergasse hielt. Der Chauffeur stieg als erster aus, öffnete den Wagenschlag, und Hans Ullrich Garden mußte sich bequemen, mir Platz zu machen, damit ich herauskonnte.

Ich war erleichtert, als ich wieder auf sicherem Boden stand. »Gute Nacht«, sagte ich vergnügt, »eine angenehme Heimfahrt, und vielen Dank fürs Mitnehmen.« Ich wartete nicht mehr, bis der Wagen sich in Bewegung setzte, sondern ging sofort zum Haus und schloß die Tür auf. Während ich die steile Treppe hinaufkletterte, nahm ich mir fest vor, mit niemand über dieses dumme Abenteuer zu sprechen.

Aber, ehrlich gestanden, ich hielt diesen Vorsatz kaum eine Stunde. Dann kam meine Freundin Renate nach Hause, und ich war froh darüber, das verwirrende Erlebnis auf sie abladen zu können.

Renate fand es so komisch, daß auch ich endlich befreit darüber lachen konnte. Aber ein Rest von Unbehagen und Verwirrung blieb in meiner Seele zurück und nistete sich dort ein, so sehr ich mich auch bemühte, es abzuschütteln.

Drei Wochen später – die Semesterferien waren schon in erreichbare Nähe gerückt – erhielt ich einen sonderbaren Brief. Absender war ein Verkehrsbüro der nächsten Großstadt, der Umschlag enthielt eine Eintrittskarte für den 27. April.

»Sehr geehrtes Fräulein Horn«, lautete das Schreiben, »wir möchten uns erlauben, Ihnen heute im Auftrag eine Eintrittskarte für den öffentlichen Quizabend ›Lachen ist gesund‹ mit Hans Ullrich Garden zuzusenden. Hochachtungsvoll« und Unterschrift. Mehr nicht. Trotzdem war mir, als ich den Brief zum erstenmal las, völlig klar, daß der geheimnisvolle Auftraggeber nur Hans Ullrich Garden sein konnte. Leider äußerte ich mich auch dementsprechend zu Renate.

»Du spinnst wohl«, sagte sie mit herzlicher Grobheit, »also wirklich, Sonja, fast scheint mir, du bist noch eingebildeter als dieser Garden! Bildest du dir etwa im Ernst ein, du hättest einen solch unsterblichen Eindruck auf ihn gemacht, daß er es nicht mehr abwarten kann, dich endlich wiederzusehen?!«

»Natürlich nicht«, sagte ich kleinlaut.

»Na also. Oder hast du mich etwa angeschwindelt? Du hast doch erzählt, daß du ihm eine gründliche Abfuhr erteilt hättest, wie?«

»Ja«, sagte ich.

»Also, Menschenskind, Sonja, jetzt nimm doch mal deine gesunden fünf Sinne zusammen – wie sollte Hans Ullrich Garden wohl darauf verfallen, dir eine Einladungskarte zu seinem Quizabend zu schicken! Das wäre doch komplette Idiotie!«

Ich faltete den Brief zusammen und steckte ihn in meine Kollegtasche. »Und wer, glaubst du, könnte sich sonst einen solchen Spaß erlaubt haben?«

»Na, da kämen eine ganze Menge in Frage – Pützchen zum Beispiel oder Peter! Sie haben dich doch lange genug mit dieser Geschichte gefrozzelt – vielleicht wollen sie der Sache einen neuen Auftrieb geben.«

»Du glaubst doch wohl nicht im Ernst, daß die für so etwas Geld rauswerfen würden!«

»Warum nicht? Ein guter Witz ist ihnen schon was wert. Außerdem ist das immer noch wahrscheinlicher, als wenn Hans Ullrich Garden . . .«

»Hör schon auf damit. Vergiß es!« sagte ich. »Vielleicht war es wirklich eine dumme Idee von mir.«

»Gut, daß du das einsiehst!« Renate legte nachdenklich ihren Finger an die Nase. »Und wenn es gar kein Witz wäre?« fragte sie. »Paß auf, Professor Gahlen hat dir doch ein Referat über ›Technisierung der Freizeitgestaltung‹ gegeben, nicht wahr? Hat er dabei nicht besonders aufs Fernsehen hingewiesen?«

»Sogar ganz speziell.«

»Da haben wir's. Dann war er es, der dir die Eintrittskarte vermittelt hat, damit du auch weißt, worüber du schreibst. Ruf ihn gleich an, und du wirst es erfahren!«

Dieser Vorschlag war gut, aber nicht ausführbar. Professor Gahlen war vor zwei Tagen zu einem Soziologenkongreß nach London geflogen.

Im ersten Augenblick, als ich die Einladung in Händen hielt, war ich fest entschlossen gewesen, nicht zu der Quizsendung ins Funkhaus zu fahren, aber Renate war es gelungen, mich so zu verwirren, daß ich wirklich nicht mehr wußte, was ich tun sollte.

Wenn Peter oder Pützchen wirklich das Geld zusammengekratzt hätten, um einen Spaß zu finanzieren, dann wäre es doch direkt gemein gewesen, ihnen einen Strich durch die Rechnung zu machen. Sollte aber tatsächlich Professor Gahlen selber mir die Eintrittskarte besorgt haben, so würde er es wahrscheinlich in den falschen Hals bekommen, wenn ich nicht hinfuhr. Ich hörte geradezu seine belehrende Stimme in meinem inneren Ohr, wie er sagte: »Sie sind nicht unintelligent, Fräulein Horn, aber Sie lassen es an dem nötigen Wissensdurst fehlen. Um die soziologischen Zusammenhänge unseres Daseins zu erforschen, braucht man eine tüchtige Portion persönlicher Neugier – das ist es, was ich meinen Studenten immer wieder einzuprägen versuche.«

Das Einfachste wäre es natürlich gewesen, bei dem Eintrittskartenbüro zurückzufragen, um wen es sich bei dem geheimnisvollen Auftraggeber handle. Aber dazu blieb keine Zeit mehr. Die Quizsendung sollte am nächsten Sonntagabend, also in drei Tagen, stattfinden. Auf Renates Drängen hin entschloß ich mich, gegen mein erstes Gefühl, hinzufahren. Schließlich riskierte ich nichts. Ich rechnete mir aus, daß die Fernsehsendung um ungefähr zweiundzwanzig Uhr beendet sein würde, ich konnte also gut und gern noch mit dem Nachtzug um dreiundzwanzig Uhr vier zurückfahren.

Zwanzig Minuten vor Beginn der Fernsehsendung betrat ich das Funkhaus. Mein Zug war sechzehn Minuten nach sieben auf dem Südbahnhof eingelaufen, die wenigen Stationen bis zum Funkhaus hatte ich mit der Straßenbahn zurückgelegt. Jetzt blieb mir reichlich Zeit, mich in der Toilette zurechtzumachen.

Ich selber wäre am liebsten in Hose und Pullover gefahren, aber Renate hatte darauf bestanden, daß ich mein flaschengrünes

Wollkleid anzog, von dem ich immer behauptete, daß es mir am besten von allen meinen Sachen stünde. Es war gerade geschnitten, schmiegte sich eng an meinen Körper und brachte meine Formen – soweit man bei mir von so etwas überhaupt reden kann, denn ich bin sehr schlank – zur Geltung. Mein schwarzes Haar, das ich gewöhnlich mit einer leichten Innenrolle bis auf die Schultern herabfallend trage, hatte ich mir für den besonderen Anlaß aufgesteckt. Jetzt vor dem Spiegel im Toilettenraum des Funkhauses stellte ich fest, daß mich diese Frisur doch zu alt machte, und kämmte mir das Haar wieder herunter.

Ich hatte mir die Wimpern getuscht und nach oben gebürstet, die Augenbrauen leicht nachgezogen, jetzt tönte ich mir mit Renates apfelsinenfarbenem Lippenstift den Mund. Wie immer, wenn ich mich im Spiegel betrachtete, fand ich mich eigentlich recht hübsch – meine großen, weit auseinanderstehenden Augen liegen über hohen Backenknochen, die meinem Gesicht etwas Exotisches geben. Der Eindruck der leicht gewölbten breiten Stirn wird durch den spitzen Haaransatz gemildert, der mein Gesicht herzförmig erscheinen läßt, wie man in Romanen zu sagen pflegt. Meine Nase und mein Mund sind vielleicht etwas zu groß, aber gut geschnitten – kurzum, im großen und ganzen gesehen, kann ich mit mir zufrieden sein.

Ich weiß nicht, ob ich Charme habe – aber manchmal kommt es mir fast so vor –, aber Sex-Appeal habe ich bestimmt nicht. Für die Jungen, die ich kenne, bin ich ein »netter Kerl«. Ich bin allgemein beliebt, aber niemand würde sich für mich ein Bein ausreißen. Vielleicht liegt es einfach daran, daß ich falsch erzogen worden bin. Wenn ich eine Schwester Zsa Zsa Gabors wäre, hätte mir meine Mutter wahrscheinlich Tips gegeben, wie man die Männer beeindrucken und an der Nase herumführen kann. Aber ich stamme aus einer gutbürgerlichen, dazu noch glücklichen Ehe und – was wahrscheinlich das Schlimmste ist – habe vier Brüder. Zwei davon sind älter als ich, zwei jünger. In Romanen pflegen Brüder ihr einziges Schwesterlein zu beschützen und zu verwöhnen, die rauhe Wirklichkeit sieht anders aus. Meine Brüder haben mich immer als ihresgleichen behandelt, sie rauften und boxten mit mir herum, und wahrscheinlich hat diese Behandlung von vornherein jeden Keim von Sex-Appeal in mir erstickt.

Ich wurde in meinen trüben Betrachtungen vor dem Spiegel

von zwei schwatzenden Freundinnen gestört, die gleich mir in den Toilettenraum geeilt waren, um letzte Hand an ihre Schönheit zu legen. Ich hielt es für angebracht, meinen Platz freizugeben, und machte mich auf den Weg zum Funksaal.

Es war ein riesiger Raum, und ich blieb eine Weile in der Eingangstür stehen, um jede Einzelheit wahrzunehmen. Die Plätze waren amphitheatralisch ansteigend angeordnet. Riesige Scheinwerfer hingen jetzt noch glanzlos und tot an der Decke. Ich zählte fünf Kameras, an denen Männer in Lederjacken herummanipulierten. Durch den Mittelgang waren Schienen gelegt, auf denen die größte der Kameras hin und her fahren konnte.

Die ersten Zuschauer begannen in den Raum hineinzusickern, ich wurde von hinten gepufft und hielt es für besser, mich nach meinem Platz umzuschauen. Ich hatte schon zu Hause festgestellt, daß ich in der vierten Reihe saß, jetzt zeigte mir die livrierte Platzanweiserin meinen Sitz – er lag direkt am Mittelgang. Mir war etwas unbehaglich zumute, als ich Platz nahm, denn ich hatte das Gefühl, wie auf dem Präsentierteller zu sitzen. Dann beruhigte ich mich bei dem Gedanken, daß die Aufgabe der Kameraleute ja nicht darin bestehen konnte, das Publikum zu filmen, und daß Hans Ullrich Garden oben im Scheinwerferlicht mich auch auf meinem exponierten Platz sicher gar nicht bemerken konnte. Meine Reihe war fast noch leer, und mit einiger Spannung wartete ich darauf, wer sich neben mich setzen würde. Falls die Idee, mir eine Eintrittskarte zu schicken, von Pützchen oder Peter ausgeheckt worden war, mußte einer der beiden Knaben bestimmt gleich erscheinen. Aber nichts dergleichen geschah. Statt dessen setzte sich ein rundliches, mittelalterliches Ehepaar neben mich.

Meine Nervosität wuchs. Ich hatte plötzlich das Gefühl, in eine Falle gelockt worden zu sein. Verzweifelt klammerte ich mich an den Gedanken, daß Professor Gahlen mir die Eintrittskarte hatte zukommen lassen. Aber wenn er das wirklich getan hatte, warum hatte er mich nicht darauf vorbereitet? Mir war gar nicht wohl zumute.

Der Funksaal füllte sich sehr rasch, und mit dem Einströmen der Zuschauer wich meine Beklemmung. Ich duckte mich auf meinem Sitz zusammen, genoß das beruhigende Gefühl, in der Masse Menschen unterzutauchen.

Links von der Bühne, auf einem erhöhten Podium, nahmen die

Mannen des Tanzorchesters Bert Bünger Platz. Sie trugen alle die gleichen weißen Hosen und roten Jacketts. Der Name des Dirigenten war mit deutlich lesbaren weißen Buchstaben auf Schilder geprägt, die vor jedem der Musiker standen.

Als Bert Bünger persönlich erschien, geschah das mit solcher Fixigkeit, daß die wenigsten überhaupt begriffen, was vor sich ging. Mit wenigen Schritten stand er vor seinen Musikern, riß beide Arme hoch, und ein Begrüßungstusch erfüllte mit voller Lautstärke den großen Saal. Der Tusch ging in eine Art Kennmelodie über.

Dem Publikum blieb kaum Zeit zu klatschen, denn während die letzten Takte Musik noch nicht verklungen waren, trat schon die Fernsehansagerin – bescheiden strahlend wie jemand, der eine wunderbare Überraschung, diskret verpackt, überreichen darf – vor das Mikrofon und sagte die Veranstaltung an. Die große Kamera fuhr durch den Mittelgang näher und näher an sie heran, während sie mit geheimnisvollem Lächeln die mitwirkenden Sänger, Musiker und Artisten aufzählte. Dann hob sie die Stimme und sagte: »›Lachen ist gesund‹ – von und mit . . .« Ihre Stimme hob sich fast zu einem Stakkato, gleichzeitig setzte ein gewaltiger Trommelwirbel ein wie vor einer Artistensensation, die Bühne verdunkelte sich bis auf ein grelles Spotlight neben dem Mikrofon.

». . . Hans Ullrich Garden!«

Bei der Nennung dieses Namens, die wie ein Fanfarenstoß erfolgte, sprang in elegantem dunkelblauem Smoking mit einer Chrysantheme im Knopfloch der Quizmaster Hans Ullrich Garden in das kreisrunde Scheinwerferlicht und verbeugte sich mit glücklichem Lächeln nach allen Seiten.

Der Tusch des Orchesters wurde vom Riesenapplaus übertönt.

Es dauerte eine ganze Weile, bis sich der Beifall so weit gelegt hatte, daß Hans Ullrich Garden sprechen konnte. Er hob die Hände, wie um den Applaus zu dämpfen, dann rief er – die Lautsprecher sorgten dafür, daß seine tiefe sonore Stimme bis in den letzten Winkel des Raumes gut zu hören war: »Meine Damen und Herren, liebe Fernsehfreunde aus Nord und Süd, aus Ost und West, ich freue mich, ja ich freue mich aus ganzem Herzen, wieder bei Ihnen zu sein!«

Wieder brach Beifall los, und Hans Ullrich Garden verstummte, er verbeugte sich leicht, mit bescheidener Miene, als wenn er sagen wollte: Aber wirklich – das ist zuviel der Ehre! Viel zuviel der Ehre! Womit habe ich das verdient? Aber um seine Mundwinkel spielte ein eitles Lächeln, das verriet, wie wohl ihm die Anerkennung tat.

Endlich konnte er fortfahren. »Meine Damen und Herren, Sie sind wieder einmal – zum siebten Male – in unserer Sendung ›Lachen ist gesund‹ bei uns im großen Sendesaal des Funkhauses erschienen, und ich hoffe von ganzem Herzen, daß wir auch heute wieder unser gestecktes Ziel erreichen! Was wollen wir denn? Nichts weiter als von ganzem Herzen lachen, lachen und noch einmal lachen! Das Leben ist ernst und heiter die Kunst – die beliebte Kapelle Bert Bünger beginnt jetzt mit dem Paso doble ›Andalusische Nächte‹!« Hans Ullrich Garden zog sich mit einer Verbeugung aus dem Scheinwerferlicht zurück, während noch der Beifall prasselte, der von den heißen Rhythmen des Tanzorchesters übertönt wurde.

Ich ließ mich in meinen Sessel zurücksinken und holte tief Luft. Hans Ullrich Garden, so schien mir, wirkte auf der Bühne bei weitem attraktiver als im Privatleben. Mich stieß die Clownerie seines Auftretens ab. Was war das für ein Beruf für einen ausgewachsenen Mann, sich vor Millionen Zuschauern zum Narren zu machen!

Aber gleichzeitig mußte ich wider Willen anerkennen, daß er seine Aufgabe glänzend löste. Bestimmt war es alles andere als einfach, diese Menschenmassen zu verzaubern, ihnen ihre Individualität zu nehmen und sie zu einem riesigen Publikum zusammenzuschweißen.

Mir blieb keine Zeit, weiter über das Problem »Technisierung der Freizeitgestaltung« nachzudenken, denn schon klang der Paso doble aus, und Hans Ullrich Garden eilte mit elastischen Schritten auf den Vordergrund der jetzt von den riesigen Scheinwerfern völlig ausgeleuchteten Bühne.

»Und nun, meine Damen und Herren«, trompetete er, »geht's wieder einmal darum, die Quizlinge für unsere Sendung auszuwählen – wer von Ihnen, meine Herrschaften, hat Mut? Wer wagt sich hier herauf? Wer kann Spaß verstehen?«

Schon flogen die ersten Hände im Zuschauerraum in die Höhe

– anscheinend war ein Teil des Publikums nur deshalb zur Sendung ins Funkhaus gekommen, um selber einmal vor der Fernsehkamera auftreten zu dürfen.

Hans Ullrich Garden überflog den Zuschauerraum und begann mit souveräner Schnelligkeit auszuwählen. »Ja, dort hinten der Herr – wenn Sie bitte zu mir kommen würden, und die Dame in dem roten Kleid – ja, Sie, gnädige Frau – und der junge Herr ganz rechts – danke.«

Ich duckte mich in meinem Sitz zusammen und heftete meine Augen auf meine Schuhspitzen – ein alter Trick aus meiner Schulzeit: Wenn man der Aufmerksamkeit des Lehrers entgehen wollte, durfte man ihn um keinen Preis ansehen.

Hans Ullrich Gardens Worte prasselten förmlich auf mein Trommelfell. »Ja, der junge Mann dort – bitte, Sie, mein Herr – das wäre sehr nett von Ihnen – wenn ich die reizende junge Dame dort drüben bitten darf.« An seiner Stimme, die durch Mikrofon und Lautsprecher verstärkt wurde, war keine Veränderung wahrzunehmen, und doch hatte ich den Eindruck, daß er die Bühne verlassen hatte und sich jetzt im Zuschauerraum befand. Ich preßte die Hände gegeneinander und starrte unentwegt vor mich auf den Boden. Die Wahl der Mitspielenden ging immer noch weiter. Mein Gott, dachte ich, hat er denn immer noch nicht genug?

»So«, hörte ich Hans Ullrich Garden sagen, »jetzt brauchen wir noch eine Dame, ja, wie wäre es denn mit Ihnen – ja, Sie meine ich, die Dame in dem moosgrünen Kleid!«

Im selben Augenblick spürte ich seine Hand auf meiner Schulter. Jetzt half kein Verstecken mehr. Ich hob die Augen und sah ihm gerade in das gleichmütig lächelnde Gesicht. Noch glaubte ich, entrinnen zu können – es war doch nicht möglich, daß dieser Mensch mich vor Millionen Zuschauern zu etwas zwang, was ich selber nicht wollte!

Ich holte tief Luft und machte schon den Mund auf, um zu protestieren, als ich sah, daß die große Kamera im Mittelgang ihr Objektiv gerade auf mich und den Quizmaster gerichtet hatte. Plötzlich verließ mich aller Mut und alle Kraft. Ich fühlte mich hypnotisiert wie ein Kaninchen, brachte kein Wort mehr hervor.

In Hans Ullrich Gardens Augen blitzte ein Triumph auf, für

den ich ihn hätte ohrfeigen mögen. Aber ich tat nichts dergleichen, sondern stand verlegen auf, hatte das Gefühl, mit hängenden Armen oder einem törichten Gesichtsausdruck eine sehr alberne Figur zu machen.

Hans Ullrich Garden nahm mich bei der Hand und zog mich mit zur Bühne hinauf. »Bitte, mein Fräulein, rasch, damit wir beginnen können«, sagte er laut, dann verdeckte er das Mikrofon, das er in der Hand trug, und fügte leise, nur für mich hörbar, hinzu: »Ich wußte, daß Sie kommen würden.«

Die nächsten neunzig Minuten vergingen in einem rasanten Wirbel. Fünfzehn Mitspieler hatte der Quizmaster auf die Bühne geholt, die er rasch in fünf Gruppen aufteilte. Jede der Gruppen bestand aus einem älteren, einem jüngeren Herrn und einer Dame – diese Gruppen mußten nun gegeneinander kämpfen, manchmal alle zusammen, und manchmal wurde auch nur ein Vertreter jeder Gruppe herausgeholt.

Ich hatte befürchtet, daß Hans Ullrich Garden die Gelegenheit nutzen würde, um mich tüchtig zu zwiebeln. Aber in diesem Punkt hatte ich ihn, das muß ich ehrlich zugeben, völlig falsch eingeschätzt. Er behandelte jeden der Mitspieler ausgesprochen charmant – mich vielleicht noch ein wenig charmanter als die anderen. Schon als er mich dem Publikum vorstellte, hatte ich das Gefühl, daß er mir die Bälle zuwarf, und auch später, als es darum ging, die einzelnen Aufgaben zu lösen, hatte er eine Art zu sagen: »Und jetzt ist wieder einmal unsere kleine Studentin an der Reihe!«, die mir die Herzen des Publikums zufliegen ließ.

Die Aufgaben selber waren nicht schwer. Wir Frauen mußten jede eine Scherzfrage beantworten, meine hieß: »Wer ist der größte Eisenfresser?«, und ich brauchte wirklich nicht zu überlegen, um auf die Lösung »Rost« zu kommen. Trotzdem tat ich dem Publikum den Gefallen, ein nachdenkliches Gesicht zu machen und mit der Lösung erst im letzten Augenblick herauszuplatzen – die Leute freuten sich, und das tat mir wohl. Ich schwamm sozusagen auf den Wogen der Publikumssympathie, die der Quizmaster für mich erweckt hatte – ein berauschendes und ein wenig unheimliches Gefühl. Mein Lampenfieber hatte sich verloren, gleich nachdem ich die ersten Sätze auf der Bühne gesprochen hatte.

Die jungen Herren mußten einen Wettkampf in einer Art kombinierten Sackhüpfens mit Eierlaufen ausüben, bei der nur ein einziger – der junge Herr meiner Gruppe – unbeschadet zum Ziel kam. Für jeden der älteren Herren wurde eigens eine bombastische Bühnendekoration aufgebaut, und es galt zu raten, aus welchem Stück die stumme Szene, die in dieser Dekoration agiert wurde, stammte. Diese Aufgabe war die schwerste, und ich muß sagen, daß ich froh war, daß sie nicht mir gestellt wurde – ich fand nur drei der Lösungen heraus. Der Senior unserer Gruppe löste diese Aufgabe mit meisterhafter Fixigkeit.

Nachher mußten wir Damen noch jede einen Schlager zum besten geben. Text und Noten drückte uns Hans Ullrich Garden in die Hand. Wenn man mir vorher gesagt hätte, daß mir solch eine Aufgabe bevorstünde, wäre ich sicher vor Schreck fast gestorben. Meine Liebe zur Musik muß nämlich als eine sehr unglückliche bezeichnet werden. Ich singe zwar gern, aber – wie schon mein Musiklehrer mit Schaudern feststellte – leider völlig falsch. Zum Glück aber wurden unsere Darbietungen nicht etwa von Bert Bünger oder einer anderen musikalischen Kapazität beurteilt, sondern vom Publikum, das sich über meine falschen Töne vor Vergnügen förmlich kugelte. Gaby, die superblonde Assistentin des Quizmasters, maß bei meiner Darbietung siebenundneunzig Phon, und damit hatte ich drei Punkte, die höchstmögliche Zahl, errungen. Unsere Gruppe war eindeutig als Sieger aus den Wettkämpfen hervorgegangen. Alle anderen wurden mit freundlichen Worten und Trostpreisen entlassen. Jetzt mußten nur noch wir drei um den Einzelsieg miteinander streiten.

Zwischen den einzelnen Wettkämpfen hatte es immer wieder artistische Darbietungen – einen wirklich phantastischen Zauberkünstler, radfahrende Braunbären, ein Tanzpaar, das ich langweilig fand, und noch einiges mehr – gegeben. Vor der Entscheidung erschien jetzt noch ein Bauchredner auf der Bühne, der meiner Meinung nach besser als alles andere war, was bisher geboten wurde. Trotzdem konnte ich kaum über die wirklich zauberhaften Späße lachen, die er mit seinen unbeschreiblich komischen und sehr beweglichen kleinen Stofftieren ausführte – mir war, wider alle Vernunft, vor der Entscheidung doch etwas bänglich zumute. Ich blamiere mich nicht gern, selbst im Seminar melde ich mich immer nur dann zu Wort, wenn ich sicher bin, daß meine Antwort richtig ist – und möglicherweise vor Millionen Zuschauern als Trottel dazustehen, war alles andere als eine angenehme Aussicht für mich. Auch unser Haufen – Renate, Peter, Bill und Pützchen – saß heute abend, dessen war ich sicher, im Wirtshaus »Zur krummen Ecke« vor dem Fernsehapparat, und meine Kommilitonen würden mich bis ans Ende meiner Studienzeit aufziehen, wenn ich mich blöd anstellte.

Hans Ullrich Garden bereitete uns drei auf unsere letzte Aufgabe vor und erklärte uns, daß es jetzt darauf ankäme, nicht nur die richtige Lösung zu finden, sondern auch unsere schauspielerischen Qualitäten zu beweisen. Für jede Aufgabe seien im besten Falle vier Punkte zu gewinnen – zwei für die völlig richtige Lösung und zwei weitere Punkte für die schauspielerische Leistung, deren Einstufung wieder durch den Beifall des Publikums bestimmt und nach Lautstärke gemessen werden sollte.

Dann warf Hans Ullrich Garden drei zusammengekniffene Zettel mit Losnummern in einen Hut. Ich durfte als erste hineinfassen und zog die Nummer drei, kam also als letzte mit meiner Aufgabe dran und durfte erst mal zusehen, wie sich die anderen bewährten.

Der Quizmaster verschwand, seine Assistentin Gaby weihte den ersten Kandidaten, unseren jungen Mann, in seine Aufgabe ein. Er sollte sich in die Rolle eines abgewiesenen Freiers der Prinzessin Turandot versetzen, die ihm noch eine Frage stellen würde, mit der er, wenn er schlau war, sein Leben retten konnte.

Die Kapelle Bert Bünger intonierte einige Takte aus Puccinis Oper »Turandot«, der Vorhang vor der Hinterbühne ging auseinander und gab einen prächtigen asiatischen Krönungssaal frei. Auf dem wunderbar vergoldeten Thronsessel in der Mitte saß die verschleierte Prinzessin Turandot, von schönen, wenig bekleideten Sklavinnen umgeben. Zwei athletische Männer in Pumphosen, Schnabelschuhen und kräftigen braungeschminkten Oberkörpern packten unseren jungen Mann und zerrten ihn vor den Thron der Prinzessin. Das Publikum brüllte vor Lachen, denn unter dem weitwallenden Gewand Prinzessin Turandots waren Herrenhosen und Lackschuhe zu sehen – offensichtlich hatte Hans Ullrich Garden es sich nicht nehmen lassen, diese Rolle selber zu übernehmen nach dem Motto: »Laßt mich den Löwen auch spielen.« Beim Publikum kam diese Idee glänzend an, das

Gelächter und Geschrei war so laut, daß es eine Weile dauerte, bevor die Prinzessin sprechen konnte. Sie – oder vielmehr Hans Ullrich Garden – tat es mit einer so komisch verstellten Fistelstimme, daß wieder lauter Jubel losbrach. Ich spürte förmlich, wie diese weitere Verzögerung und das Geschrei des Publikums an den Nerven des jungen Mannes, der sich im kombinierten Sackhüpfen und Eierlaufen hervorgetan hatte, riß.

Endlich hatte sich das Publikum soweit beruhigt, daß Prinzessin Turandot die Frage stellen konnte. »Du weißt, daß du deinen Kopf verwirkt hast, o Jüngling«, lispelte Hans Ullrich Garden in höchsten Tönen, »aber weil du mir gefällst, sollst du eine Chance haben. Rate, wie du sterben wirst. Überlege dir gut, was du sagst, o Jüngling, denn falls du dich irrst, wirst du gehängt, falls du aber die Wahrheit errätst, wirst du nur geköpft.«

Trotz der verwirrenden Fragestellung war die Lösung höchst einfach, und ich wußte sie, kaum daß Prinzessin Turandot ihre Frage ausgesprochen hatte. Der junge Mann mußte natürlich sagen, er würde gehängt, dann konnte man ihn nicht hängen, weil er sonst die Wahrheit gesagt hätte. Köpfen lassen konnte die Prinzessin ihn aber auch nicht, weil er dann die Unwahrheit gesagt hätte und gehängt werden mußte.

Dem jungen Mann fiel die Lösung nicht ein. Prinzessin Turandot stellte ihm noch zweimal dieselbe Frage, er stammelte und versuchte, Zeit zu gewinnen. Der Gong ertönte, unser junger hoffnungsvoller Mann war mit Glanz durchgefallen.

Hans Ullrich Garden sprang von seinem Thronsessel, riß sich den Schleier vom Gesicht, die wallenden Gewänder vom Leib, empfing den brausenden Beifall des Publikums und tröstete den jungen Mann mit ein paar netten Worten. Die Assistentin Gaby maß die Lautstärke des Beifalls, und es stellte sich heraus, daß der junge Mann immerhin noch zwei Punkte bekommen hatte, und zwar mit Recht, denn seine Darstellung hatte so verstört gewirkt, als wäre es wirklich um seinen Kopf gegangen.

Wieder verschwand der Quizmaster, der Vorhang von der Hinterbühne hatte sich geschlossen, die Assistentin Gaby weihte das Publikum in die Aufgabe ein, die dem Senior unserer Gruppe bevorstand. Er bekam einen Tropenhelm auf den Kopf gestülpt, und Gaby erklärte ihm, daß er sich in die Lage eines Mannes versetzen solle, der sich in der Wüste verirrt hätte. Gleich würde er zwei Beduinen begegnen, die ihm den Weg zur nächsten Oase weisen würden, wenn er imstande sei, ihnen den Gefallen zu tun, um den sie ihn bäten.

Der Kandidat schien sich seiner Sache sehr sicher zu sein. Er zeigte keinerlei Besorgnis, sondern schmunzelte vergnügt in sich hinein, und als der Vorhang aufging und wahrhaftig zwei Männer als Beduinen verkleidet auf zwei lebenden Kamelen langsamen Schrittes in einer Wüstenlandschaft daherkamen, stimmte er in das Gelächter des Publikums ein. Der Auftritt, bei dem man wieder Hans Ullrich Gardens Hosen unter dem Burnus hervorblikken sah, war wirklich ungemein komisch. Das Publikum schien besonders über die lebendigen Kamele ehrlich begeistert, aber ich konnte nicht umhin, mir die Frage zu stellen, ob soviel Aufwand zur Illustrierung einer simplen Scherzfrage nicht doch übertrieben war. All die Spiele, die Hans Ullrich Garden heute abend mit uns Kandidaten für das Publikum angeregt hatte, waren mir noch aus meiner Kinderzeit in guter Erinnerung, als wir an dergleichen Kurzweil, besonders an Geburtstagen, viel Spaß gehabt hatten – ohne daß uns dabei Kamele oder kostbare Dekorationen vonnöten erschienen waren.

Die beiden Beduinen sprachen mit einem höchst albernen und belustigenden Kauderwelsch auf den Kandidaten ein, und es dauerte eine Weile, bis er die Frage, die sie ihm stellten, überhaupt verstand. Die Wüstensöhne gaben vor, miteinander gewettet zu haben, wer das langsamere Kamel besäße, aber bisher hatten sie diese Frage noch nicht lösen können, weil natürlich jeder dem anderen ständig den Vortritt ließ.

Kaum, daß der Kandidat die Frage verstanden hatte, platzte er auch schon wie aus der Pistole geschossen heraus: »Na, dann wechselt doch die Kamele!«

Hans Ullrich Garden sprang vom Kamel, pellte sich aus seiner Beduinentracht, nahm den Beifall des Publikums entgegen und gratulierte zu der richtigen Antwort. Auch der Beifall des Publikums war für unseren Senioren so groß, daß er zwei Punkte dazu, also im ganzen vier Punkte, bekam, obwohl meiner bescheidenen Ansicht nach seine darstellerische Leistung tatsächlich unter dem Nullpunkt gelegen hatte. Aber anscheinend hatte das niemand gestört.

Jetzt also kam ich selber an die Reihe, und während der Vorhang wieder zufiel und Hans Ullrich Garden sich verzog, erklärte Gaby mir und dem Publikum, um was es ging. Ich sollte mich in die Lage einer jungen Dame versetzen, die mutterseelenallein auf einer Reise durch den Wilden Westen unterwegs wäre. Gaby stülpte mir eine Art Cowboyhut auf und band mir einen breiten Gürtel um die Taille – eine Verkleidung, in der ich, nach dem Gelächter des Publikums zu urteilen, sehr komisch aussehen mußte.

»Wir haben ein kleines Hotelzimmer für Sie aufgebaut«, erklärte Gaby, »Sie brauchen nichts zu tun, als sich auf das Bett zu setzen und in dem Schmöker zu lesen, der auf Ihrem Nachttisch liegt. Aber Sie müssen ständig auf der Hut sein, denn Billy Rock, der Mädchenkiller, treibt sein Unwesen in dieser Gegend. Leider läßt sich die Tür Ihres Zimmers nicht abschließen, davon können Sie sich selber überzeugen. Falls jemand an die Tür klopft, dürfen Sie auf keinen Fall ›herein‹ rufen, denn jeder, den Sie nicht kennen, kann ja der Mädchenkiller sein. Dieser Bursche wird sich aber durch eine unglaubhafte Behauptung selber entlarven. Sie brauchen also nur aufzupassen. Falls Sie sicher sind, Billy Rock vor sich zu haben, greifen Sie nach der Pistole – sie liegt in Ihrer Nachttischschublade – und schießen auf ihn. Übrigens brauchen Sie keine Angst zu haben, es handelt sich natürlich nicht um eine echte Pistole, sondern nur um eine ganz harmlose Attrappe aus Kunststoff . . . Haben Sie alles verstanden?«

»Danke«, sagte ich.

Der Vorhang auf der Hinterbühne ging auf, ich setzte mich auf das quietschende Bett in der anheimelnden, gemütlichen Hoteldekoration und begann, laut Regieanweisung, in dem gelbbroschürten Schmöker zu blättern. Ich brauchte nicht lange zu warten, da klopfte es an die Tür.

Natürlich hielt ich den Mund, und es klopfte gleich darauf lauter. Langsam, ganz langsam öffnete sich die Tür einen Spalt breit – es war wirklich fast gruselig –, und ein merkwürdiges Instrument schob sich ins Zimmer. Es zuckte mir in den Händen, nach der Pistole zu greifen, aber vorsichtshalber blieb ich ganz still sitzen, und wenige Sekunden später war ich sehr froh darüber. Das merkwürdige Instrument war nämlich nichts weiter als eine Flitspritze, und obwohl Hans Ullrich Garden alles getan hatte, um sich als verdächtiges Individuum zu maskieren – er trug eine schwarze Augenbinde und kaute unentwegt auf einem Kaugummi herum –, begriff ich, daß er nichts anderes darstellen sollte als einen Texas-Zimmerkellner.

»Ich komme nur, um ein bißchen zu töten«, sagte er mit schleppender Stimme und schiefverzogenem Mund – das Publikum brüllte vor Lachen, und unter brausendem Beifall zog Hans Ullrich Garden sich nach einer Weile zurück.

Wenige Sekunden später erschien er wieder, diesmal ohne anzuklopfen – er hatte sich in Windeseile in einen Sheriff verwandelt –, stieß die Tür mit sieghaftem Fußtritt auf und grölte: »Fremdenkontrolle!«

Er baute sich vor mir auf und begann, mir Fragen nach meinem Woher und Wohin zu stellen, auf die man bestimmt geistreichere und lustigere Antworten hätte finden können, als ich sie gab. Ich sagte gerade das, was mir einfiel, und das war wirklich nicht viel. Der Quizmaster-Sheriff setzte sich zu mir aufs Bett, faßte meine Hand, legte seinen anderen Arm um meine Schulter und begann einen unverschämten Flirt mit mir. Möglicherweise gehörte dieser plumpe Annäherungsversuch zu seiner Rolle, mir gefiel er jedenfalls durchaus nicht. Nachdem ich erst versucht hatte, mich mit sanftem Nachdruck aus seiner Umarmung freizumachen, riß mir die Geduld, und ich sagte wütend: »Verdammt nochmal, was fällt Ihnen denn ein? Hauen Sie gefälligst ab, Sie Angeber!«

Das Publikum amüsierte sich prächtig, und Hans Ullrich Garden zog sich mit übertriebener Bestürzung zurück. Das Publikum applaudierte heftig, aber ich tat so, als wenn ich es nicht bemerkte – ich konnte mich ja nicht gut für einen Beifall bedanken, der möglicherweise nur dem beliebten Quizmaster galt.

Der Applaus hatte sich noch nicht gelegt, als wieder an die Tür gepocht wurde. Dieses Klopfen, durch die Lautsprecher sehr verstärkt, brachte das Publikum zur Ruhe. Ich starrte gespannt auf die Tür und schwieg, wie die Assistentin mir geraten hatte. Es klopfte noch einmal. Ich hielt weiter den Mund und rührte mich nicht vom Fleck.

Vorsichtig wurde die Tür jetzt einen Spalt breit geöffnet, Hans Ullrich Garden steckte seinen Kopf herein und erschien dann in voller Lebensgröße in der Verkleidung eines vornehmen Reisenden im weiten eleganten Radmantel.

Er verbeugte sich höflich und stammelte: »Verzeihung, Gnädigste – ich dachte, es wäre mein Zimmer – ich bedaure sehr, anscheinend habe ich mich in der Nummer geirrt.«

Er hatte kaum ausgesprochen, als mir klar wurde, wie unlogisch diese Ausrede war – niemand klopft an die Tür seines eigenen Zimmers. Der vornehme Fremde im Radmantel konnte nur Billy Rock, der Mädchenkiller sein. Mit einem Ruck öffnete ich die Nachttischschublade, zog den Revolver heraus, legte an und – ließ ihn fallen . . . Noch gerade im letzten Moment hatte ich bemerkt, daß dieser Revolver keine Kunststoffattrappe, sondern nur zu echt war.

Hans Ullrich Garden bückte sich sofort, hob die Waffe auf und lud sie durch. Ich hatte mich nicht geirrt. Richtige Munition fiel auf die Bühne. Eine Sekunde lang starrten Hans Ullrich Garden und ich uns entsetzt an. Ich begriff, daß dies kein Witz und kein vorausberechneter Effekt war. Hans Ullrich Garden war unter der braunen Schminke erbleicht, seine Augen waren schreckgeweitet.

Niemand aus dem Publikum konnte etwas von dem Zwischenfall bemerkt haben – oder doch? Jedenfalls tat Hans Ullrich Garden alles, um die gefährliche Situation, in der er für Sekunden geschwebt hatte, zu überspielen. Er ließ mit bemerkenswerter Fixigkeit die Waffe und die Munition in seinen Hosentaschen verschwinden, nahm mich bei der Hand und präsentierte mich strahlend den Zuschauern. »Meine Damen und Herren, bitte, sammeln Sie alle Kraft – wie hat Ihnen unsere kleine Studentin in der Rolle der verfolgten Unschuld gefallen?«

Der Beifall, der jetzt losprasselte, war beachtlich.

»Neunundneunzig Phon«, verkündete Gaby, die Assistentin des Quizmasters mit einem honigsüßen Lächeln, aber der Blick, der mich aus ihren katzengrünen Augen traf, war alles andere als freundlich.

»Gratuliere, Fräulein Horn«, sagte Hans Ullrich Garden und schüttelte mir enthusiastisch die Hand. »Sie sehen, Sie sind ein Liebling der Götter – will sagen des Publikums . . .« Er wartete das Verklingen des aufkommenden Gelächters ab und fuhr dann fort: »Also, ich glaube, das Ergebnis ist wohl eindeutig – Herr Erich Bürger ist als Sieger im siebten Quiz ›Lachen ist gesund‹ hervorgegangen. Herr Bürger, darf ich . . .« Er sprach nicht weiter, denn eine seltsame Unruhe, ein unzufriedenes Gemurmel drang aus dem Zuschauerraum zu uns herauf.

»Aber, meine Damen und Herren, sind Sie mit dieser Entscheidung etwa nicht einverstanden?« rief Hans Ullrich Garden mit übertriebener Verblüffung.

»Nein!« rief ein junger Mann aus dem Publikum, andere Stimmen unterstützten ihn: »Nein!« – »Nein!«

Hans Ullrich Garden schaute prüfend auf die große Tafel, auf der die Ergebnisse unseres Bemühens mit Kreide festgehalten worden waren, dann sagte er stirnrunzelnd: »Aber diese Entscheidung ist doch völlig korrekt, meine Damen und Herren! Herr Bürger hat in der letzten Runde vier Punkte gewonnen, die höchstmögliche Zahl. Fräulein Horn habe ich einen Punkt gegeben, weil sie im richtigen Moment zur Pistole gegriffen hat. Aber statt loszuschießen, hat sie die Waffe fallen lassen. Dafür kann ich beim besten Willen nicht mehr als einen Punkt geben. Dazu kommen zwei Punkte für die Darstellung – eins und zwei ist drei –, an diesem Ergebnis ist doch wirklich nicht zu rütteln!«

Hans Ullrich Garden hatte natürlich recht, trotzdem verstummte das Grollen im Zuschauerraum nicht. Herr Bürger stand, die Hände in den Taschen, mit arrogantem Lächeln auf der Bühne, während mir die Situation von Sekunde zu Sekunde peinlicher wurde.

»Mir scheint, meine liebe kleine Studentin«, sagte Hans Ullrich Garden mit dem Versuch, das Publikum mit einem Witz zu beruhigen, »Sie haben Ihre sämtlichen Verehrer ins Funkhaus eingeschleust, wie?«

»Davon kann gar keine Rede sein, das wissen Sie genau!« sagte ich wütend, aber da ich einige Schritte vom Mikrofon entfernt stand, gingen meine Worte in dem Gelächter der Zuschauer unter.

»Der erste Preis muß geteilt werden!« schrie eine Frau aus dem Publikum mit sich überschlagender Stimme, und alles lachte. Die mollige Frau hatte einen roten Kopf bekommen, und man sah von der Bühne her, wie sie eifrig auf ihre Nachbarn einredete.

»Meine liebe Dame«, sagte Hans Ullrich Garden freundlich, »wir teilen prinzipiell keine Preise – niemals – und schon gar nicht, wenn das Spielergebnis so eindeutig ist. Falls die Entscheidung in dieser letzten Runde nicht gefallen wäre, hätten wir noch eine Extrarunde angehängt. Aber ich glaube, daß Herr Bürger sich durch eine solche Maßnahme mit Recht zurückgesetzt fühlen würde. Fragen wir also lieber mal unsere kleine Studentin . . .« Er nahm mich bei der Hand und zog mich direkt vor die Kamera. »Liebes Fräulein Horn, sind Sie mit Ihrem zweiten Platz zufrieden, ja oder nein?«

»Natürlich«, sagte ich rasch, »Herr Bürger war wirklich besser, und außerdem ist das Ganze ja nur ein Spiel!«

»Da haben wir's!« rief Hans Ullrich Garden, Jubel in der Stimme. »Unsere kleine Studentin hat den springenden Punkt erfaßt. Das, was wir in unserer Sendung ›Lachen ist gesund‹ treiben, darf man nicht tierisch ernst nehmen, nein, ganz im Gegenteil, es ist nichts als ein Spiel und Spaß. In jedem Spiel muß es aber auch Verlierer geben. Herr Bürger – darf ich Ihnen zu Ihrem ersten Preis gratulieren? Was, glauben Sie wohl, haben Sie gewonnen?«

»Ich lasse mich überraschen«, sagte Herr Bürger, noch immer die Hände in den Hosentaschen.

Die Zuschauer unten machten ihrer Unzufriedenheit laut Luft. Es war deutlich zu spüren, daß Hans Ullrich Garden sein Publikum aus der Hand geglitten war. Möglicherweise lag es daran, daß er nach dem überstandenen Schock nicht ganz so gut in Form war wie gewöhnlich. Die arrogante Haltung Herrn Bürgers – wahrscheinlich nur aus der Verlegenheit geboren – tat das Ihre dazu. Den ganzen Abend hatte Hans Ullrich Garden sich alle Mühe gegeben, mich zum Liebling der Massen zu machen, und jetzt, kurz vor Schluß der Sendung, war niemand mehr bereit umzuschalten.

Hans Ullrich Garden überschaute die Situation und meisterte sie mit bewundernswerter Geschwindigkeit. »Meine Damen und Herren«, trompetete er, »an dem Schiedsspruch ist leider nichts mehr zu ändern, bitte, bitte, bleiben Sie ruhig. Es ist so, wie ich sage – der Schiedsspruch ist gültig und bleibt bestehen. Aber ich möchte jetzt einmal eine ehrliche Antwort auf eine offene Frage haben – gefällt Ihnen unsere kleine Studentin?«

»Jaaa!« brüllten die Zuschauer im Chor.

»Das freut mich!« Hans Ullrich Garden rieb sich schmunzelnd die Hände. »Mir gefällt sie nämlich auch. Mit Ihrem Einverständnis möchte ich sie jetzt auf der Stelle zu meiner ständigen Quizassistentin ernennen! Ist das ein Vorschlag? Jaaa – ich habe es ja gewußt, diese Lösung spricht Ihnen aus dem Herzen!«

Das Publikum jubelte und applaudierte, Hans Ullrich Garden schüttelte mir wieder einmal die Hand. Ehe ich noch einen Ton äußern konnte, hatte er von irgendwoher einen riesigen Blumenstrauß herbeiholen lassen und legte ihn mir in die Arme – es war ein rührendes und berauschendes Happy-End.

Ich machte gute Miene zum bösen Spiel, knickste und verbeugte mich, lächelte nach allen Seiten, ließ dem Publikum die Freude, die geniale Lösung zu bejubeln.

Tatsächlich wurde ich keine Sekunde von der allgemeinen Begeisterung angesteckt. Erstens war ich Studentin, hatte ein festes Berufsziel und dachte auch jetzt nicht daran, mein Studium aufzugeben, um Hans Ullrich Garden auf der Bühne zu assistieren. Zweitens konnte ich nicht vergessen, was geschehen war, wenn es mir auch schon jetzt wie ein böser Traum erschien.

Hans Ullrich Garden, der beliebte und gefeierte Quizmaster, mußte einen Todfeind haben, einen Menschen, der ihn so sehr haßte, daß er es darauf anlegte, ihn vor Millionen Zuschauern sterben zu sehen. Kälte kroch mir bei diesem Gedanken über den Rücken, und ich spürte, wie unecht und verzerrt mein Lächeln war.

Nach der Preisverteilung – Herr Bürger ergatterte eine Fernsehtruhe, ich einen Plattenspieler, und der junge Mann, der mit uns bis in die Endrunde vorgedrungen war, bekam einen Reisewekker –, nach der Preisverteilung also und dem anschließenden Schlußapplaus, bei dem ich mich wieder Hand in Hand mit Hans Ullrich Garden an der Rampe verneigen mußte, zog er mich mit sich von der Bühne in die Kulissen.

Er sah plötzlich verfallen aus, wischte sich mit seinem blütenweißen Taschentuch den Schweiß von der Stirn und sagte mit einem kleinen gequälten Lächeln: »So, das hätten wir überstanden!«

Ich hörte, wie draußen auf der Bühne die Ansagerin die Absage machte.

»Kann ich jetzt gehen?« fragte ich.

Er sah mich mit hochgezogenen Augenbrauen an. »Gehen? Wohin denn?«

»Meinen Mantel holen. Ich möchte meinen Zug nicht versäumen.«

»Sollen Sie ja auch nicht, Mädchen. Ich werde Sie schon rechtzeitig zum Bahnhof bringen. Bitte geben Sie mir mal Ihre Garderobenmarke!«

Er winkte einen der Bühnenarbeiter herbei, drückte ihm meine Marke in die Hand und sagte: »Bitte, Karlchen, holen Sie das Zeug und bringen Sie es in mein Büro! Ich kann mich doch darauf verlassen, Karlchen?«

»Klar, Master«, sagte der Mann mit einem breiten Grinsen.

»Natürlich werde ich meine Aussage machen«, sagte ich, als der Mann verschwunden war.

»Aussage! Was meinen Sie damit?«

»Na, ich denke, Sie wollen mich hier behalten, weil die Polizei . . .«

Er legte mir die Hand auf den Mund. »Still!« zischte er. »Kein Wort davon!«

Ich machte mich frei. »Aber warum denn nicht? Schließlich war es doch ein einwandfreier Mordanschlag!«

Er lächelte krampfhaft. »Muß man soviel Phantasie haben, um Soziologie zu studieren? Nein, klettern Sie nicht gleich wieder auf die Palme. Kommen Sie, gehn wir in mein Büro, dort können wir uns in aller Ruhe über die Geschichte unterhalten.« Er packte mich beim Oberarm und dirigierte mich durch die Kulissen zum Ausgang.

Ein kleiner Mann im grauen Kittel, mit Brille und zerrauftem Haar stürzte auf uns zu. »Herr Garden«, sagte er, »ich wollte nur sagen – ich wollte Sie bitten – Sie werden mir doch keinen Ärger machen wegen dieser Geschichte, wie?«

»Ich begreife nicht, wie das passieren konnte«, sagte der Quizmaster kühl.

Der kleine Mann rang verzweifelt die Hände. »Es ist nicht meine Schuld – weiß Gott, es ist nicht meine Schuld! Natürlich wird man jetzt wieder sagen, ich hätte mich vergewissern müssen – aber du lieber Himmel, man kann doch nicht überall sein. Siebzehn verschiedene Dekorationen heute abend, das ist wirklich zuviel. Ich bin doch auch nur ein Mensch, das müssen die Herren doch schließlich einsehen.«

Ich begriff, daß der aufgeregte Mann der Requisiteur sein mußte. »Wo ist die Plastikpistole?« fragte ich.

»Die Plas ...«, sagte der Requisiteur, stockte mitten im Wort, sah mich wütend an und sagte: »Haben Sie hier auch schon mitzureden, Fräulein?«

»Die Frage von Fräulein Horn ist sehr berechtigt, Herr Mehlmann«, unterstützte Hans Ullrich Garden mich. »Was war mit der Plastikpistole?«

»Ich hatte sie besorgt – genau wie Sie mir gesagt hatten, Herr Garden, eigenhändig habe ich sie in die Nachttischschublade gelegt, so wahr mir Gott helfe – sie muß herausgefallen sein, als die Arbeiter den Nachttisch auf die Bühne geschleppt haben. Nachher habe ich sie am Eingang gefunden – hier ist sie!« Er fummelte in den Taschen seines Kittels herum, sagte dann: »Eben hatte ich sie noch; wenn Sie Wert darauf legen, werde ich ...«

»Nein«, sagte Hans Ullrich Garden. »Jetzt brauchen wir die Pistole ja nicht mehr.«

»Ja, jetzt – ja, natürlich, was sollten Sie jetzt noch mit einer Pistole anfangen? Bitte, Herr Garden, Sie werden den Vorfall doch nicht melden? Ein alter Mann wie ich, Vater von vier Kindern.«

»Nein«, sagte Hans Ullrich Garden mit Nachdruck, »ich werde nichts melden. Sind Sie nun zufrieden?«

»Ja, danke, Herr Garden – vielen Dank auch, nur ...«

»Was denn jetzt noch?«

»Ich möchte so gerne wissen, wie Sie es geschafft haben, so schnell einen Ersatz zu bekommen – also, ich muß sagen, für mich hat das geradezu an Hexerei gegrenzt!«

»Alter Freund«, sagte der Quizmaster und klopfte dem Requisiteur gönnerhaft auf die Schulter. »Sie sollten doch eigentlich wissen – Hans Ullrich Garden schafft alles.«

Das Büro des Quizmasters lag im Fernsehflügel des Funkhauses. »Abt. Unterhaltung« las ich auf der Glastür, die wir durchschritten. Wir mußten einen ziemlich langen Gang hinunter, die vorletzte Tür links führte in Hans Ullrich Gardens geheiligte Räume.

Ich wartete auf den Augenblick, wo ich dem Quizmaster endlich in aller Ruhe und unter vier Augen meinen Standpunkt erklären konnte, aber der modern eingerichtete Raum war nicht leer. Herr Lewin – Dr. Janos Lewin, wie ich später erfuhr – saß hinter dem Schreibtisch, hatte eine Flasche Kognak und ein Glas vor sich und prostete uns zu, als wir eintraten.

»'n Abend!« grüßte Hans Ullrich Garden kurz, wies mit der Hand zu den Stahlrohrsesseln, die um einen kleinen Tisch mit einer apfelsinenfarbenen Plastikplatte gruppiert waren. »Setzen Sie sich, Mädchen, geben Sie uns einen Kognak, Lewin!«

Lewin kicherte boshaft, holte zwei weitere Gläser aus dem Schreibtisch, stand auf und kam zu unserem Tisch. Jetzt erst sah ich, daß sein rechtes Bein verkürzt schien. Er humpelte stark.

»Sie werden eine Seelenstärkung brauchen können, Garden«, sagte er grinsend, »der hohe Chef hat angerufen. Sie sollen sich sofort mit ihm in Verbindung setzen, mein Lieber!« Lewins Augen funkelten vor Schadenfreude.

Hans Ullrich Garden goß mir und sich selbst einen Kognak ein, leerte sein Glas auf einen Zug und sagte böse: »Der kann mich mal!«

»Soll ich die Verbindung herstellen, damit Sie es ihm persönlich sagen können?« schlug Lewin mit falscher Freundlichkeit vor.

»Nichts sollen Sie! Den Mund halten sollen Sie – wenn es Ihnen auch schwer fällt.«

Lewin rieb sich die Hände, zog die eine Schulter hoch, eine Haltung, die ihm das Aussehen eines boshaften Vogels gab. »Schlecht gelaunt, großer Meister, wie?« fragte er mit funkelnden Augen.

Obwohl er sich alle Mühe gab, sich so widerwärtig wie nur möglich aufzuführen, hatte ich das Gefühl, daß er im Grunde genommen eine gute Seele war. Deshalb sagte ich: »Hans Ullrich Garden ist ziemlich erschöpft. Es ist etwas passiert.«

Dr. Lewins Gesicht wurde sofort ernst. »Passiert?« fragte er. »Ist die Sendung geplatzt? Nein, das kann ich mir doch nicht vorstellen, das würde man mir bestimmt schon berichtet haben ...«

Hans Ullrich Garden zündete sich eine Zigarette an. »Weshalb will der Chef mich sprechen?«

»Weshalb schon? Weil Sie sich erlaubt haben, diese gewiß ungemein reizende junge Dame«, er sagte es mit einer kleinen Verbeugung zu mir hin, »eigenmächtig zu engagieren.«

»Na und? Ist etwas gegen Fräulein Horn einzuwenden?«

»Heilige Einfalt!« Dr. Janos Lewin setzte sich verkehrt herum, die Arme über der Lehne verschränkt, auf einen der federnden Stühle. »Wer, lieber Garden, glauben Sie, daß Sie sind? Nicht mal der Intendant persönlich darf sich ohne Rückfragen bei der Verwaltung erlauben, den Papst von Rom zu engagieren! Sie sollten doch wissen, der Dienstweg . . .«

»Wenn sich Fräulein Horn auf den Dienstweg verlassen hätte, wäre ich jetzt tot – ja, schauen Sie mich nicht so an, Lewin –, ich wäre tot, mausetot. Gestern noch auf hohen Rossen, heute durch die Brust geschossen. Was sagen Sie jetzt?«

»Machen Sie keine Witze.«

»Sie scheinen nicht sehr überrascht, Herr Lewin!« fuhr es mir heraus.

Er sah mich mehr belustigt als beleidigt an. »Sie verdächtigen mich, gnädiges Fräulein?«

»Ich verdächtige jeden – ich meine, jeden, der regelmäßig in irgendeiner Form an den Quizsendungen Hans Ullrich Gardens beteiligt ist.«

»Wollt ihr mir jetzt nicht endlich erklären, was überhaupt passiert ist?« fragte Dr. Lewin.

»Sonja hat ganz recht – diese Frage kommt reichlich spät, mein Lieber!«

»Also, jetzt werdet doch bitte nicht komisch!« Janos Lewins Lachen klang unecht. »Ihr bildet euch doch wohl nicht im Ernst ein, daß ich etwas mit euren mysteriösen Geschichten zu tun habe? Ich habe seit heute abend sieben Uhr diesen Raum hier nicht verlassen.«

»Haben Sie Zeugen?« fragte ich.

»Jawohl. Die Arbeit, die ich geleistet habe!« Dr. Lewin schwang sich von seinem Sitz, humpelte zum Schreibtisch und warf dort mit wütenden und, wie mir schien, reichlich effektvollen Bewegungen die Papiere durcheinander. »Während ihr auf der Bühne euren Heckmeck gemacht habt, habe ich mir erlaubt, die übernächste Sendung mit und von Hans Ullrich Garden vorzubereiten – geistig vorzubereiten. Glauben Sie im Ernst, ich hätte das getan, wenn ich damit gerechnet hätte, daß er heute abend ins Gras beißt?«

»Ich bin der Meinung, daß man die Kriminalpolizei anrufen sollte«, sagte ich.

Auf einmal waren sich die beiden Männer sehr einig. »Unsinn!« rief Hans Ullrich Garden sofort.

»Alberne Idee!« behauptete Dr. Lewin.

»War das heute abend der erste Mordanschlag?« fragte ich.

»Ja – das heißt – nein.«

»Ja oder nein?« fragte ich.

»Ich habe Drohbriefe bekommen. Lewin, Sie wissen ja davon.«

»Blödsinniges Geschreibsel. Wir haben es natürlich nicht ernst genommen«, sagte Dr. Lewin.

»Ich meine doch«, beharrte ich, »man sollte alles der Kriminalpolizei erzählen, und ...«

Das Schrillen des Telefons unterbrach meinen Satz. Ich verstummte. Die beiden Männer sahen sich fast feindselig an, ohne sich von ihren Plätzen zu rühren.

Das Telefon klingelte noch einmal.

»Warum nehmen Sie nicht ab, Lewin?« fragte Hans Ullrich Garden böse.

Janos Lewin zuckte mit den Schultern. »Es ist bestimmt für Sie, Garden!«

»Glaube ich nicht.«

Das Telefon klingelte zum drittenmal.

»Das wird der Intendant sein. Oder haben Sie schon vergessen, daß er auf hundert ist?«

»Der Intendant soll mich ...«

Janos Lewin stand auf, humpelte zum Schreibtisch, nahm den Hörer des elfenbeinfarbenen Apparates ab und reichte ihn, ohne sich zu melden, an Hans Ullrich Garden weiter. »Sagen Sie's ihm selbst, Garden. Der Chef wird sich freuen, wenn er erfährt, was Sie von ihm denken!« zischelte er, während er die Sprechmuschel zuhielt.

Hans Ullrich Garden riß ihm den Hörer wütend aus der Hand. »Hier Garden«, meldete er sich kurz. Dann machte er ein Gesicht, als wenn er selber nicht wüßte, ob er jetzt erleichtert oder verärgert sein sollte. »Ach, du bist es«, sagte er, »nein, Lilo, das ist völlig ausgeschlossen – nein, das geht wirklich nicht. Tut mir leid. Wir haben – wenn ich dir sage, daß ich nicht kann, dann mußt du mir schließlich glauben, wie? Bitte, mach mir jetzt keine Szene, ich bin abgespannt genug. Ja, ja, ja, natürlich tut es mir leid. Ich werde dich morgen früh anrufen, einverstanden?« Ohne eine Antwort abzuwarten, winkte er Janos Lewin, der mit einem amüsierten Lächeln am Schreibtisch stand, und legte den Hörer auf.

»War diese Dame heute abend auch hinter der Bühne?« fragte ich nachdenklich.

Aber niemand beantwortete mir die Frage.

»Los, Lewin«, forderte Garden, »bringen Sie mir jetzt den Chef an die Leitung – aber dalli, wenn ich bitten darf. Wieviel Uhr ist es?« Er warf einen Blick auf seine schwere goldene Armbanduhr. »Wählen Sie die Privatnummer!«

»Wie der hohe Herr befiehlt!« sagte Janos Lewin mit boshaftem Spott. Er zog ein rotes Notizbuch aus der Tasche, blätterte darin herum, bis er die Nummer, die er suchte, gefunden hatte. Dann wählte er.

»Guten Abend, Herr Intendant«, sagte er mit einer kleinen Verbeugung, die auf mich sehr albern wirkte, weil der Intendant sie ja unmöglich bemerken konnte, »bitte, Herr Intendant – Hans Ullrich Garden möchte Sie gerne – ja, bitte! Sofort!« Er winkte Hans Ullrich Garden zu.

Aber der Quizmaster dachte nicht daran, aufzustehen, sondern wartete, bis Janos Lewin ihm den Hörer brachte. »Danke!« sagte er kurz, dann in den Apparat hinein: »'n Abend, verehrter Meister. Habe hier gerade ein Dutzend Jungs von der Presse versammelt. Es würde die Herren brennend interessieren, was der Intendant des Hauses gegen die Verwendung von Fräulein Horn als Quizassistentin einzuwenden hat.« Dann hielt er, während er den anderen reden ließ, den Telefonhörer fünf Zentimeter vom Ohr entfernt. Das wütende Gepolter des Intendanten drang, zwar unverständlich, bis zu mir hin. Ich konnte mir sehr wohl vorstellen, was er Hans Ullrich Garden vorhielt. In dem Moment, als der Intendant eine kleine Verschnaufpause einlegen mußte, sprang Hans Ullrich Garden sofort wieder ein. »Angst vor dem Verwaltungsrat?« wiederholte er höhnisch. »Daß ich nicht kichere! Als ob es auf die paar Piepen noch ankäme! Sie sollen doch erst einmal in meine Sendung kommen, die Herren Rauschebärte – die Augen werden ihnen aufgehen, da können Sie sicher sein! Gut, gut, Herr Intendant, es steht mir nicht zu, Ihnen zu widersprechen – bitte, wiederholen Sie das Ganze von vorhin noch einmal schön langsam, damit ich es wörtlich für die Reporter wiederholen kann.«

Wieder hielt er den Hörer vom Ohr, aber diesmal war das Gepolter des Intendanten schon einige Grade leiser. Er schien sein bestes Pulver schon verschossen zu haben.

»Nein, nein, lange reden können wir darüber nicht!« warf Hans Ullrich Garden nach einer Weile ein. »Auch die nächste Verwaltungsratssitzung kann ich nicht abwarten. Wie stellen Sie sich das denn vor? Die Antwort, die ich von Ihnen erwarte, ist ja klar genug – entweder ja oder nein! Was? Wieso? Ich verstehe Sie gar nicht! Nein, gegen Fräulein Horn ist bestimmt nichts einzuwenden, ich kenne sie nicht erst seit heute. Nein, natürlich nicht. Aber ich habe keine Lust – nein, Herr Intendant. Entweder Sie sagen ›nein‹ und blamieren mich vor zehn Millionen Zuschauern – dann ist die Sendung geplatzt. Sie können doch nicht von mir verlangen, daß ich – nein, auf keinen Fall. Ich bin nicht für Kompromisse. Ganz und gar nicht. Wenn Sie das nicht wollen, müssen Sie Ihre Zustimmung sofort geben. Ja, das ist mein letztes Wort.«

Er schwieg und ließ den Intendanten reden, der aber inzwischen anscheinend so leise geworden war, daß Hans Ullrich Garden den Hörer dicht ans Ohr pressen mußte. Sein Gesicht erhellte sich von Sekunde zu Sekunde mehr, dann endlich sagte er strahlend: »Danke, Herr Intendant – das ist wirklich sehr liebenswürdig von Ihnen, Herr Intendant. Ich wußte doch, daß ich ganz in Ihrem Sinne gehandelt habe. Ja, natürlich, wir beide haben uns doch immer glänzend verstanden. Ja, unkorrekt, da haben Sie recht, aber es gibt Situationen – was soll man machen!«

Hans Ullrich Garden warf Janos Lewin den Telefonhörer zu, streckte die Beine weit aus und zündete sich eine Zigarette an. »Alles in Ordnung«, triumphierte er, »was sagt ihr nun?«

Janos Lewin hatte den Hörer aufgelegt. »Daß Sie die Unverschämtheit in Person sind, Herr Garden. Wenn Sie glauben, daß Sie sich mit solchen Methoden beliebt machen werden . . .«

»Beliebt? Wer spricht denn davon? Die Burschen brauchen mich. Solange sie mich brauchen, werden sie mich auch noch vom Galgen abschneiden, wenn es nötig ist – wenn ich aber beim Publikum nicht mehr ankomme, ja, dann, mein lieber Lewin, dann kann ich so beliebt sein, wie ich will, sie lassen mich doch verrecken.«

Janos Lewin hatte ihm kopfschüttelnd zugehört. »Sie sind von einer Selbstüberschätzung, Garden, die ihresgleichen sucht. Aber warum soll ich mich mit Ihnen streiten. Ich hoffe nur, daß Sie sich nicht bei mir beschweren werden, wenn eines Tages die Kündigung auf Ihren Schreibtisch flattert.«

»Auf diesen Tag warten Sie, wie? Aber vergessen Sie bitte nicht, dann ist auch für Sie alles erledigt – tot und gestorben.«

»Das ist Ansichtssache. Schließlich habe ich Erfolge gehabt, bevor . . .«

Hans Ullrich Garden unterbrach ihn. »Jetzt flehe ich Sie an, Lewin, tun Sie mir die Liebe und erzählen Sie nicht wieder Ihre schönen Geschichten aus Wien. Gut, unterstellen wir, Sie waren damals im Kommen – aber was nutzt Ihnen denn das? Inzwischen ist doch einiges passiert! Was versprechen Sie sich eigentlich von solchen dunklen Andeutungen? Wahrscheinlich wollen Sie mich nur dazu zwingen, unfair zu werden, damit Sie einen Grund haben, mich ärgern zu können.«

»Meine Herren«, sagte ich, »darf ich auch mal ein Wort zu der ganzen Angelegenheit äußern?«

Hans Ullrich Garden fuhr zu mir herum. »Also, was die Kriminalpolizei betrifft, muß ich Sie bitten . . .«

»Aber darum handelt es sich doch jetzt gar nicht«, sagte ich. »Sie haben sich wirklich sehr charmant für mich eingesetzt, Herr Garden, beim Publikum und auch jetzt bei Ihrem Vorgesetzten – ich nehme doch an, daß der Intendant Ihr Vorgesetzter ist, nicht wahr? Das war wirklich alles zauberhaft von Ihnen, und ich erkenne es auch durchaus an. Aber wäre es nicht besser gewesen, mich vorher zu fragen, ob ich überhaupt Lust und Zeit zu solch einem Job habe?«

»Soll das heißen . . .«, brachte Hans Ullrich Garden gerade noch hervor, bevor es ihm die Sprache verschlug.

»Ja, sind Sie denn wahnsinnig geworden?« ereiferte sich Janos Lewin. »Halten Sie mich nicht für indiskret, aber beantworten Sie mir jetzt mal eine Frage: Wie hoch ist der Wechsel, den Sie allmonatlich von zu Hause bekommen?«

Ich sagte es ihm.

»Und wieviel Semester müssen Sie noch studieren?«

»Wenn alles gut geht – fünf.«

»Nun hören Sie mich mal an, Mädchen. Ich glaube, Sie begreifen überhaupt nicht, was für eine Chance wir Ihnen bieten! Sie brauchen nur jetzt Ihre Ferien zu opfern, na ja, vielleicht noch das nächste Semester Ihr Studium zu unterbrechen, und Sie werden in dieser Zeit so viel Geld verdient haben, daß Sie bis zum Abschluß Ihres Examens sorglos leben können.«

»Das ist mir klar«, sagte ich unentschlossen.

»Und da zögern Sie noch?«

»Die Entscheidung hängt ja nicht von mir ab«, erklärte ich. »Erst muß ich natürlich mit meinem Professor sprechen, und dann muß ich auch noch meine Eltern um Erlaubnis fragen. So mir nichts, dir nichts, wie Sie sich das vorzustellen scheinen, kann ich mein Studium nicht abbrechen.«

»Mein Gott«, sagte Hans Ullrich Garden, »und Ihretwegen habe ich . . .« Er schlug sich mit einer reichlich theatralischen Geste die Hand vor den Kopf.

»Ich habe es von Ihnen weder erwartet noch verlangt, Herr Garden, darüber wollen wir uns doch von vornherein klar sein, ja?« sagte ich. »Warum es Ihnen eingefallen ist, mich vor dem Publikum zu Ihrer Quizassistentin zu ernennen, weiß ich nicht, aber daß Sie die Sache Ihrem Intendanten gegenüber durchgeboxt haben, ist doch wohl kaum meinetwegen geschehen. Ich hatte eher den Eindruck, daß es sich um eine Prestigefrage gehandelt hat.«

»Kluges Kind«, sagte Janos Lewin mit spöttischem Ernst.

Ich stand auf. »Das Beste wird sein, ich schreibe Ihnen, wenn ich genau weiß, ob ich überhaupt bei Ihnen arbeiten kann. Jetzt habe ich nämlich keine Zeit mehr, in einer knappen Viertelstunde geht mein Zug.«

Hans Ullrich Garden war wie elektrisiert aufgesprungen. »Halt! Warten Sie doch!« rief er. »Natürlich bringe ich Sie mit dem Wagen zum Bahnhof.«

»Danke, nicht nötig. Ich brauche nur meinen Mantel. Sollte dieser Bühnenarbeiter ihn nicht heraufbringen?«

Janos Lewin humpelte zu einer Seitentür und kam wenige Augenblicke später mit meinem Mantel, meinem Schal und meiner Wollmütze zurück. »Hier, gnädiges Fräulein. Ich möchte annehmen, daß es sich um Ihre Sachen handelt!«

Er wollte mir in den Mantel helfen, aber Hans Ullrich Garden kam ihm zuvor. »Sie wollen doch nicht wirklich so Hals über Kopf davon?« raunte er mir ins Ohr.

»Von Hals über Kopf kann gar keine Rede sein«, sagte ich

nüchtern, »ich habe mir von Anfang an vorgenommen, mit diesem Zug zurückzufahren, also ...« Ich reichte Hans Ullrich Garden die Hand.

Er hatte sie gerade reichlich verwirrt ergriffen, als die Tür vom Gang her aufgerissen wurde und Gaby, die superblonde Quizassistentin, hereinstürmte.

»Ha!« rief sie, riß die katzengrünen Augen auf und starrte uns wütend an. »Das hätte ich mir denken können!«

Ich rechnete es Hans Ullrich Garden hoch an, daß er mich in diesem Augenblick nicht etwa losließ, sondern ganz im Gegenteil noch näher an sich zog und den linken Arm um meine Schultern legte.

»Im ganzen Haus habe ich dich gesucht!« rief Gaby außer sich. »Überall bin ich herumgerannt! Wie eine Verrückte habe ich mich benommen, und du, du ...«, sie stürzte auf Hans Ullrich Garden los, »du hast nichts Besseres zu tun, als mit dieser ... dieser Person da herumzuflirten.«

»Nun nimm mal Vernunft an, Mädchen«, sagte Hans Ullrich Garden seelenruhig. »Hast du dir wirklich nicht denken können, daß ich in meinem Büro bin? Wo soll ich denn sonst sein? Und was dieses Mädchen betrifft, so ist es keine Person, sondern eine neue Kollegin von dir. Bitte, Gaby, sei brav, gib Händchen!«

»Ich denke nicht daran«, schrie Gaby und versteckte ihre Hand hinter dem Rücken.

Hans Ullrich Garden ließ mich los und trat drohend auf sie zu. »Nicht?« fragte er. »Und warum nicht, wenn ich bitten darf?«

»Weil sie dich erschießen wollte!«

Hans Ullrich Garden stöhnte auf, ließ sich wieder auf einen der hochmodernen Stühle nieder, vergrub den Kopf in den Händen. »Menschenskind!« sagte er. »Das hat mir gerade noch gefehlt! Eine Verrückte mehr!«

»Erschießen? Wie kommen Sie darauf?« fragte Janos Lewin mit einer Höflichkeit, hinter der, wie immer, Spott zu liegen schien.

»Weil sie – sie hatte doch die Pistole in der Hand! Bestimmt hat sie diese mit auf die Bühne geschmuggelt! Daß ihr dann nachher der Mut gefehlt hat, abzudrücken – finden Sie, daß das für sie spricht? Wenn ich mir vorgenommen hätte, einen Mann zu töten ...«

»Liebes Fräulein Gaby«, sagte ich so freundlich und gelassen, wie es mir irgend möglich war, »ich muß Sie leider darüber aufklären, daß Sie sich in einem grundlegenden Irrtum befinden. Ich hatte weder die Absicht, Hans Ullrich Garden zu töten – bitte, lassen Sie mich jetzt ausreden –, noch einen Grund dazu, weil ich ihn vor diesem Abend ja nur einmal, und da sehr flüchtig, und zwar in Anwesenheit von Herrn Lewin, gesehen habe. Ich hatte auch keine Gelegenheit, die Pistole mit auf die Bühne zu schmuggeln, denn wie Millionen Zuschauer werden bezeugen können, trug ich ein enganliegendes Kleid ohne Taschen. Außerdem hatte ich nicht die entfernteste Ahnung, daß es zu einer Schießerei auf der Bühne kommen würde. Ihr Verdacht gegen mich ist also völlig unbegründet und läßt sich nur aus einer – na, nennen wir die Sache beim Namen – gewissen Eifersucht heraus motivieren. Lieben Sie Hans Ullrich Garden?«

Der Quizmaster sprang auf und hob beschwörend die Hände. »Kinder! Kinder!« rief er. »Nun ist es doch wohl genug. Schließlich sind wir hier nicht auf der Bühne, kein Mensch bezahlt uns für unsere Darbietung. Macht doch Schluß damit! Hatten Sie nicht einen Zug zu versäumen, Fräulein Horn? Ist er schon weg? Nein? Kommen Sie mit, ich fahre Sie mit meinem Wagen zum Bahnhof! Vielleicht schaffen Sie es noch.« Er wandte sich mit einer unbestimmten Handbewegung den anderen zu. »Tschüs, zusammen. Arrivederci!«

Der Ausgang, durch den wir die Straße erreichten, war mir unbekannt. Wenige Schritte weiter, unter einer Laterne, parkte Hans Ullrich Gardens Wagen – nicht die schwere Limousine, in der ich ihn kennengelernt hatte, sondern ein knallrotes, sehr schnittiges Sportkabriolett mit weißen Ledersitzen. Hans Ullrich Garden riß die Tür auf, wartete aber nicht, bis ich eingestiegen war, sondern lief zur anderen Seite des Autos, nahm am Steuer Platz, steckte, kaum daß ich meine Tür zugeknallt hatte, den Zündschlüssel ein und brauste wenige Sekunden später los.

»Wissen Sie, daß Sie mich sehr glücklich gemacht haben, Sonja?« fragte er unvermittelt.

»Ich? Wieso?« gab ich dumm zurück.

Er tastete nach meiner Hand. »Ich bin sehr, sehr froh, daß ich Sie kennengelernt habe, Sonja.«

»Ich muß immerzu an dieses merkwürdige Attentat denken«, sagte ich ehrlich. »Wer kann diese Sache eingefädelt haben? Es muß jemand sein, der bei der Sendung mitgewirkt oder geholfen hat, sie vorzubereiten. Anders wäre die Sache zu kompliziert. Wer war diese Dame, die Sie vorhin angerufen hat? Diese Lilo?«

»Eifersüchtig?« fragte er.

»Ach wo. Nur eine Überlegung. War sie auf der Bühne?«

»Ja. Aber Lilo – das ist ganz ausgeschlossen! Lächerlich. Überhaupt, Sonja, bitte schlagen Sie sich doch diese blödsinnige Geschichte endlich aus dem Kopf. Es ist ja noch mal gut gegangen. Sehen Sie, für mich ist es ein Wink des Schicksals, daß gerade Sie mir das Leben gerettet haben.«

»Ich glaube kaum, daß irgendeine andere Frau – selbst die dümmste Gans nicht – diesen Revolver mit einem harmlosen Plastikkinderspielzeug verwechselt hätte, Herr Garden. Der Mörder konnte also eigentlich gar nicht damit gerechnet haben – hören Sie, Herr Garden, finden Sie das eigentlich nicht auch sehr merkwürdig?«

»Wahrscheinlich hat es sich überhaupt nur um einen dummen Witz gehandelt. Es war sicher einer dieser blöden Späße, wie sie unter Kollegen beim Theater üblich sind!«

»Ein ziemlich gefährlicher Spaß«, sagte ich, immer noch nicht überzeugt. »Was ist mit den Drohbriefen, von denen Sie vorhin gesprochen haben? Wird da auch schon auf einen Mord hingedeutet?«

»Sonja! Ich flehe Sie an, hören Sie endlich auf damit! Wozu zerbrechen Sie sich Ihren hübschen Kopf? Freuen Sie sich doch lieber, daß alles gut gegangen ist – freuen wir uns, daß wir auf der Welt sind!« Er faßte, den Blick immer geradeaus auf die Straße gerichtet, meine Hand und drückte sie. »Sie ahnen ja nicht, was Sie mir bedeuten, Sonja. Ich erinnere mich nicht, daß ich je so glücklich gewesen wäre wie in diesem Augenblick. Endlich habe ich einen Menschen gefunden, einen wirklichen Menschen, kein Püppchen, kein Lärvchen, sondern eine Persönlichkeit. Schon damals, als wir uns das erstemal begegneten, spürte ich ganz deutlich: Sie sind die Frau, auf die ich immer gewartet habe. Sonja, Sie lächeln, Sie glauben mir nicht! Ich weiß, meine Erfolge bei Frauen sind sprichwörtlich ...«

Dieser eitle Satz riß mich fast schmerzhaft aus der Verzauberung, der ich wider Willen unter dem Einfluß seiner wohlklingenden Stimme verfallen war. Ich riß die Augen auf und sah zum Fenster hinaus, erkannte, daß wir durch einen Villenvorort fuhren.

»Halt!« rief ich aufgebracht. »Halten Sie oder kehren Sie um! Warum bringen Sie mich nicht zum Bahnhof?«

Hans Ullrich Garden stoppte den Wagen gehorsam, wandte sich mir zu, in seinen blauen Augen schimmerte Zärtlichkeit. »Hören Sie, Sonja . . .«

»Ich will jetzt nichts mehr hören!« rief ich wütend. »Ich will zurück! Sie haben mir doch versprochen, mich zum Bahnhof zu bringen – warum . . .«

»Darum!« sagte er und riß mich in seine Arme.

Sein Kuß war voll Leidenschaft.

Ich bin ehrlich genug, zuzugeben – Hans Ullrich Gardens leidenschaftliche Küsse überrumpelten mich nicht nur, sondern faszinierten mich beinahe. Es dauerte Sekunden, bis ich den Bann, dem ich wider Willen verfallen war, abschütteln konnte und mein Gehirn klar funktionierte.

Ich gab ihm mit beiden Händen einen Stoß vor die Brust, der um so wirkungsvoller war, als er ganz gewiß nicht damit gerechnet hatte. Er gab mich frei, und ich benutzte seine Schrecksekunde, um die Wagentür aufzureißen und auf die Straße zu springen. Ohne mich auch nur einmal nach dem parkenden Wagen umzusehen, lief ich wie gehetzt davon. Ich rannte die breite, schöngepflasterte Villenstraße hinunter, bog um die Ecke und lehnte mich atemlos gegen einen Zaun. Gerettet! schoß es mir durch den Kopf, aber gleichzeitig wurde mir bewußt, wie unsinnig und verfrüht mein Triumph war.

Schön und gut, ich war Hans Ullrich Garden entronnen – aber was weiter? Ich stand mitten in der Nacht in einer fremden Großstadt, von der ich nicht mehr als das Geschäftsviertel und auch das nur am hellen Tage kannte. Ich hatte keine Ahnung, in welcher Gegend der Stadt ich mich befand und ob von hier aus Omnibusse oder Straßenbahnen fuhren. Nur eines war mir ziemlich klar, nämlich daß ich vom Bahnhof so weit wie irgend möglich entfernt war. Ein Taxi wäre jetzt die – wenn auch ziemlich teure – Rettung gewesen, aber ich hatte keinen Schimmer, ob und wo sich hier in der Gegend ein Taxistand befand.

So stand ich denn mehr vor Aufregung als vor Kälte zitternd mutterseelenallein auf der stillen Straße und stellte wieder einmal fest, daß ich mich wie eine dumme Gans benommen hatte. Um mich rauschten die Bäume in den Gärten der Villen, ein Käuzchen schrie – ich nahm jedenfalls an, daß es ein Käuzchen war –, aber sonst war kein Laut zu hören. Nur aus wenigen Fenstern schien noch Licht – und wenn es mehr gewesen wären, was hätte es mir geholfen? Ich konnte ja nicht einfach an irgendeiner Haustür klingeln und erklären: »Ich bin die Studentin Sonja Horn und durch einen lächerlichen Zufall in diesen Stadtteil verschlagen. Bitte sagen Sie mir, wie ich am schnellsten zum Bahnhof komme!«

Mein Herz schlug höher, als ich das sanfte Brummen eines Motors hörte. Ich blieb, immer noch an den Gartenzaun gepreßt, stehen, sah, wie die honiggelben Lichter der Autoscheinwerfer sich immer tiefer in die Dunkelheit hineinfraßen. Ich gab mir einen Ruck, sprang auf die Hauptstraße zurück und winkte mit der Hand.

Das Auto, das sich im Schneckentempo genähert hatte, hielt sofort. Ich lief darauf zu, öffnete den Wagenschlag und stieg ein. Jetzt erst sah ich, warum es so lange gedauert hatte, bis Hans Ullrich Garden mich eingeholt hatte – er hatte sich eine Zigarette angesteckt und inzwischen fast zu Ende geraucht.

Ich hatte das Gefühl, daß ich irgendwie mein Gesicht wahren müßte, und sagte: »Ach, Sie sind es! Ich hatte gehofft, ein Taxi zu erwischen.«

»Geben Sie lieber zu, daß Sie sich zwar tugendhaft, aber dumm benommen haben, Mädchen!«

»Mag sein. Aber schuld daran sind Sie. Ihr Benehmen gegenüber alleinreisenden jungen Damen läßt sehr zu wünschen übrig.«

»Danke.«

»Bitte«, sagte ich nicht weniger kurz. Ich ließ soviel Zwischenraum zwischen uns wie nur möglich.

Ich wußte, daß ich eine Schlacht verloren hatte, und ärgerte mich. Wieder einmal hatte ich Gelegenheit zu bereuen, daß ich nicht raffiniert genug bin. Eine Frau mit Sex-Appeal hätte sich bei einer ungelegenen Küsserei bestimmt effektvoller aus der Affäre gezogen, vor allen Dingen wäre sie niemals zu dem Auto des manierenlosen Verführers zurückgelaufen. Was man tun mußte, um den Männern zu imponieren, wußte ich ganz genau – nur wie man es tatsächlich anfing, dabei versagte ich. Es war zum Heulen.

»Sie sind mir doch nicht wirklich böse, Sonja, wie?« fragte Hans Ullrich Garden in meine Gedanken hinein.

»Doch«, sagte ich wütend.

»Hören Sie mal, Sonja, wenn es Ihnen nicht Spaß gemacht hätte . . .«

»Bitte, werden Sie jetzt nicht unverschämt!« schnitt ich ihm das Wort ab. »Ob es mir Spaß gemacht hat oder nicht, das steht doch jetzt gar nicht zur Debatte. Es handelt sich einzig und allein darum, daß Sie sich unkorrekt benommen haben, Herr Garden! Wenn Ihre berühmten Erfolge alle auf ähnlicher Basis beruhen, dann kann ich nur sagen . . .« Ich wußte nicht recht, was ich wirklich dazu sagen sollte, mußte eine kleine Pause einlegen und behauptete dann: »Primitiv! Ja, das ist das richtige Wort – primitiv. Zum Kuckuck, was müssen das für Frauen sein, die sich von solch einem Groschenkavaliersbenehmen imponieren lassen! Ich gehe jede Wette ein, keine von Ihren Verehrerinnen ist über achtzehn, wie?«

Zu meiner Überraschung stimmte er ohne weiteres zu. »Na ja, die meisten nicht«, sagte er. »Ich habe nun mal was übrig für die Teenager.«

»Daß ich nicht lache!« sagte ich böse. »Ihre ganze Vorliebe beruht auf Ihrer Erfahrung – je jünger, desto anspruchsloser! Stimmt's, oder habe ich recht?«

Statt einer Antwort sagte er: »Wo darf ich Sie hinbringen, Sonja?«

»Wohin schon? Zum Bahnhof.«

»Ich fürchte aber, es geht heute kein Zug mehr.«

»Ah, das haben Sie also gewußt, und trotzdem . . .«

»Sonja, bitte regen Sie sich doch nicht auf – ich habe es wirklich nur gut mit Ihnen gemeint!«

»Wohin wollten Sie mich eigentlich entführen?« fragte ich sachlich.

»Na ja, ich wohne hier ganz in der Nähe.«

»In einer tollen Villa mit Swimming-pool und allem Komfort! Hätte ich mir denken können.«

»Genau. Nur daß sie nicht mir gehört. Ich habe sie gemietet, aus Repräsentationsgründen, verstehen Sie? Ich persönlich, als bescheidener Junggeselle, ich wäre mit ein, zwei Zimmern und einem Bad natürlich völlig zufrieden. Aber was soll man machen? Das Publikum verlangt gewisse Zugeständnisse.«

»Sie armer, armer Mensch!« Die Uhr auf dem Armaturenbrett des Autos zeigte an, daß es gleich ein Uhr sein würde. »Bringen Sie mich bitte zum Bahnhof«, sagte ich, »ich werde warten, bis der nächste Zug geht.«

»Warum wollen Sie nicht lieber hier übernachten, Sonja? In einem Hotel?«

»Haben Sie Begriffe! Die Reise hat mich sowieso mehr Geld gekostet, als ich verantworten kann . . .«

»Stimmt«, sagte er sofort. »Gut, daß Sie mich daran erinnern, bitte schreiben Sie alles auf, was Sie an Spesen gehabt haben – also, Hinfahrt, Rückfahrt, Hotel, Mittagessen, Abendessen, Frühstück –, und schicken Sie mir diesen Zettel mit Ihrer Unterschrift zu. Sie bekommen natürlich alle Auslagen ersetzt!«

»Aber – was fällt Ihnen ein!?« wollte ich protestieren.

Hans Ullrich Garden grinste. »Nicht aus meiner Tasche, Mädchen. Für so etwas haben wir eine Verwaltung. Sie wird jede einzelne Ausgabe nachprüfen – also seien Sie auf keinen Fall zu kleinlich, gestrichen wird immer irgendwo etwas.«

»Aber ich – ich bin doch nur als Zuschauerin gekommen!«

»Na, wenn schon. Als was Sie gekommen sind, interessiert doch keinen Menschen. Jedenfalls haben Sie als meine Quizassistentin das Funkhaus verlassen. Ist das klar?«

»Wollen Sie mich denn überhaupt noch nehmen? Ich meine – nachdem . . .?«

»Warum nicht?« fragte er erstaunt. »Glauben Sie etwa, daß ich Ihnen böse bin?«

»Ich weiß nicht. Jedenfalls enttäuscht.«

»Na ja, da ist was Wahres dran. Aber Sie kennen mich schlecht, wenn Sie jetzt glauben, daß Sie mich kleingekriegt haben. Ein Hans Ullrich Garden läßt sich doch von so einer Enttäuschung nicht einfach umwerfen – nein, das ist bei mir nicht drin. Wenn's heute nicht geklappt hat, klappt's vielleicht ein andermal. Wollen wir es so halten, Mädchen?«

»Herr Garden«, sagte ich, »es tut mir leid, wenn ich Ihnen widersprechen muß. Es wäre schlimm, wenn Sie sich falsche Hoffnungen machen würden. Ich habe nämlich gewisse Prinzipien . . .«

Er lachte. »Wunderbar. Ich nämlich auch. Habe ich nicht immer gesagt, wir beide passen großartig zusammen?«

»Wenn Sie mich nur engagiert haben, weil Sie sich einbilden, daß Sie früher oder später . . .«

»Ach was, Unsinn«, unterbrach er mich. »Ich habe Sie engagiert, weil Sie mir das Leben gerettet haben. Jawohl, das haben Sie. Außerdem – wie oft soll ich es Ihnen noch sagen –, Sie sind eine Persönlichkeit. Für einen Mann wie mich, der von Heuchlern und Schmeichlern umgeben ist, ist es einfach unbezahlbar, eine Persönlichkeit in seiner Nähe zu wissen. Sie glauben wohl, alles, was ich Ihnen vorhin erzählt habe, war Schmus? Da irren Sie sich aber gewaltig, Sonja. Sie sind und bleiben die Frau meines Lebens, und eines Tages werden Sie es bestimmt noch einsehen.«

Renate war von meinem Bericht völlig erschlagen, aber als ich ihr meine Absicht, als Quizassistentin bei Hans Ullrich Garden zu arbeiten, kund und zu wissen gab, wackelte sie denn doch bedenklich mit dem Kopf. »Sonja«, sagte sie, »hör auf deine alte Freundin – du bist dabei, deine Tugend mutwillig zu gefährden!«

»Aber wieso denn? Niemand kann mich zwingen . . .«

»Wird auch niemand versuchen. Wer spricht denn hier von zwingen? Ich denke eher an Verführen. Dieser Hans Ullrich Garden scheint ein großer Verführer vor dem Herrn zu sein. Du bist ein harmloses Kind, und ich weiß nicht, ob ich dich diesem Don Juan anvertrauen kann.«

»Also hör mal, Renate, dich brauche ich bei dieser Sache ja wirklich nicht um Erlaubnis zu fragen!«

»Nicht?« fragte Renate und tat sehr erstaunt. »Warum fragst du mich denn?«

»Ich habe dich um einen Rat gebeten, weiter nichts.«

Renate schien zu merken, daß sie zu weit gegangen war. »Bravo, unschuldiges Lämmlein«, sagte sie salbungsvoll, »und wie lange gedenkst du diesen Zauber mitzumachen?«

»Na, höchstens ein Semester – das heißt, wenn Professor Gahlen überhaupt damit einverstanden ist, und dann muß ich meine Eltern natürlich noch einweihen, aber ich denke, die werden froh sein, wenn ich endlich mal selber ein bißchen Geld verdiene.«

»Tja, tja, das kennen wir«, sagte Renate durch die Nase, »die materialistischen Ansichten der finanziell gesicherten Oberschichten!« Dann fiel sie unvermittelt wieder in ihre natürliche Umgangssprache zurück. »Sag mal, und an mich denkst du wohl überhaupt nicht, wie? Was soll denn jetzt mit unserem Zimmer werden? Bildest du dir ein, daß ich die Miete für uns beide allein tragen soll?«

»Natürlich behältst du es«, antwortete ich prompt. »Du wirst leicht einen Ersatz für mich kriegen – aber vergiß nicht, im Herbst will ich wieder einziehen.«

»Die Möglichkeit, daß ich mich an deinen Ersatz inzwischen gewöhnt haben könnte, ziehst du nicht in Betracht, wie?« fragte Renate.

»Kaum zu glauben«, sagte ich. »Es wird dir schwerfallen, ein Wesen zu finden, das es in Sachen Ordnungsliebe, Gutmütigkeit, Anpassungsfähigkeit, Kameradschaftlichkeit und so weiter mit mir aufnehmen kann.«

Renate äußerte kein Wort zu dieser Rede. Sie trat schweigend zum Fenster und öffnete es weit. Ich war viel zu vorsichtig und durch Erfahrung gewitzt, um sie nach dem Grund ihres Tuns zu fragen; ich wußte überdies, was diese Geste zu bedeuten hatte: Eigenlob stinkt!

»Für den Fall, daß du keine passende Zimmergenossin findest«, beeilte ich mich zu versichern, »bin ich natürlich bereit, meinen Anteil der Miete weiter zu zahlen – ich kann's mir ja jetzt schließlich leisten.«

Renate setzte sich auf die Kante unseres einzigen, ziemlich wackeligen Tisches und zündete sich eine Zigarette an. »Was reizt dich so an diesem Angebot, Sonja?« fragte sie. »Das Geld?«

»Ja und nein.«

»Nun erzähl mir bloß nicht, daß du die Stelle aus soziologischem Interesse annehmen willst!«

»Auch nicht – oder nicht in der Hauptsache! Hör gut zu, Renate, vor meinen Augen wäre um ein Haar ein Mord geschehen – was heißt, vor meinen Augen? Ich selber hätte um ein Haar einen Mord begangen – ohne es zu ahnen. Ist das nicht furchtbar?!«

»Jedenfalls sollte es Grund genug für dich sein, dich aus dem Fernsehmilieu zurückzuziehen.«

»Blödsinn!« sagte ich grob. »Wie kannst du so daherreden! Du weißt genausogut wie ich, daß die Leute vom Fernsehen an diesem Zwischenfall bestimmt nicht schuld sind!«

»Nicht die Leute im allgemeinen, Sonja, aber irgendeiner muß es doch gewesen sein, der den Revolver vertauscht hat, nicht wahr?«

»Eben, ganz meine Meinung. Und das will und werde ich herausfinden.«

»Warum?«

»Fragst du das im Ernst?«

»Na klar. Hast du vor, dich für die polizeiliche Laufbahn zu qualifizieren?«

»Renate! Jemand hat versucht, mich zur Mörderin zu machen!«

»Niemand hat das versucht«, unterbrach Renate mich. »Du wärst vor jedem Gericht glatt freigesprochen worden.«

Ich stöhnte. »Du willst mich nicht verstehen!«

»Ich verstehe dich vielleicht zu gut. Warum willst du diesen Fall aufklären? Warum willst du den Mörder finden? Es gibt dafür nur eine vernünftige Antwort – weil du Hans Ullrich Garden schützen willst. Und warum willst du ihn schützen? Weil du dich in ihn verliebt hast. Also, bitte, bleib jetzt ganz ruhig, es hat keinen Sinn, mir die Augen auszukratzen, damit änderst du nichts an den Tatsachen. Du hast dich in Hans Ullrich Garden verliebt, und gerade aus diesem Grund wäre es besser für dich, du würdest ein Zusammensein mit ihm von nun an wie die Pest meiden.«

Eine innere Stimme sagte mir, daß Renate mit ihrer Behauptung nicht ganz unrecht hatte, und gerade deshalb wehrte ich mich um so heftiger gegen ihre Warnung. Tatsächlich war es auch nicht nur Hans Ullrich Gardens Persönlichkeit gewesen, die mich verlockt hatte, das Fernsehangebot anzunehmen – es reizte mich, etwas zu erleben. Die Fernsehleute schienen mir in einer anderen Welt zu leben, in einer Welt, die interessanter, aufregender und spannender war als die, die ich bisher kannte. Mir war es fast, als könnte ich die behagliche Ruhe unserer kleinen Universitätsstadt nicht länger ertragen.

Professor Gahlen hatte nichts dagegen, daß ich ein Semester aussetzen wollte. Er wurde ganz enthusiastisch bei dem Gedanken, daß eine seiner Schülerinnen so rasch in das praktische Leben hinaustreten sollte. »Das ist ja hochinteressant«, wiederholte er immer wieder, »hochinteressant. Spitzen Sie nur ja Ihre Ohren, Fräulein Horn, halten Sie Ihre Augen offen! Lassen Sie sich nicht die kleinste Einzelheit entgehen. Ich glaube, Sie sind geschult genug, um zu wissen, auf was es mir ankommt, nicht wahr? Ich werde Ihnen noch etwas Literatur aufschreiben – aber nein, damit sollten Sie sich in der nächsten Zeit gar nicht belasten. Wie wär's, wenn Sie sich schon ein Thema für Ihre Dissertation ausdenken würden – sagen wir – das Fernsehen als soziologisches Phänomen, wie? Könnte Sie das reizen? Aber lassen Sie sich jetzt nicht den Kopf heiß machen, das hat alles Zeit bis später. Auf alle Fälle wünsche ich Ihnen viel Glück und – daß ich sehr gespannt auf das Material bin, das Sie bringen werden, können Sie sich denken!«

Von meinen Eltern bekam ich einen langen Brief, in dem sie mir ihre Zustimmung erklärten, allerdings unter Vorbehalt. »Du weißt, daß Enzio Ostern sein Abitur macht«, schrieb meine Mutter, »Vater hätte nie seine Einwilligung zu so einer merkwürdigen Stellung, wie Du sie annehmen willst, gegeben, aber natürlich ist es eine große Erleichterung für uns, wenn Du von nun an, wie Du behauptest, selbst Dein Studium finanzieren kannst. Vor allen Dingen gibt es Enzio die Möglichkeit, seine Pläne zu verwirklichen.«

So ungefähr hatte ich mir die Antwort meiner Eltern vorgestellt, aber ich ärgerte mich doch, daß Enzio, der allen Grund gehabt hätte, froh über diese Wendung der Dinge zu sein, sich es nicht hatte verkneifen können, einige ironische Zeilen hinzuzufügen, in denen er mir vorschlug, doch bei der nächsten Miß-Germany-Konkurrenz mitzumachen, und mit falscher Bescheidenheit anfragte, wie es um meine Filmpläne stünde.

Aber immerhin, alles war geordnet, der Semesterschluß stand vor der Tür, ich brauchte nur noch die Unterschriften der Professoren in meinem Studienbuch zu sammeln, meinen Koffer zu packen und eine Fahrkarte zu kaufen. Dann konnte mein neues Leben beginnen.

*

Tatsächlich begann es mit einer Enttäuschung. Ich hatte Hans Ullrich Garden meine Ankunft telegrafiert, aber als ich vom Bahnhof aus das Funkhaus anrief, meldete mir eine Dame mit einer hohen, spitzen Stimme, die sich als Hans Ullrich Gardens Sekretärin bezeichnete, daß der »Master«, wie sie sagte, nicht im Hause wäre.

Sie schien sich an meinem Schrecken förmlich zu weiden, erst eine ganze Weile später rückte sie mit der Tatsache heraus, daß Hans Ullrich Garden mich erwartet hatte und mir bestellen ließ, ein Taxi zu nehmen und mit meinem Gepäck zum Fernsehstudio herauszukommen. Ich sollte als erstes mich bei der Personalabteilung vorstellen und meinen Vertrag unterschreiben.

»Aber – ich dachte, ich sollte mich zuerst nach einem möblierten Zimmer umsehen«, sagte ich.

»Darüber sprechen wir, wenn Sie hier sind«, erklärte die Sekretärin. »Entschuldigen Sie mich jetzt bitte – ich habe zu tun!« Ohne eine Antwort abzuwarten, hängte sie ein.

Ich fand, daß der Empfang, den Hans Ullrich Garden mir nach all seinen glühenden Liebesbeteuerungen bereitete, mehr als frostig war. Möglicherweise hatte er schon nicht mehr mit meinem Kommen gerechnet, und es war ihm lästig, daß ich ihn beim Wort genommen hatte. Ich überlegte tatsächlich, ob ich nicht einfach über die Semesterferien nach Hause fahren, den Quizmaster und alles, was damit zusammenhing, vergessen und im nächsten Semester wieder auf die Universität gehen sollte – nur der Gedanke an das Hohngelächter meiner Brüder hielt mich davon ab.

Obwohl es meiner natürlichen Sparsamkeit widersprach, nahm ich mir ein Taxi – darauf kam es jetzt ja auch nicht mehr an, und zudem wollte ich keinen provinzlerischen Eindruck machen – und ließ mich zum Fernsehstudio bringen.

Von dem Moment an, da ich das Funkhaus betrat, ging plötzlich alles glatt. Es stellte sich heraus, daß die Personalabteilung sehr wohl auf meine Vorsprache vorbereitet war, es war nur nicht ganz einfach, ihnen klarzumachen, warum ich nur einen Halbjahresvertrag abschließen konnte. Sie hatten sogar schon ein Quartier für mich ausgesucht.

»Die Pension ›Television‹«, erklärte mir ein sehr netter älterer Herr mit einem gepflegten kleinen Schnurrbart, »liegt gerade hier gegenüber. Die meisten Fernsehleute, die in der Stadt kein eigenes Heim haben, wohnen dort. Sie werden bestimmt zufrieden sein.«

»Aber eine Pension«, wagte ich einzuwenden, »ist das denn nicht zu teuer? Bitte, verstehen Sie mich nicht falsch, aber ich habe vor, mir soviel wie möglich für mein Studium zurückzulegen.«

»Ich verstehe wirklich nicht . . .« Der Herr mit dem gepflegten Schnurrbart sprach den Satz nicht zu Ende und hob erstaunt die Augenbrauen.

»Wäre es nicht billiger, wenn ich mir ein möbliertes Zimmer suchte?« bemühte ich mich, ihm meinen Standpunkt klarzumachen.

Jetzt lächelte er und zeigte zwei Reihen strahlend weißer und unbedingt falscher Zähne. »Ausgeschlossen. Was wollten Sie mit einem möblierten Zimmer? Sie werden ja kaum in der Stadt sein.«

»Nicht?« fragte ich verwundert.

»Hat man Ihnen nicht gesagt, worin Ihre Arbeit besteht?« fragte der Herr mit dem Schnurrbart ebenso verwundert zurück.

»Doch. Ich soll als Quizassistentin von Hans Ullrich Garden arbeiten.«

»Ah, jetzt weiß ich, was Sie getäuscht hat – das Wörtchen Quiz. Bitte, lesen Sie noch einmal Ihren Vertrag durch. Sie werden sehen, da steht von Quiz nichts drin. Sie sind als Assistentin von Herrn Garden engagiert. Der große Quizabend, der alle drei Wochen ausgestrahlt wird, ist nur ein Bruchteil der Betätigung von Herrn Garden. Er hat außerdem die großen Konzerte und die Veranstaltungen aller Art in Kurorten zu leiten, die im Hörfunk übertragen werden – natürlich werden Sie ihn auch da begleiten müssen. Außerdem darf Herr Garden – mit ausdrücklicher Genehmigung der Sendeanstalt – an Tourneen von Konzertagenturen, Starparaden, Modeschauen und dergleichen mehr mitwirken. Ich nehme an, daß er Sie auch dabei brauchen wird, mein liebes Fräulein – aber das müssen Sie sich extra von Herrn Garden honorieren lassen. Auch die Spesen fallen in einem solchen Fall zu Lasten der Tourneeleitung. Sie verstehen?«

Ich muß ehrlich zugeben, daß ich mehr als verwirrt war. Ich hatte nicht die geringste Ahnung gehabt, daß Ullrich Garden so vielseitig war, und der Gedanke, die Hälfte des Monats womöglich Wand an Wand in irgendwelchen Hotels mit ihm zu übernachten, mißfiel mir durchaus. Fast bereute ich es, daß ich Renates Warnung in den Wind geschlagen hatte, aber jetzt war es für eine Rückkehr zu spät.

Die Pension »Television« war ziemlich elegant, aber auch wieder nicht so luxuriös, daß es überwältigend gewesen wäre. Optisch war alles vorzüglich – ich bekam ein sehr behaglich eingerichtetes Zimmer mit einem eigenen Bad, das in Altrosa sehr hübsch gekachelt war. Das Frühstück am nächsten Morgen wurde mir zwar auf einem silbernen Tablett serviert, aber das Gebräu, das mir das Stubenmädchen einschenkte, hielt keinen Vergleich mit dem Kaffee aus, den Renate und ich uns auf unserem elektrischen Kocher zu machen pflegten.

Hans Ullrich Garden ließ nichts von sich hören, und als endlich das Telefon klingelte, war es Janos Lewin, der mich anrief. Er teilte mir mit, daß Garden sich zur Zeit in der Schweiz aufhalte – was er da tat und trieb, darüber schwieg er sich aus –, so daß es nun seine Aufgabe wäre, mich in meine Pflichten als Assistentin einzuweihen. Unsere erste Besprechung fand am nächsten Morgen um neun Uhr statt. Dabei stellte ich fest, daß mein Aufgabenkreis zwar sehr weit gespannt, aber keine meiner Pflichten übermäßige Intelligenz oder Geistesgegenwart erforderte.

»Ich weiß, das sieht jetzt alles sehr leicht aus, liebes Fräulein Horn«, sagte Janos Lewin mit der Hellsichtigkeit, die ihm eigen zu sein schien, »aber täuschen Sie sich nicht. Ihr Beruf fängt ja erst an, schwierig und gleichzeitig interessant zu werden, wenn irgend etwas nicht nach Plan klappt, verstehen Sie? Wenn, nehmen wir an, die Sektflasche sich nicht öffnen läßt, wenn die Blumen, die Garden auf der Bühne einem Star übergeben will, schon verwelkt sind – wenn er den Faden verliert.«

»Kommt so etwas oft vor?«

»Es kann vorkommen«, sagte Janos Lewin mit der Doppeldeutigkeit eines Orakels, »Sie müssen immer und in jedem Augenblick auf alles gefaßt sein.«

»Gut. Werde ich«, versprach ich.

»Sie rechnen auch damit, daß Hans Ullrich Garden Ihnen nachstellen wird?«

Ich überlegte einen Augenblick, dann hielt ich es für das Beste, schlicht »ja!« zu antworten.

»Wahrscheinlich hat er auch Ihnen erzählt, daß Sie die Frau seines Lebens sind – daß er Sie liebt, daß er Sie braucht, daß er glücklich ist, endlich eine Persönlichkeit gefunden zu haben.«

Ich wurde rot und ärgerte mich über mich selbst. »Das erzählt er doch wohl jeder?«

»O nein, ganz so primitiv ist er doch nicht – er hat sozusagen verschiedene Platten – nicht sehr viele, aber immerhin drei oder vier.«

Mir war dieses Gespräch sehr unbehaglich. Ich fand es boshaft und höchst indiskret, daß Janos Lewin mich über mein Verhältnis zu Hans Ullrich Garden ausfragen wollte. Immerhin war es aber auch möglich, daß er es darauf anlegte, mich zu schützen und zu warnen. Ich wußte es nicht. »Glauben Sie, daß das Mordmotiv hier zu suchen ist?« fragte ich.

»Wo?« fragte er verwundert.

»Nun, das ist doch sehr naheliegend. Sie versuchen doch dauernd, mir klarzumachen, daß Hans Ullrich Garden jedem weiblichen Wesen, das seinen Weg kreuzt, nachstellt. Ich will nicht schlecht von meinen Geschlechtsgenossinnen denken, aber wir können doch immerhin ohne weiteres annehmen, daß fünfzig Prozent all dieser Damen dem Unwiderstehlichen zum Opfer gefallen sind, nicht wahr? Da ich ihm aber nicht zutraue, daß er imstande ist, einen ganzen Harem dauernd fröhlich vereint um sich zu scharen, muß es doch zu Eifersüchteleien, zu Haß, zu Rachegefühlen gekommen sein? Oder?«

»An wen denken Sie da? Ich nehme doch an, daß Sie an eine bestimmte Person denken?«

»Nein. Überhaupt nicht. Ich kenne hier fast niemand, aber mir ist es natürlich sonnenklar, daß Fräulein Gaby, die schöne Assistentin, ein Verhältnis mit Garden gehabt hat oder auch noch hat – dann ist da noch diese geheimnisvolle Dame Lilo! Bitte, sagen Sie mir doch, habe ich diese Herzensdame schon einmal gesehen?«

»Lilo käme für so etwas überhaupt nicht in Frage.«

»Und warum nicht?«

»Wenn Sie sie kennenlernen, werden Sie sehen, daß sie nicht der Typ danach ist. Lilo ist Cutterin, auf deutsch, sie schneidet die Filmaufnahmen – Alter irgendwo zwischen dreißig und vierzig, sehr selbständig und selbstbewußt. Nein, Lilo würde sich bestimmt wegen eines Mannes wie Garden nicht unglücklich machen.«

»Trotzdem hat sie nicht davor zurückgescheut, ihn mitten in der Nacht anzurufen!«

»Wissen Sie denn, ob sie nicht mit ihm verabredet war? Ich nehme an, daß sie fest mit seinem Erscheinen gerechnet hatte und einfach wissen wollte, woran sie war.«

»Natürlich. Das wäre möglich. Sie glauben also nicht, daß eine Frau dahintersteckt? Wer sonst?«

»Was weiß ich. Ich kann mir nicht vorstellen, daß Hans Ullrich Garden überhaupt Feinde hat. Ich glaube, daß man – ich, Sie und eine Menge anderer Leute – in manchen Augenblicken sehr wütend auf ihn sein könnte, aber ich kann es mir nicht vorstellen, daß jemand ihn so ernsthaft und von Dauer hassen könnte. So ernst kann man ihn doch gar nicht nehmen.«

»Sie sind ziemlich boshaft, nicht wahr?« sagte ich und sah Janos Lewin gerade in die Augen.

»Ich bin Gardens Freund. Ich kenne alle seine Schwächen, alle seine Fehler – vielleicht macht mich das manchmal ein bißchen ungerecht. Wenn ich aber nicht wüßte, daß er eine Menge positiver Eigenschaften hätte – dann würde ich ihn längst verlassen haben.«

»Könnten Sie das?«

Mit dieser harmlosen Frage schien ich Lewins verwundbarste Stelle getroffen zu haben. Er begann mit unregelmäßigen Schritten im Zimmer auf und ab zu humpeln, fuchtelte dabei mit den Händen in der Luft herum, als wenn er versuchen wollte, sich vom Boden zu erheben, und sein großäugiges Gesicht mit dem zurückfliehenden Kinn verstärkte noch seine Ähnlichkeit mit einem großen, dunklen Vogel.

»Also hat er Ihnen das auch schon eingeredet?« sagte er, und seine Stimme schnappte vor Aufregung über. »Hätte ich mir doch denken können. Hat er Ihnen auch erzählt, daß er mich aus der Gosse gezogen hat, wie? Und Sie haben ihm geglaubt. Sagen Sie nichts, ich sehe es Ihrem Blick an. Sie haben ihm jedes Wort geglaubt. Woher sollten Sie ahnen, daß er lügt? Aber jetzt werde ich Ihnen die Wahrheit sagen – passen Sie gut auf, Fräulein Horn, die Wahrheit, die ganze Wahrheit. Ohne mich wäre Hans Ullrich Garden nichts, ein Dreck – gar nichts. Ohne mich würde er keinen Pfennig Geld verdienen. Ohne mich wäre er niemals der Liebling des Publikums geworden. Er braucht mich – wie die Luft zum Atmen. Wenn ich ihn heute fallen lasse«, Janos Lewin hob die Hand, spreizte die Finger voneinander und ließ ein imaginäres Etwas zu Boden fallen, »ist er erledigt.«

»Ich verstehe nicht ganz«, sagte ich erschreckt und neugierig zugleich.

»Hans Ullrich Garden ist ein schöner Mann, nicht wahr, das ist er, ein stattlicher Mann, ein faszinierender Mann – telegen und prachtvoll anzusehen. Aber seine Einfälle, seine Witze, seine Gags, seine Pointen – glauben Sie wirklich, daß er imstande wäre, sich selbst etwas einfallen zu lassen? Nie, sage ich Ihnen – nie im ganzen Leben. Alles, was er sagt, was er tut – jede einzelne Handbewegung –, verdankt er mir. Bitte, kommen Sie hierher, schauen Sie sich das Manuskript an. Ich habe es geschrieben, ich allein – und es enthält jede Einzelheit seiner nächsten Fernsehsendung.«

»Warum verlassen Sie ihn nicht? Sie könnten es doch – mit Ihrem Verstand und all Ihrer Begabung. Warum binden Sie sich an Garden, wenn Sie ihn nicht mögen?«

Janos Lewin sah mich an, und in seinen Augen stand ehrliches Erstaunen. »Aber ich mag ihn doch, Fräulein Horn, sehr sogar. Er ist für mich wie ein – wie ein Bruder. Verstehen Sie das denn nicht? Wenn ich ihn nicht so gern hätte, würde ich mich wahrscheinlich nicht über ihn ärgern. Die Fehler eines Menschen, der uns nicht interessiert, lassen uns ja meistens gleichgültig, nicht wahr?«

An dem Abend, als die nächste Quizsendung »Lachen ist gesund« stattfand – diesmal nicht im Funkhaus, sondern im Stadttheater von Z., wohin wir schon am Tag zuvor gefahren waren –, war ich mit meinen Nachforschungen immer noch nicht weitergekommen. Dafür aber hatte ich alles gelernt, was eine rechte Quizassistentin wissen muß. Ich hatte mit Janos Lewin, der sich wirklich Mühe mit mir gab, jeden einzelnen Schritt, den ich an meinem ersten beruflichen Fernsehabend tun mußte, geprobt, jeden Knicks, jedes Lächeln, jede Geste.

Je besser ich meine neue Rolle beherrschte, desto mehr war Gabys Eifersucht auf mich gestiegen. Sie behauptete, daß eine wirkliche Assistentin wie ein Mannequin schreiten müsse, während ich wie eine Ente humpele. Janos Lewin jedoch bezeichnete meinen Gang als »lässig«, und auch die übrigen Herren, die unserer Arbeit zusahen, stimmten in diesem Punkt zu, was der Anlaß war, daß Gaby mit hochrotem Kopf davonschoß. Ich bekam langsam den Eindruck, daß sie mich nicht nur aus bloßer Eifersucht haßte, sondern aus der Angst heraus, vielleicht meinetwegen ihre Stellung verlieren zu können oder wenigstens nicht mehr so unersetzlich zu scheinen. Mir fiel alles ein, was Professor Gahlen über die Schattenseiten des Existenzkampfes gepredigt hatte, und ich nahm mir vor, bei der nächsten Gelegenheit einmal in aller Ruhe mit Gaby zu sprechen und ihr zu versichern, daß ich es weder auf ihren Arbeitsplatz noch auf ihren Chef abgesehen habe.

Über all den Aufregungen hatte ich fast die Angst vor dem unsichtbaren Mörder vergessen. Ob weitere Drohbriefe gekommen waren, wußte ich nicht. Niemand dachte daran, mich einzuweihen. Am Abend der Sendung war mein Lampenfieber so stark, daß ich alles andere darüber vergaß. Aber tatsächlich ging alles viel besser, als ich gedacht hatte. Hans Ullrich Garden übertraf sich wieder einmal selbst, und obwohl ich wußte, daß die Witze und die Pointen, die er vom Stapel ließ, nicht auf seinem Mist gewachsen waren, fand ich die Art, wie er sie brachte, doch unnachahmlich. Das Publikum jubelte ihm zu, und ich, die neue Quizassistentin, wurde mit beachtlichem Beifall aufgenommen. Hans Ullrich Garden hatte vorher schon Gratulationen zu meiner Wahl als Quizassistentin bekommen, die fast alle von weiblichen Schreiberinnen stammten und alle auf die gleiche Tonart abgestimmt waren. »Endlich ein anständiges junges Mädchen auf dem Fernsehschirm!«, was ich persönlich durchaus nicht als Kompliment auffaßte.

Wie gesagt, an diesem ersten Fernsehabend klappte wirklich alles famos. Gaby und ich lächelten und nickten, was das Zeug hielt, schleppten Blumen, Kinderschaukelpferde, Badewannen und Sektflaschen herbei, und jeder, der uns beide beobachtete, hätte uns für die besten Freundinnen halten müssen. Übrigens muß ich gerechterweise zugeben, daß Gaby keine Gelegenheit benutzte, mich unsicher zu machen, obwohl sie es leicht gekonnt hätte.

Es war reiner Zufall, daß ich beim Umbau zum großen Schlußbild einen Augenblick zum Hängeboden hinaufblickte und sah, wie sich jemand genau über uns an einem herabhängenden Winkeleisen zu schaffen machte. In dem Bruchteil einer Sekunde erkannte ich die Gefahr und riß Hans Ullrich Garden, der neben mir stand, zurück – gerade noch rechtzeitig, denn schon polterte das Winkeleisen auf die Bühne, genau dorthin, wo wir noch Sekunden vorher gestanden hatten.

Hans Ullrich Garden war blaß wie der Tod, wischte sich mit seinem blütenweißen Taschentuch den Schweiß von der Stirn. Das Publikum jubelte und brüllte vor Begeisterung. Natürlich hielten alle das, was in Wahrheit ein Attentat gewesen war, für einen besonders lustigen Regieeinfall.

Während Hans Ullrich Garden – unsicher und ziemlich verworren, denn für das, was er jetzt sagen mußte, fehlte ihm natürlich das Manuskript – die ungewollte Pointe auszuspielen versuchte, huschte ich hinter die Bühne. Ich wußte, daß ich pflichtvergessen handelte, aber mir war klar, daß ich jetzt und nur jetzt vielleicht noch die Chance hatte, den Attentäter zu erwischen.

Ich kam gerade noch zurecht, um einen jungen Mann in einer blauen Schnürlsamthose und offenem Hemd von dem Hängeboden herunterklettern zu sehen.

Ohne zu überlegen, trat ich ihm in den Weg. »Was haben Sie hier zu suchen?« fragte ich ihn, denn ich war sicher, daß er auf keinen Fall beim Fernsehstab arbeitete.

Natürlich war ich darauf gefaßt, daß er sich damit ausreden würde, zur Belegschaft des hiesigen Theaters zu gehören, aber er tat nichts dergleichen. Er starrte mich lange Zeit mit einem amüsierten, fast unverschämten Blick an, dann sagte er sehr ruhig: »Ich möchte ein Wörtchen mit Hans Ullrich Garden reden!«

»Wer sind Sie?« fragte ich schroff.

»Jürgen Urban«, sagte er, ohne die Hände aus den Hosentaschen zu nehmen, »Reporter.«

»Und was haben Sie hinter der Bühne zu suchen?«

»Ich jage schon seit Wochen hinter einem Interview mit Ihrem Meister her«, sagte Jürgen Urban. »Ich bin von einer Funk- und Fernsehillustrierten beauftragt, die Lebensgeschichte Hans Ullrich Gardens zu schreiben.«

»Ach nee«, sagte ich. »Wollen Sie mir weismachen, daß Sie deshalb auf dem Hängeboden herumgeklettert sind?«

»Das war Zufall. Ich wollte mit dem Mann reden, der das Winkeleisen herunterpoltern ließ. Das schien mir nämlich ein ziemlich gefährlicher Gag. Ich dachte, ich könnte einen Aufhänger für meinen Bericht daraus machen – Quizmaster spielt mit dem Tod, oder so . . .«

»Haben Sie den Mann gesprochen?«

»Leider nein. War schon verschwunden. Könnten Sie mir vielleicht . . .«

»Nein.«

»Wieso sagen Sie nein, wenn Sie noch gar nicht wissen, was ich will?«

»Für Leute Ihres Schlages tue ich prinzipiell nichts, Herr Urban. Sehen Sie zu, daß Sie hier verschwinden, sonst muß ich Sie hinauswerfen lassen.«

Jürgen Urban lachte unbekümmert, und dieses Lachen machte ihn durchaus nicht sympathischer. »Sie gehen aber scharf ran, wie?«

Ich wies auf ein Schild. »Unbefugten ist der Zutritt verboten – das sollten Sie eigentlich wissen, Herr Urban! Wie sind Sie überhaupt hier hereingekommen?«

»Ich habe so meine kleinen Tricks, wissen Sie – ein tüchtiger Reporter muß in der Lage sein . . .«

Ich ließ ihn nicht ausreden, denn mir fiel siedendheiß ein, daß ich inzwischen auf der Bühne möglicherweise schon vermißt worden war. »Ach, gehn Sie zum Teufel!« sagte ich wütend und wandte mich ab.

Der Rest der Fernsehsendung verlief ohne Zwischenfall. Hans Ullrich Garden hatte seinen Schock in erstaunlich kurzer Zeit überwunden. Er sprühte vor Geist und guter Laune, und der Applaus war geradezu orkanartig.

Gnädig nahm Hans Ullrich Garden am Schluß der Sendung Gaby bei der linken, mich bei der rechten Hand, und wir durften uns mit ihm für die Ovationen bedanken.

Meine Feuertaufe als Quizassistentin hatte ich zwar an diesem Abend bestanden, aber es kam mir vor, als wenn ich mich im Fall Jürgen Urban mehr als dämlich benommen hätte. Möglicherweise hatte ich dem Attentäter Auge in Auge gegenübergestanden, aber statt ihn festzuhalten, hatte ich ihn einfach laufen lassen. Es war mir nicht einmal eingefallen, mir seinen Ausweis zeigen zu lassen. Seine Behauptung, daß er eine Story über Hans Ullrich Garden schreiben wollte, war doch mehr als unwahrscheinlich gewesen, zumindest war es eine sehr faule Begründung dafür, daß er sich während der Sendung hinter der Bühne herumtrieb.

Ich ärgerte mich maßlos, daß mir nichts Besseres eingefallen war, als ihn davonzujagen, aber immerhin tröstete es mich ein wenig, daß ich imstande war, der Kriminalpolizei eine ziemlich gute Beschreibung von ihm zu liefern. Denn daß Hans Ullrich Garden nach diesem zweiten Attentat die Polizei hinzuziehen würde, daran zweifelte ich nicht.

Jedoch – ich hatte mich geirrt. Niemand verlor ein Wort über den Mordanschlag, und als wir nach der Vorstellung im Hotel »Blauer Schwan«, wo wir abgestiegen waren, eintrafen, erfuhr ich, daß der kleine Konferenzsaal für die Fernsehleute reserviert war und daß dort noch gefeiert werden sollte. Ich begriff zwar nicht, was es zu feiern gab, und mir war auch nicht im geringsten danach zumute, aber ich entschloß mich dennoch, mitzumachen. Erstens wollte ich mich nicht ausschließen, und zweitens dachte ich, daß es interessant sein würde, mit den maßgebenden Leuten, die an der Sendung beteiligt waren, zusammenzukommen.

Wir waren ungefähr zehn Personen – Hans Ullrich Garden, strahlend wie immer, Lilo, die Cutterin, eine sehr gut erhaltene Dame mit einem Gesicht, dessen Härte auch durch die reichlich aufgetragene Schminke nicht gemildert wurde, Eduard Semmelweis, der Bildregisseur, Gregor Gregory, der Bühnenbildner, seine Frau Ellinor, die für die Kostüme verantwortlich zeichnete, Lenchen Krupp, die Maskenbildnerin, die sich stets alle Mühe gab, uns mit einer Schönheit auszustatten, die ihr selber vom lieben Gott versagt worden war, der Kameramann Heini Hellwege, Otto Schulze, einer der Bühnenmaler, der sich durch nichts als einen kräftigen Existentialistenbackenbart auszeichnete, und natürlich Janos Lewin, Gaby und ich. Wir waren nicht vollzählig, denn einige hatten es vorgezogen, schlafen zu gehen, einen privaten Streifzug durch die Stadt zu machen oder, was ich besonders für die Kameramänner vermutete, einen ruhigen Skat zu dreschen. Bert Bünger und seine Musiker waren gleich nach der Vorstellung mit ihrem Autobus zurückgefahren.

Die Stimmung war heiter bis hektisch, doch Hans Ullrich Gardens gute Laune schien mir ziemlich künstlich. Er gab sich alle Mühe, den Alleinunterhalter zu mimen, obwohl dafür kein Anlaß bestand, denn er hatte ja seine Brötchen heute abend schon verdient. Ich hatte mich absichtlich nicht neben ihn gesetzt, sondern ans andere Ende des langen Eichentisches zwischen Heini Hellwege und Otto Schulze. Erst nachträglich begriff ich, daß dieser Platz alles andere als günstig für meine Zwecke war. Ich hätte gerne mit Hans Ullrich Garden über den zweiten Mordanschlag gesprochen, aber quer über die Tafel hin war das kaum möglich.

Wir saßen schon eine gute Weile zusammen – die allgemeine Ausgelassenheit wuchs, unterstützt von ziemlichen Mengen Alkohol –, als endlich eine kleine Stille eintrat. Hans Ullrich Garden schien plötzlich müde und sehr erschöpft. Er machte den Eindruck, als wenn er sein Pulver für heute verschossen hätte, und auch die anderen, die pausenlos über seine Späße gelacht hatten, wußten nichts mehr zu sagen.

Ich beugte mich vor und fragte in die Stille hinein: »Herr Garden – kennen Sie eigentlich einen Jürgen Urban?«

Er hob den Kopf und sah mich an. »Nein. Wie kommen Sie darauf?«

»Nun, möglicherweise ist es auch nicht sein richtiger Name – er ist ein junger Mann, blond, untersetzt, reichlich arrogant, behauptet, Reporter einer Funk- und Fernsehillustrierten zu sein.«

»Ach so – den meinen Sie? Ein ziemlich aufdringlicher Knabe. Was hat er denn von Ihnen gewollt?«

»Nichts. Er kam vom Hängeboden, kurz nachdem das Winkeleisen heruntergefallen war.«

Hans Ullrich Garden richtete sich steil auf. Alle Liebenswürdigkeit schien aus seinem Gesicht wie weggewischt. »Sie haben ihm erzählt . . .«

»Natürlich nicht«, sagte ich ruhig. »Mir schien das Zusammentreffen nur ziemlich merkwürdig. Was hatte er überhaupt hinter der Bühne zu suchen? Er behauptet, daß er den Auftrag habe, Ihre Lebensgeschichte zu schreiben, und daß Sie ihm keine Gelegenheit zu einem Interview gäben.«

»Stimmt auffallend«, sagte Dr. Janos Lewin. »Wußten Sie

nicht, daß Hans Ullrich Garden keine Enthüllungen liebt?«

Der Quizmaster fuhr herum und blickte Janos Lewin wütend an. »Was ...«, begann er.

Lewin schnitt ihm sofort das Wort ab. »War ja nur ein Spaß, Garden«, sagte er versöhnlich, »aber Tatsache ist doch: Sie weichen dem jungen Mann aus. Jedenfalls hat es ganz den Anschein.«

»Kennen Sie Jürgen Urban?« fragte ich noch einmal. »Ich meine – von früher.«

»Nein«, sagte Hans Ullrich Garden kurz, »und im übrigen bitte ich Sie, Ihre Nase aus meinen Angelegenheiten herauszuhalten.«

»Sie sind nicht sehr dankbar«, sagte ich kühl.

»Ach ja, stimmt.« Hans Ullrich Garden fuhr sich mit der Hand übers Gesicht, zwang sich zu einem Lächeln. »Sie haben mir wieder mal das Leben gerettet – das war reizend von Ihnen!«

»Haben Sie noch nicht daran gedacht, daß es mich ebenso gut hätte treffen können?«

»Nein, wieso? Ach, natürlich – aber sprechen wir nicht mehr darüber. Es ist ja noch mal gut gegangen, oder haben Sie sich etwa verletzt?«

»Herr Garden«, sagte ich, »ich finde Ihre Auffassung mehr als befremdend. Sie sind heute zum zweitenmal um ein Haar dem Tod entgangen – halten Sie es wirklich für richtig, einfach zur Tagesordnung überzugehen? Warum ziehen Sie nicht endlich die Kriminalpolizei hinzu?«

»Wovon redet ihr eigentlich?« fragte Lilo, die Cutterin, ziemlich schrill. »Ich begreife nicht – was soll das alles?«

»Sollte es Ihnen wirklich entgangen sein, gnädige Frau, daß heute abend ein schweres Winkeleisen auf die Bühne gefallen ist?« fragte ich.

»Aber das war doch ein Gag – oder etwa nicht?« Lilo sah von einem zum anderen.

»Nein, das war kein Gag, Lilo«, sagte Dr. Lewin ruhig, »jedenfalls keiner, der im Manuskript vorgesehen war.«

»Immerhin hat es sich ganz gut gemacht«, behauptete Heini Hellwege.

»Von der Kamera her gesehen – vielleicht«, sagte ich wütend. »Aber wenn man wie ich das Ding um ein Haar auf den Kopf gekriegt hätte, sieht man die Sache etwas anders an.«

»O Gott, wie entsetzlich«, sagte Ellinor Gregory. »Man muß sich so was bloß vorstellen! Wer war denn das Kamel, dem das passiert ist?«

»Kamel dürfte nicht ganz der richtige Ausdruck sein«, erklärte ich. »Sagen Sie lieber – Verbrecher!«

»Wollen Sie behaupten, daß es Absicht war?« Lenchen Krupp starrte mich entsetzt an.

»Ja.«

Alle waren ziemlich ernst geworden, nur Gregor Gregory grinste unverschämt. »Sie haben zuviel Phantasie, Sonja«, sagte er, »Sie sollten zur Presse gehen. ›Wahnwitziger Bühnenarbeiter will Quizmaster und seine Assistentin umbringen!‹ Das ist eine prima Schlagzeile – mehr aber nicht.«

»Wie kommen Sie darauf, daß es ein Bühnenarbeiter war?« fragte ich.

Jetzt verging auch ihm das Lachen. »Wer denn sonst?«

»Einer von uns, möchte ich annehmen.«

Mit dieser Bemerkung hatte ich offensichtlich in ein Wespennest gestochen, denn plötzlich schrien alle durcheinander; jeder hielt es für nötig, sich zu verteidigen.

Dr. Janos Lewin hob die schmalen Hände. »Ruhe!« mahnte er. »Ruhe, meine Damen und Herren. Wenn ihr so einen Krach macht, hört man es ja bis in den Speisesaal. Was versprecht ihr euch von dem Geschrei? Was Fräulein Horn behauptet, ist vielleicht ein bißchen übertrieben, aber immerhin, ich muß zugeben, der Verdacht eines Mordanschlages liegt nahe. Sie wissen vielleicht nicht – Hans Ullrich Garden erhält seit einiger Zeit Drohbriefe, und außerdem war es heute nicht das erstemal, daß ein beinahe tödlicher Zwischenfall auf der Bühne passiert ist. Es ist also doch immerhin Grund zu der Annahme vorhanden.«

»Alles Blödsinn!« sagte Heini Hellwege. »Dies ist der absoluteste Blödsinn, den ich je gehört habe.«

»Na schön, wenn Sie meinen«, sagte ich, »aber wie erklären Sie sich dann, daß ich einen Mann gesehen habe, der sich an dem Eisenstück zu schaffen machte, kurz bevor es herunterfiel? Nur deshalb konnte ich Hans Ullrich Garden ja noch im letzten Augenblick zur Seite reißen.«

»Gespenstisch!« sagte Eduard Semmelweis jetzt auch beeindruckt. »Haben Sie sich wirklich nicht geirrt, Sonja?«

»Nein«, sagte ich. »Ich habe den Mann genau gesehen.«

»Na also. Dann müssen Sie doch wissen, wer es ist!« sagte Gaby spitz.

»Wenn's so wäre, hätte ich es längst gesagt«, sagte ich. »Das Gesicht des Mannes habe ich nicht erkennen können, dafür ging es auch viel zu schnell – im übrigen bin ich fast der Meinung, daß es auch eine Frau gewesen sein könnte.«

»Jetzt machen Sie aber mal einen Punkt!« rief Ellinor Gregory. »Wenn Sie nicht wissen, ob es ein Mann oder eine Frau war, haben Sie überhaupt nichts gesehen. Sie phantasieren sich bloß etwas zusammen, um sich wichtig zu machen.«

»Ich habe einen Menschen gesehen«, sagte ich nachdenklich. »Er schien mir klein und ziemlich schlank, trug einen blauen Baumwollarbeitsanzug, das Haar war von einer Mütze verdeckt – von so einer Mütze, wie sie die Bühnenarbeiter meist tragen –, das Gesicht war mir abgewandt, ich habe es nicht gesehen. Es ging ja auch alles ziemlich schnell. Wenn Sie aber trotzdem glauben, daß ich an Halluzinationen leide – wie erklären Sie sich dann, daß ich Hans Ullrich Garden beiseite gerissen habe und tatsächlich eine Sekunde später das Eisenstück herunterpolterte?«

Niemand antwortete mir.

Heini Hellwege zündete sich eine Zigarette an. »Wie kommen Sie darauf, daß es einer von uns war?«

»Ich nehme es an«, sagte ich.

»Möchten Sie das nicht ein bißchen näher erklären?«

»Gerne«, sagte ich.

Hans Ullrich Garden sprang auf.

»Macht endlich Schluß!« rief er fast hysterisch. »Ich kann dieses Gequassel nicht mehr ertragen. Es ist ja zum Davonlaufen!«

Dr. Janos Lewin legte ihm beruhigend die Hand auf den Arm. »Regen Sie sich nicht auf, Garden, warum wollen Sie sie nicht reden lassen. Es wäre doch wirklich ganz interessant zu erfahren . . .«

»Nicht für mich!« brüllte Hans Ullrich Garden.

»Es interessiert Sie also wirklich nicht, wer Ihnen nach dem Leben trachtet?« fragte ich erstaunt.

Er schwieg eine Sekunde, sah mich an. Sein Gesichtsausdruck veränderte sich. »Entschuldigen Sie, Sonja«, sagte er sanft, »ich bin etwas mit den Nerven herunter. Sie müssen das verstehn.«

»Natürlich«, sagte ich. »Wenn es Ihnen lieber ist – reden wir über etwas anderes.«

»Nein. Sprechen Sie ruhig. Sie haben ganz recht. Es hat keinen Zweck, den Kopf in den Sand zu stecken.«

Ich sah mich im Kreise um. »Wenn ich vorhin behauptet habe, daß es einer von uns war, so war das natürlich nicht exakt«, gab ich zu, »ich wollte nur sagen, es könnte einer von uns gewesen sein. Vielleicht betrachten wir erst noch einmal die Tatsachen. Es steht fest, daß Hans Ullrich Garden seit längerer Zeit Drohbriefe bekommt, es steht fest, daß zweimal auf offener Bühne, vor dem Fernsehschirm noch dazu, ein Mordanschlag auf ihn verübt worden ist. Daraus ergibt sich, daß der Täter ein Mensch sein muß, der Zugang zur Bühne hat. Wenn wir das Motiv erst mal außer acht lassen wollen . . .«

Heini Hellwege unterbrach mich. »Also ich kann es schon mal nicht gewesen sein, Sonja, tut mir leid, wenn ich Sie enttäuschen muß. Ich hatte keine Gelegenheit, mich auch nur eine Sekunde von meiner Kamera zu entfernen.«

»Stimmt«, sagte ich, »aus demselben Grund fällt auch Herr Semmelweis als Täter aus – er konnte seinen Platz natürlich auch nicht verlassen.«

Eduard Semmelweis machte eine kleine ironische Verbeugung. »Vielen Dank, liebe Sonja – Ihr Vertrauen ehrt mich!«

»Vertrauen ist vielleicht nicht ganz der richtige Ausdruck!« sagte ich.

»Wenn Sie etwa behaupten wollen, daß ich die Zeit gehabt hätte, mich zu kostümieren, auf den Hängeboden hinaufzuklettern und ein Eisen auf euch hinunterzuwerfen«, sagte Gaby, »dann ist das doch einfach lächerlich!«

»Kann ich nicht finden.« Ich sah ihr gerade in die Augen. »Wenn ich mich recht erinnere, waren Sie fünf Minuten lang, bevor es geschah, nicht auf der Bühne.«

»Das ist doch . . .« Gaby schien es den Atem zu verschlagen. »Soll ich Ihnen sagen, wo ich war? Ich habe . . .«

»Danke«, sagte ich. »Das wäre sinnlos, Gaby.« Ich wandte mich an die anderen. »Ich habe keine Möglichkeit, Ihre Alibis nachzuprüfen, sparen Sie sich Ihre Erklärungen auf, bis die Kriminalpolizei hinzugezogen wird.«

»Vielleicht sollte man es wirklich tun«, unterstützte Janos Lewin mich überraschend. »Ich jedenfalls hätte nichts dagegen einzuwenden. Ich glaube nicht, daß irgendein normaler Mensch es für möglich halten würde, daß ich körperlich überhaupt fähig wäre, so eine Sache durchzuführen. Ganz davon abgesehen wohne ich ja mit Hans Ullrich Garden zusammen – warum sollte ich einen Mordanschlag gerade während einer Fernsehsendung durchführen?« Er blickte nachdenklich vor sich hin. Plötzlich funkelte es in seinen großen dunklen Augen auf. Ich dachte schon, ihm wäre etwas eingefallen, aber er schwieg.

»Wenn die Dinge wirklich so liegen, wie Sonja behauptet«, sagte Gregor Gregory bedachtsam, während er sich seine Pfeife stopfte, »warum wollen Sie diese merkwürdigen Vorfälle nicht der Kriminalpolizei melden, Garden?«

Der Quizmaster stand auf. »Weil ich mir keinen Skandal erlauben kann«, sagte er nachdrücklich. »Das ist der einzige Grund. Gute Nacht, Freunde, ich habe genug. Ich gehe zu Bett.«

Nach Hans Ullrich Gardens plötzlichem Aufbruch blieben auch wir anderen nicht mehr lange beisammen. Es wurde noch eine Zeitlang durcheinandergeredet, die verschiedensten Mutmaßungen geäußert, aber es kam nichts Gescheites dabei heraus.

Als ich mit Gaby zusammen die Hoteltreppe hinaufging – wir waren für die gestrige und die heutige Nacht in einem gemeinsamen Doppelzimmer untergebracht worden –, fiel mir plötzlich auf, daß Otto Schulze, der Bühnenmaler, der einzige gewesen war, der kein Wort geäußert hatte.

In der Nacht erwachte ich davon, daß Gaby aufstand, zum Waschtisch ging, sich ein Zahnputzglas mit Wasser füllte und es austrank. Ich beobachtete sie unter halbgeschlossenen Lidern. Sie wirkte im hellen Mondschein, der ins Zimmer fiel, wie ein Gespenst.

Sie trug einen fast durchsichtigen hellblauen Schlafanzug, das blonde Haar hatte sie mit einem gleichfarbigen Band aus der Stirn zurückgebunden. Ihr abgeschminktes, mit einer fetten Creme eingeriebenes Gesicht wirkte wie eine seltsame Maske. Augenbrauen und Wimpern waren ganz farblos, der helle Mund ohne Konturen. Nur die grünen Augen, die ich jetzt deutlich sah, als sie sich umwandte, funkelten lebendig in ihrem fahlen Gesicht.

Ich hatte mir schon lange vorgenommen, einmal unter vier Augen mit ihr zu sprechen. Jetzt schien mir die Gelegenheit günstig. »Gaby«, sagte ich, »ich möchte Ihnen noch danken . . .« Ich legte eine kleine Kunstpause ein und wartete ab, wie Gaby auf meine Anknüpfung reagieren würde, aber sie überhörte mich einfach und stieg wieder ins Bett.

»Sie waren sehr nett zu mir, Gaby«, fuhr ich unbeirrt fort, »ich weiß, Sie hätten mir heute abend leicht ein Bein stellen können – es war fair von Ihnen, daß Sie es nicht getan haben.«

»Zum Dank dafür verdächtigen Sie mich, Ulli nach dem Leben zu trachten«, sagte Gaby böse.

»Aber das tu' ich doch gar nicht«, protestierte ich, fügte der Wahrheit halber aber gleich hinzu: »Jedenfalls nicht mehr als die anderen.«

»Warum tun Sie es überhaupt?« Gabys Hand tastete über den Nachttisch. Sie zündete sich eine Zigarette an.

»Sie hatten in beiden Fällen die Möglichkeit, den Anschlag durchzuführen – Ihnen wäre es nicht schwergefallen, die Revolver auszutauschen und auch heute abend auf den Hängeboden zu klettern – na ja, es wäre nicht ganz einfach gewesen, aber immerhin, Sie hätten es schaffen können.«

»Möglich«, gab sie zu. »Aber aus was für einem Grund hätte ich es tun sollen?«

»Sie lieben ihn.«

Gaby lachte. »Nehmen wir an, es wäre so – finden Sie es einleuchtend, daß man einen Menschen umbringt, den man liebt?«

»Jedenfalls ist so etwas mehr als einmal vorgekommen. Sie sind eifersüchtig, Gaby.«

»Etwa auf Sie?« Gaby richtete sich auf und funkelte mich aus ihren katzengrünen Augen spöttisch an.

Ich ließ mich nicht beirren. »Ich wüßte keinen anderen Grund, weshalb Sie mich sonst von Anfang an so ablehnend behandelt hätten«, sagte ich ruhig.

»Habe ich das? Ist mir gar nicht aufgefallen.«

»Aber mir, und nicht nur mir. Alle haben ihre Bemerkungen darüber gemacht, und ich kann mir nicht vorstellen, daß Sie nichts davon gespürt haben.«

»Na ja, ganz ehrlich«, sagte Gaby und streifte die Asche ihrer Zigarette ab, »es hat mir nicht gepaßt, daß Ulli solches Theater um Sie gemacht hat. Aber natürlich wußte ich von Anfang an, daß das nicht lange dauern würde. Es dauert nie lange bei ihm, wissen Sie. Ich habe eine ganze Reihe seiner Freundinnen überlebt, und ich werde auch Sie noch überleben, worauf Sie sich verlassen können.«

»Da bin ich sicher«, stimmte ich zu, »vor allem, da ich nicht im geringsten an Hans Ullrich Garden interessiert bin und bestimmt nicht länger als ein halbes Jahr hier mitmachen werde.«

»Nicht schlecht ausgedacht, nur leider wenig glaubhaft.«

»Stimmt aber trotzdem. Ich kann Ihnen meinen Vertrag zeigen. Er lautet auf ein halbes Jahr. Ich kann Ihnen beweisen, daß ich mein Zimmer in meiner Universitätsstadt noch nicht aufgegeben habe, und wenn ich mit Hans Ullrich Garden hätte anbändeln wollen, würde ich es ja wohl schon längst getan haben.«

»Um so weniger Grund für mich, ihn umzubringen«, sagte Gaby prompt. »Ihre ganze Theorie ist, jedenfalls was mich betrifft, sehr wacklig. Haben Sie denn die Drohbriefe vergessen? Meines Wissens hat Ulli die doch schon bekommen, längst bevor Sie aufgekreuzt sind.«

»Na und? Sie haben ja selber gesagt, es hat eine Menge Frauen in seinem Leben gegeben, die Ihnen alle nicht gepaßt haben. Vielleicht hat mein Erscheinen dann den Krug zum Überlaufen gebracht, und Sie sind über die Drohungen hinaus zur Tat geschritten. So wacklig kann ich diese Theorie beim besten Willen nicht finden.«

»Warum lassen Sie mich dann nicht verhaften, verehrte Privatdetektivin?«

»Ich habe ja nicht behauptet, daß Sie es gewesen sind«, sagte ich ungeduldig, »ich versuche nur, Ihnen klarzumachen, daß Sie es hätten tun können – Sie so gut wie jeder andere. Welchen Grund sollte ich haben, Sie von vornherein aus der Reihe der Verdächtigen auszuscheiden?«

»Keinen«, sagte Gaby und lachte wieder. »Sie sind überwältigend komisch.«

»Ich freue mich, wenn ich Ihnen was zu lachen gebe«, sagte ich, »aber bitte beantworten Sie mir doch mal eine Frage. Sie behaupten, daß Sie Hans Ullrich Garden lieben . . .«

»Lieben? Habe ich nie gesagt!«

». . . aber es macht Ihnen gar nichts aus, daß man ihm nach dem

Leben trachtet. Wie reimt sich das zusammen?«

»Sehr einfach, mein liebes Kind. Das beweist ganz klar, daß Sie von einer falschen Voraussetzung ausgegangen sind. Ich liebe ihn eben nicht.«

Jetzt hatte ich Grund zu lachen, und ich tat es.

»Soll ich Ihnen etwas verraten«, sagte Gaby, »aber Sie müssen mir versprechen, es niemand zu sagen.«

»Hängt es mit den Mordversuchen zusammen?«

»Nein. Nur mit mir. Können Sie den Mund halten?«

»Ja.«

»Dann hören und staunen Sie – ich bin nämlich verheiratet, jawohl – seit einem halben Jahr! Ich bin verheiratet und liebe meinen Mann, und ich werde die Arbeit beim Fernsehen aufgeben, sobald wir uns genug beiseite gelegt haben. Was sagen Sie jetzt?«

»Ich bin platt«, sagte ich ehrlich. »Und das weiß wirklich niemand hier? Auch nicht Hans Ullrich Garden?«

»Der am wenigsten. Dem werde ich es erst sagen, wenn ich tatsächlich kündigen kann. Auf das Gesicht, das er dann machen wird, freue ich mich heute schon.«

Eine Weile lagen wir schweigend da und hingen unseren Gedanken nach. Dann sagte ich: »Hören Sie, Gaby, da wir nun festgestellt haben, daß wir beide in Hans Ullrich Garden nicht verliebt sind und so weiter, wäre es dann nicht besser, wenn wir endlich unser Kriegsbeil begraben würden? Warum können wir nicht Freundschaft schließen?«

»Einverstanden«, sagte Gaby. »Ich fand Sie, ehrlich gestanden, eigentlich von Anfang an ganz nett. Bloß – Sie werden verstehen . . .«

»Durchaus. Hören Sie, Gaby, Sie kennen Garden doch schon lange, nicht wahr?«

»Seit drei Jahren. Ich war von Anfang an dabei.«

»Können Sie mir dann erklären, warum er keine Anzeige erstattet? Daß er sich vor einem Skandal fürchtet, das nehme ich ihm nämlich nicht ab. Wenn die Sache in die Presse käme, das wäre doch höchstens eine zusätzliche Publicity für ihn. Wie ich ihn kenne, müßte ihn das doch eigentlich reizen.«

»Wahrscheinlich weiß er, daß der Mörder nicht wahnsinnig ist«, sagte Gaby ruhig.

»Wieso? Kennen Sie ihn?«

»Natürlich nicht. Aber ich denke mir, Ulli wird Grund haben, die Sache nicht an die große Glocke zu hängen.«

»Dann müßte er den Menschen kennen, der ihm nach dem Leben trachtet. Oder doch wenigstens ahnen, wer es ist.«

»Das nehme ich an«, sagte Gaby.

»Sie meinen also, er hat etwas auf dem Kerbholz?«

»Jedenfalls muß es einen Menschen geben, der ihn tödlich haßt. So etwas kommt doch nicht von ungefähr, nicht wahr? Ich bin überzeugt, wenn Ulli sich entschließen würde zu sprechen, hätte man den Täter sehr schnell erwischt. Das ist auch der Grund, warum ich mir über die ganze Sache den Kopf nicht zerbreche. Ich bin überzeugt, Ulli hat sich diese Suppe selbst eingebrockt, jetzt muß er sie auslöffeln.«

»Das klingt ziemlich herzlos.«

»Warum sollte ich Mitleid mit ihm haben? Wenn ich bloß an die vielen Mädchen denke, die er im Laufe der Zeit verführt hat, um sie ein paar Wochen oder höchstens ein paar Monate später sitzen zu lassen – das allein könnte genügen, um einen Vater oder einen Bräutigam auf den Gedanken zu bringen, ihn unschädlich zu machen. Nein, Sonja, er tut mir wirklich nicht leid. Ein erwachsener Mann sollte sich nicht so benehmen. Es ist schändlich.«

»Schade«, sagte ich. »Ich verstehe Ihren Standpunkt, Gaby, aber ich hatte gehofft, Sie würden mir helfen. Sie kennen die Leute, von denen er umgeben ist, viel besser als ich. Können Sie mir nicht wenigstens einen Tip geben?«

»Ihnen zuliebe ja. Passen Sie mal auf. Ist Ihnen nicht aufgefallen, daß Lilo mitgefahren ist? Warum? Als Cutterin hatte sie doch bei der Sendung gar nichts zu tun.«

»Sie glauben – Lilo?«

»Ich glaube nichts. Mir schien nur ihr Auftreten hier immerhin merkwürdig. Sie werden wissen, daß sie sehr befreundet mit Semmelweis ist. Sie war während der Sendung bei ihm. Lilo wäre also imstande gewesen, Semmelweis für ein paar Minuten, die für den Mordanschlag benötigt wurden, am Sendegerät zu vertreten.«

»Natürlich. Stimmt. Daß ich darauf nicht gekommen bin!«

»Verstehen Sie mich jetzt nur nicht falsch, Sonja!« mahnte Gaby. »Ich will keineswegs behaupten, daß es einer von den beiden gewesen ist – ganz im Gegenteil, ich persönlich bin davon überzeugt, daß niemand von uns als der Täter in Frage kommt – niemand aus dem ganzen Personenkreis, den Sie verdächtigen. Denken Sie doch nur mal nach. Wir alle haben Gelegenheit genug, privat mit Ulli zusammenzusein. Lewin wohnt sogar mit ihm unter einem Dach. Wenn einer von uns Ulli töten wollte, so könnte er doch leicht eine Gelegenheit dazu finden. Warum sollte er seine Mordversuche ausgerechnet immer bei den großen Fernsehsendungen starten? Da liegt doch meines Erachtens kein Sinn drin. Oder verstehen Sie, was damit bezweckt werden soll?«

Ich verstand es nicht und dachte noch eine ganze Weile über das Problem nach. Erst als ich an Gabys tiefen, gleichmäßigen Atemzügen hörte, daß sie eingeschlafen war, wurde auch mir bewußt, wie müde ich war. Ich rollte mich zur Seite und versuchte zu vergessen, was mich quälte. Aber es dauerte lange, bis ich selbst den wohlverdienten Schlaf fand.

Das nächtliche Gespräch hatte die Luft zwischen mir und Gaby gereinigt, und ich hatte allen Grund, darüber froh zu sein. Die nächsten Wochen waren voller Arbeit – wir absolvierten zwei Hörfunksendungen, probten und trafen alle Vorbereitungen für eine Tournee mit einer Konzertagentur, mit der wir während der Sommermonate »auf die Dörfer« gehen sollten, und es wäre kaum erträglich gewesen, wenn Gaby und ich weiterhin wie Hund und Katze gelebt hätten. Es gab auch ohnedies Aufregung genug.

Gabys Behauptungen hatten mich nachdenklich gemacht. Es war nicht so, daß ich von nun an Hans Ullrich Garden mit den Augen seiner langjährigen Assistentin gesehen hätte, das durchaus nicht. Je länger ich mit ihm zusammenarbeitete, desto sympathischer fand ich ihn. Ich begriff, daß er in keiner Weise der strahlende, ewig gutgelaunte Held war, den er vor dem Publikum mimte: Er war ein ganz normaler Mensch voller Sorgen, Ängste und Hemmungen, und gerade das brachte ihn mir menschlich näher.

Natürlich hatte Gaby recht, wenn sie sein Verhalten Frauen gegenüber verurteilte – aber, so dachte ich mir, lag das nicht zum großen Teil an den Frauen selbst? Ich sah mit eigenen Augen, wie leicht es ihm alle machten, wie gerne sie bereit waren, ihm jeden

Wunsch zu erfüllen – selbst Lilo, die Cutterin, die doch wahrhaftig sattsam erfahren sein mußte, schmolz vor seinem Charme dahin wie Butter in der Sonne; die Augen von Lenchen Krupp, der unscheinbaren Maskenbildnerin, leuchteten auf, sobald sie ihn nur von ferne kommen sah; und sogar Ellinor Gregory, die doch wirklich allen Grund hatte, mit ihrem gutaussehenden Gregor glücklich zu sein, ließ sich seine Komplimente gerne gefallen. Täglich bekam Garden einen Riesenberg Post, und Gaby und ich hatten das zweifelhafte Vergnügen, wenn irgendwie Zeit dazu blieb, uns an der Erledigung dieser Autogrammbitten zu beteiligen. Was in diesen Briefen für Angebote standen, war manchmal wirklich haarsträubend. Junge Mädchen, verheiratete Frauen, alleinstehende Damen himmelten ihn geradezu an – konnte man es da Hans Ullrich Garden übelnehmen, wenn er immer wieder in Versuchung kam?

Leider bin ich nicht gescheiter als andere Frauen, und so dachte ich mir, was sich wohl jede Frau denkt, die sich in einen Don Juan verliebt hat: Wenn Hans Ullrich Garden so wahllos von Blume zu Blume flattert, liegt es doch nur daran, daß er bis heute noch nicht die Richtige gefunden hat.

Ich bin ehrlich genug zuzugeben, daß ich im geheimen manchmal selbst glaubte, die Richtige für ihn zu sein. Trotzdem hatte mein Gespräch mit Gaby eines bewirkt: Ich hatte mir fest vorgenommen, mich nicht mehr um die Aufklärung der Mordanschläge zu kümmern. In diesem Punkt hatte ja Gaby zweifellos recht. Es wäre Hans Ullrich Gardens Sache gewesen, Anzeige zu erstatten oder irgend etwas gegen den Attentäter zu unternehmen. Wenn er sich nicht selbst helfen wollte, konnte ihn auch kein anderer schützen. So brachte ich in den nächsten Wochen das Gespräch nie mehr auf dieses Thema, und merkwürdigerweise berührte auch kein anderer es nur mit einer Silbe. Allmählich kam es mir fast so vor, als wenn ich Gespenster gesehen hätte oder, besser gesagt, als wenn ich aus einer Mücke einen Elefanten gemacht hätte, denn es geschah nicht das Geringste. Ich redete mir ein, daß Hans Ullrich Garden recht gehabt habe, als er behauptete, daß es sich wahrscheinlich nur um alberne und geistlose Späße von Kollegen gehandelt hatte.

Dann aber fand ich eines Morgens den Brief.

Ich war um neun Uhr zu einer der üblichen Besprechungen in

Hans Ullrich Gardens Büro bestellt worden. Als ich eintrat, war nur Dr. Janos Lewin anwesend. Er erklärte mir, daß Hans Ullrich Garden noch etwas im Hause zu erledigen hätte. Wir redeten über dies und jenes, und ohne mir etwas dabei zu denken, ging ich um Gardens eleganten Teakholzschreibtisch herum und warf einen Blick auf die Papiere, die dort lagen. Ein kleiner weißer Bogen, der mit Druckbuchstaben beschrieben war, fiel mir auf, und ich las den Text, ohne es eigentlich zu wollen.

Es waren nur zwei Sätze, und sie lauteten: »Hans Ullrich Garden, es ist ein Fehler, wenn Sie sich in Sicherheit wiegen. Sie entgehen Ihrem Schicksal nicht. Der Rächer.«

Ich muß wohl ein sehr erschrockenes Gesicht gemacht haben, denn Janos Lewin, der mir einen witzigen Vortrag über die schadenfrohe Reaktion des Publikums bei gewissen Zwischenfällen auf der Bühne gehalten hatte, unterbrach sich sofort und fragte: »Sonja – was ist los mit Ihnen?«

Ich schämte mich über die Indiskretion, die ich begangen hatte, und sagte rasch: »Oh – nichts. Gar nichts.«

Janos Lewin ließ sich nicht täuschen. Er stand auf und humpelte zum Schreibtisch, sah den anonymen Brief. »Ach so«, sagte er nur.

»Es tut mir leid«, entschuldigte ich mich, »ich weiß selbst nicht, wie es passiert ist – natürlich geht mich das Ganze gar nichts an.«

Er lächelte, aber seine großen dunklen Augen blieben ernst. »Ich dachte, Sie wären an diesen Dingen brennend interessiert, Sonja?«

Ich ärgerte mich, weil ich einen roten Kopf bekam. »Nicht mehr«, sagte ich.

»Um so besser. Immerhin ist es vielleicht ganz gut, daß Sie einmal so einen Wisch gelesen haben. Hoffentlich sehen Sie jetzt ein, daß es sich höchstens um einen Dummejungenstreich handeln kann.«

»Die Schrift sieht verstellt aus.«

»Natürlich. Was hatten Sie denn erwartet? Im übrigen hat das nichts zu bedeuten. Ein guter Graphologe wird den Täter bestimmt gleich identifizieren.«

»Warum versuchen Sie es nicht mal?« schlug ich vor. »Warum geben Sie diesen Brief nicht einem Graphologen? Natürlich müßten wir noch andere Schriftproben dazutun. Je mehr wir bekommen, desto besser. Dann wüßten wir doch nachher wenigstens mit Sicherheit, wer es nicht gewesen sein kann.«

»Schlagen Sie es Garden vor«, sagte Lewin.

»Warum ich? Warum immer ich? Warum tun Sie nicht mal was in dieser Angelegenheit? Sie haben mir gesagt, daß Hans Ullrich Garden Ihr Freund ist. Dann versuchen Sie doch, ihn zu schützen!«

Erstaunlicherweise gab mir Lewin eine ähnliche Antwort wie seinerzeit Gaby. »Er ist erwachsen«, sagte er, »und sehr gut imstande, auf sich selbst aufzupassen, wenn er will.«

»Und warum will er nicht?«

Lewin zuckte die Achseln. »Wahrscheinlich, weil er das Ganze für faulen Zauber hält.«

Aber darin hatte der gescheite Lewin sich getäuscht. Hans Ullrich Garden hatte Angst, mächtig Angst, das sollte sich kaum eine halbe Stunde später herausstellen.

Es ging an diesem Vormittag darum, das Programm für das nächste Fernsehquiz durchzusprechen, und Janos Lewin, der uns alle Einzelheiten erklärte, hatte sich einen besonderen Gag ausgedacht. Ich weiß nicht mehr ganz genau, wie die Sache vor sich gehen sollte, aber jedenfalls schlug er vor, daß die Kandidaten in der Endrunde mit Armbrüsten auf ein bestimmtes Ziel schießen sollten.

Als Hans Ullrich Garden das Wort »Armbrust« hörte, protestierte er sofort. »Nein, das gefällt mir nicht, das ist absolut sauer.«

»Aber wieso denn?« fragte Lewin ehrlich erstaunt. »Ich stelle mir das sehr lustig vor ... lassen Sie mich doch mal zu Ende sprechen. Natürlich soll das Ziel nicht schwer zu treffen sein ... meinetwegen gilt die ganze Rückwand als Ziel, und sobald der Pfeil auf irgendeinen Punkt trifft, ertönt ein Klingelsignal, und dann entwickelt sich ein lebendes Bild, und der Kandidat muß ...«

»Nein!« unterbrach Hans Ullrich Garden ihn. »Hören Sie schon auf damit.«

»Na, wenn Ihnen meine Einfälle nicht passen, dann machen Sie doch gefälligst das Programm selbst«, sagte Lewin gekränkt.

Gaby versuchte die beiden zu versöhnen. »Ach, werden Sie doch nicht gleich böse, Doktorchen«, sagte sie und legte begütigend ihre Hand auf Lewins Arm, »und du, Ulli – ich muß dir ehrlich sagen, ich kann deinen Standpunkt wirklich nicht verstehen. Ich könnte mir so ein Armbrustschießen auch ganz amüsant vorstellen.«

Hans Ullrich Gardens Kopf lief rot an. Er verlor – und das war das zweite Mal, daß ich ihn in so einem Zustand erlebte – die Fassung. »Aber ich will es nicht!« brüllte er. »Ich will es nicht! Ich will kein Armbrustschießen auf der Bühne haben. Keine Tell-Geschosse und keinen solchen Quatsch! Warum zum Teufel muß denn immer geschossen werden? Kannst du dir denn wirklich nichts Vernünftigeres ausdenken, Lewin? Armbrustschießen – ihr müßt verrückt sein, wenn ihr verlangt, daß ich so etwas gutheiße!«

Ich glaube, in diesem Augenblick wurde uns allen deutlich, wie groß seine Angst sein mußte. Lewin und Gaby sahen sich betroffen an.

»Herr Garden hat ganz recht: Ein Schießen mit Armbrüsten ist wirklich zu gefährlich«, sagte ich rasch.

»Herrgott noch mal, Garden!« Lewin zog den schmalen Kopf zwischen die Schulter. »Wenn Sie so feige sind, warum unternehmen Sie nicht endlich mal was in dieser verdammten Sache? Warum versuchen Sie nicht, herauszubekommen, wer Sie bedroht? Sonja hat eben eine ausgezeichnete Idee gehabt, sie meint . . .«

Er kam nicht dazu, meinen Vorschlag zu unterbreiten. Der Quizmaster unterbrach ihn schroff. »Lassen Sie das gefälligst meine Sorge sein«, herrschte er uns an. »Ich weiß sehr genau, was ich tue.«

Mir wurde sein Benehmen immer rätselhafter.

Daß ich dem Reporter Jürgen Urban noch einmal begegnete, war kein Zufall. Er hatte in der großen Eingangshalle des Fernsehstudios auf mich gewartet, aber das begriff ich erst später.

Es war ein Samstagmittag, und ich wollte gerade das Haus verlassen, als mir eine Schulklasse von Jungen und Mädchen entgegenströmte. Ich wußte, daß Schulklassen manchmal die Erlaubnis bekamen, die Funk- und Fernsehstudios zu besichtigen, und dachte mir nichts dabei. Ich ging, ohne mich weiter um die jungen Leute zu kümmern, ruhig meines Weges.

Plötzlich hörte ich es hinter mir tuscheln: »Das ist Sonja!« –

»Habt ihr sie gesehen? Das war Sonja!« – »Tatsächlich – Sonja!«

Plötzlich stürzten sich die jungen Leute mit einem einzigen Aufschrei auf mich und hatten mich umzingelt, ehe die beiden Lehrer, die sie begleiteten, es noch verhindern konnten. Sie drängten und stießen, schrien und lachten und schienen das Ganze für einen großen Spaß zu halten.

Mir war nicht wohl zumute. Ich fühlte mich hilflos ausgeliefert und wußte nicht, was ich tun sollte.

Es dauerte eine Weile, bis ich begriff, daß diese aufgeregte Rasselbande Autogramme von mir haben wollte – ausgerechnet von mir, die ich nur wenige Jahre älter war als sie selbst und bisher wirklich weniger denn nichts in meinem Leben geleistet hatte. Ich fand es lächerlich und gleichzeitig beschämend. Gerade als ich mir überlegte, daß es besser war nachzugeben als mich in eine nutzlose Debatte einzulassen, bahnte sich ein junger Mann einen Weg durch das Rudel.

Es war Jürgen Urban. Er war mir wirklich nicht sympathisch, aber in diesem Augenblick erschien er mir als rettender Engel.

»Aber – aber, meine Damen und Herren . . .«, sagte er in einer Lautstärke, die geeignet war, das Stimmengewirr um mich herum zu übertönen, »bitte, lassen Sie mich doch durch! Ich muß Sonja sprechen. Ich bin von der Presse! Ein Interview! Es ist sehr wichtig! Übrigens, wenn Sie nicht aufpassen, wird Ihnen das Wichtigste entgehen . . . Hans Ullrich Garden kann jeden Augenblick erscheinen . . . jawohl! Hans Ullrich Garden persönlich!«

Der Name meines erlauchten Chefs wirkte Wunder. Im Nu löste sich der Knäuel um mich herum auf, und alle stürzten zur Treppe im Glauben, daß der Unnachahmliche im nächsten Moment herunterschreiten würde. Jürgen Urban grinste wie ein Schuljunge, und auch ich mußte wider Willen über seinen Einfall lächeln. Ich war sicher, er wußte genausogut wie ich, daß Hans Ullrich Garden das Haus längst verlassen hatte.

»Danke«, sagte ich ehrlich, »das war nett von Ihnen.« Ich wandte mich ab und lief eilig auf die große Glastür zu, denn ich war gewärtig, daß die jungen Leute, sobald sie den Betrug durchschauten, sich erneut auf mich stürzen würden.

Als ich auf der Straße stand, merkte ich, daß Jürgen Urban mir auf den Fersen geblieben war. »Was ist mit meinem Interview?« fragte er.

»Ersparen Sie sich den Unsinn«, gab ich nicht gerade freundlich zurück. »Wer wird sich schon für ein Interview mit mir interessieren.«

»Ich zum Beispiel. Und die Leser meiner Zeitschrift. Sie haben es ja eben selbst erlebt – diese jungen Leute . . .«

». . . sind allesamt übergeschnappt«, ergänzte ich seinen Satz.

»Sagen Sie das nicht«, behauptete er ernsthaft, »ich möchte wetten, Sie haben in Ihrer kurzen Laufbahn als Assistentin Hans Ullrich Gardens eine ganze Menge Heiratsanträge bekommen – oder sollte ich mich irren?«

Er irrte sich nicht, und ich ärgerte mich, daß er so gut Bescheid wußte.

»Ja«, gab ich zu, »mein Papierkorb ist voll damit. Ich mache ein Paket daraus und schicke es Ihnen, wenn Sie mal was zu lachen haben wollen.«

Er sah mich an und schüttelte den Kopf. »Warum ausgerechnet Sie unter Minderwertigkeitskomplexen leiden, Sonja, das begreife ich nicht.«

»Ich?« rief ich empört. »Sie müssen wahnsinnig sein, wenn Sie das glauben! Niemand kann mir nachsagen, daß ich an Komplexen leide; da sind Sie völlig auf dem Holzweg, junger Mann!«

»Schade«, sagte er mit treuherzigem Augenaufschlag.

»Tut mir leid, wenn Sie das enttäuscht«, sagte ich und wandte mich zum Gehen.

Er blieb an meiner Seite. »Daß ich immer alles falsch anpacke, ich habe gemeint . . . ich hatte mir fest vorgenommen, mich bei Ihnen einzuschmusen . . .«

»Pfui Kuckuck«, sagte ich ehrlich.

». . . und statt dessen habe ich Sie wieder gekränkt. Ich bin wirklich der größte Idiot des Jahrhunderts.«

»Sie sagen es.«

Er ging einen Schritt schneller und vertrat mir den Weg. »Sonja, möchten Sie nicht eine Tasse Kaffee mit mir trinken?«

»Nein.«

»Und warum nicht?«

»Weil Sie mir auf die Nerven gehen.«

Er war nicht abzuschütteln. »Ja, leider. Ich weiß. Ich bin nicht Ihr Typ. Wer kann auch schon mit einem Mann wie Hans Ullrich Garden konkurrieren?«

Ich blieb stehen. »Sie sind unverschämt«, sagte ich wütend. »Scheren Sie sich endlich zum Teufel und lassen Sie mich in Ruhe!«

Er lachte nur. »Sie sind bezaubernd, wenn Sie wütend werden, Sonja . . . noch bezaubernder als sonst.«

Ich war jetzt sehr verärgert. »Wenn Sie nicht sofort verschwinden, knalle ich Ihnen eine!« schrie ich.

»Meine liebe Dame, weshalb regen Sie sich eigentlich so auf? Bilden Sie sich etwa ein, daß ich Ihnen nachstelle und Sie mit unlauteren Mitteln verführen will? Ich suche einfach eine Gelegenheit, Sie etwas zu fragen. Ich möchte eine einzige, ganz sachliche Frage an Sie stellen, und wenn Sie mir die beantworten, verspreche ich Ihnen, Sie für alle Zeiten in Ruhe zu lassen!«

»Das ist ein Wort«, sagte ich. »Fragen Sie!«

»Warum weigert sich Ihr Chef, mir ein Interview zu geben?«

»Da fragen Sie mich? Wieso bilden Sie sich ein, daß ich Ihnen das beantworten kann?«

»Sie sind doch seine – Assistentin.«

»Na und? Mehr auch nicht. Glauben Sie, daß ich deshalb in den geheimsten Winkeln seines Herzens lesen könnte?«

Plötzlich veränderte sich sein Gesichtsausdruck. »Ist das wahr, Sonja?« fragte er.

»Jetzt verstehe ich überhaupt nichts mehr«, sagte ich ehrlich.

»Ich meine, daß Sie nur seine Assistentin sind . . . nicht mehr?«

»Ja, wofür halten Sie mich denn?« sagte ich empört, obwohl ich durchaus kein Recht hatte, mich so aufzuspielen. »Ich bin weder Hans Ullrich Gardens noch sonst jemandes Freundin. Wenn ich mich wirklich mal verlieben sollte . . .« Ich stockte, denn ich hatte das Gefühl, zu weit gegangen zu sein.

»Was dann? Sprechen Sie es doch ruhig aus, Sonja!«

»Ach was. Lassen Sie mich in Ruhe!« sagte ich, drehte mich auf dem Absatz um und schritt eilends davon.

Jürgen Urban lief hinter mir her. »Sonja«, sagte er atemlos, »warten Sie doch, ich muß Sie etwas fragen. Sonja, bitte hören Sie mich doch an – wollen Sie meine Frau werden?«

»So verrückt müßte ich sein«, antwortete ich, aber ich fühlte im selben Augenblick, daß sein Antrag zumindest meiner Eitelkeit geschmeichelt hatte.

Ich will nicht gerade behaupten, daß ich früher ein Mauerblümchen gewesen bin – es hat mir nie an Tanzpartnern gefehlt oder an Männern, die bereit waren, mich ins Kino zu begleiten – aber bevor sich Hans Ullrich Garden für mich interessierte, habe ich höchst selten eine Liebeserklärung, geschweige denn einen Heiratsantrag bekommen. Jetzt flogen sie mir buchstäblich bündelweise ins Haus. Natürlich wußte ich, daß alle diese Briefe blödsinnig waren – wie kann man sich einbilden, ein Mädchen zu lieben oder gar heiraten zu wollen, das man nur auf dem Bildschirm hat lächeln sehen! Dennoch hatte mir meine umfangreiche Verehrerpost eine gewisse Genugtuung bereitet – bis ich eines Tages feststellen mußte, daß Gaby gut doppelt so viele Briefe bekam wie ich, und die Freude war mir vergangen.

Jürgen Urban war der erste Mann, der mir seinen Heiratsantrag Auge in Auge gemacht hatte, und diese Tatsache allein hätte genügt, mich zu beeindrucken, selbst wenn er mir noch weit unsympathischer gewesen wäre. Es ist ein angenehmes Gefühl, sich begehrt zu wissen, und tatsächlich schien mein Kurswert, seit ich bei Hans Ullrich Garden arbeitete, um einiges gestiegen. Sobald ich in ein Zimmer trat, begannen sämtliche Männer mehr oder weniger um mich herumzutanzen. Wenn ich während einer Probe über die Bühne ging, pfiffen die Maler und Arbeiter hinter mir her. Kurzum, niemand wäre mehr auf die Idee gekommen, mich als einen »netten Kerl« zu bezeichnen.

Ich habe einmal irgendwo gelesen, daß die ersten Millionen immer am schwersten zu verdienen sind. Anscheinend ist es mit den Männern ganz ähnlich. Hat man erst einmal einen für sich interessiert – natürlich kann er gar nicht attraktiv genug sein –, sehen einen sofort sämtliche männlichen Wesen mit ganz anderen Augen an. Wenn dieser eine ausgerechnet Hans Ullrich Garden, Liebling der Frauen, ist, bekommt die Sache natürlich einen ganz besonderen Pfiff. Das war eine höchst merkwürdige Erfahrung für mich.

Der Quizmaster hatte zwar nie wieder einen ähnlich stürmischen Eroberungsversuch gemacht wie nach meinem ersten denkwürdigen Fernsehabend, aber er gab mir immer wieder mehr oder minder durch die Blume zu verstehen, wieviel ich ihm bedeutete. Bei Besprechungen im großen Kreise pflegte er seinen Arm um meine Schultern zu legen und mich an sich zu ziehen, er titulierte mich »mein Mädchen«, er hatte eine Art, mit mir umzugehen, die bestimmt viele glauben ließ, daß ich ein kompaktes Verhältnis mit ihm hätte. Auch wenn wir ganz sachlich über irgendwelche technischen Einzelheiten miteinander sprachen, spürte ich die schwebende Spannung, die zwischen uns bestand, und ich glaube, daß er die Situation ähnlich empfand.

Trotzdem möchte ich nicht behaupten, daß ich in Hans Ullrich Garden wirklich verliebt war; sehr weit waren meine Gefühle von diesem Zustand allerdings nicht entfernt. Er wirkte auf mich immer noch verwirrend und elektrisierend. Manchmal fühlte ich mich von seiner Persönlichkeit so sehr angezogen, daß ich fast bereit war, mich in seine Arme zu werfen, manchmal wieder, oft schon kurz darauf, stieß er mich geradezu ab. Aber gleichgültig war er mir nie.

Als er mich eines Abends – wir hatten einen anstrengenden Probetag hinter uns, und ich hatte mich früh zu Bett gelegt – in der Pension »Television« anrief, war ich durchaus nicht erstaunt, denn ich hatte mich in Gedanken wieder einmal ausführlich mit ihm beschäftigt. Als er mich aber bat, mir sofort ein Taxi zu nehmen und zu ihm hinauszufahren, war ich denn doch einigermaßen erstaunt. »Jetzt?« fragte ich. »Sofort? Ich liege ja schon im Bett, Herr Garden.«

»Es ist wichtig, Sonja . . . sehr wichtig!« sagte er, und bei dem Klang seiner tiefen männlichen Stimme rieselte es mir wohltuend über den Rücken. »Ich brauche Sie, Sonja . . . bitte!«

Ehe ich noch etwas sagen konnte, hatte er aufgelegt. Wahrscheinlich wäre es gescheiter gewesen, diese späte Einladung nicht anzunehmen, aber ich brachte es einfach nicht über mich. Seine Stimme hatte so dringend und geheimnisvoll geklungen. Meine Neugier war gereizt. Ich zog mich in fliegender Eile an, nahm mir aber doch die Zeit, mein Gesicht zurechtzumachen – ich hatte in der Kunst des Make-up inzwischen einiges dazugelernt –, rief den nächsten Taxistand an und stürzte aus dem Haus.

Es war eine warme, helle Juninacht. Viele Menschen waren noch unterwegs, und es war mir nachträglich unverständlich, daß ich an einem solchen Abend nichts Besseres zu tun gewußt hatte, als mich ins Bett zu legen. Meine Müdigkeit war völlig verschwunden. Ich fühlte mich frisch und unternehmungslustig.

Das Haus, in dem Hans Ullrich Garden lebte, hatte ich noch

nie gesehen, aber als der Chauffeur vor dem schmiedeeisernen Tor hielt, wußte ich, daß ich es mir genauso vorgestellt hatte. Es war eine weiße, schimmernde Traumvilla. Sie lag mitten in einem großen Park, dessen hohe, alte Bäume von unten beleuchtet waren. Das grünsilbern schimmernde Laub bot einen zauberhaften Anblick.

Ich bezahlte das Taxi, klingelte, die Gartentür öffnete sich automatisch. Meine hohen Absätze klapperten auf dem gepflasterten Weg, der zum Haus führte.

Ich klingelte noch einmal, aber die Tür war verschlossen.

Dann plötzlich hörte ich Hans Ullrich Gardens Stimme aus dem Garten: »Hallo . . . hierher, Sonja!«

Ich lief um das Haus herum, und als ich Hans Ullrich Garden sah, wußte ich, warum er mir nicht entgegengekommen war. Er hatte den Eindruck der prächtigen Dekoration, die er für mich aufgebaut hatte, nicht zerstören wollen. Mit ausgebreiteten Händen erwartete er mich auf der geschwungenen, überdachten Terrasse, aber ich tat ihm nicht den Gefallen, an seine Brust zu sinken. Ich zog die Augenbrauen hoch und betrachtete die bequemen Liegen, die sich um den eleganten Tisch gruppierten, sah die hohen Kelchgläser, die Sektflaschen im Eiskübel, das lodernde Feuer in dem gemauerten Kamin. Alles war schön, zu schön, prächtig wie ein Bühnenbild – und ich begriff, daß Hans Ullrich Garden mich in eine Falle gelockt hatte.

Er trug einen Morgenrock aus tiefblauer, maisgelb paspelierter Rohseide, darunter einen Schlafanzug aus demselben Stoff, an den Füßen elegante honiggelbe Slipper. Der offene Kragen gab seinen braunen kräftigen Hals frei. »Sonja«, sagte er mit Verführerstimme, »wie schön, daß du gekommen bist!«

Ich räusperte mich, dann sagte ich kühl: »Na ja, Sie haben es schließlich dringend genug gemacht, Herr Garden!«

»Sonja!« sagte er nur, und ehe ich noch wußte, was mir geschah, hatte er meine Hand ergriffen und drückte einen langen, leidenschaftlichen Kuß darauf.

Ich riß meinen Arm mit einem Ruck zurück. »Ich dachte, Sie hätten mir etwas Wichtiges zu sagen, Herr Garden?«

Er trat auf mich zu, und ich wich ihm aus. Unglücklicherweise hatte ich nicht bemerkt, daß hinter mir der gepflasterte Boden der Terrasse zu Ende war, ich trat in ein Blumenbeet, blieb mit dem hohen Absatz meines rechten Schuhes stecken, stolperte und wäre gestürzt, wenn Hans Ullrich Garden mich nicht aufgefangen hätte. Er preßte mich an sich, suchte meinen Mund, aber ich stieß ihn mit aller Kraft zurück.

Er ließ mich so plötzlich los, daß ich beinahe wieder das Gleichgewicht verloren hätte. »Na, denn nicht«, sagte er in verändertem Ton. »Ganz, wie du willst.«

Ich hatte endlich wieder festen Grund unter den Füßen, und ich kann nur hoffen, daß der Blick, den ich ihm zuschoß, so wütend ausfiel, wie er geplant war. »Kann ich jetzt gehen?«

»Warum?« fragte er erstaunt. »Hast du vergessen, daß ich etwas mit dir besprechen wollte?«

»Mir ist die Lust an einem Gespräch mit Ihnen vergangen«, sagte ich, innerlich zitternd.

»Na schön, dann mustern Sie ab!« Hans Ullrich Garden holte die Sektflasche aus dem Kübel und goß sich ein Glas ein.

»Was soll das heißen?« fragte ich verblüfft.

Er sah mich über das erhobene Sektglas spöttisch an. »Wenn dir die Zusammenarbeit mit mir nicht paßt, dann kann ich dir nur raten, wieder an deine Universität zurückzugehen, wo du hergekommen bist.«

»Aber – ich habe doch einen Vertrag!«

»Na wenn schon. Sprich mal mit Lewin darüber, der wird dir sicher einen Tip geben können, wie du da herauskommst.«

»Aber warum sollte ich denn ...?« rief ich empört und erschrocken zugleich. »Bloß weil Sie mich loshaben wollen, verlangen Sie von mir ...«

Er streckte seine Hand aus und zog mich zu sich. »Närrchen! Wer hat denn gesagt, daß ich dich loshaben will? Du warst es doch ...«

»Nein. Da haben Sie mich ganz falsch verstanden, Herr Garden!« sagte ich rasch, denn plötzlich war mir klar geworden, wie schwer es mir fallen würde, auf meine Arbeit beim Fernsehen zu verzichten und mich wieder im Universitätsleben zurechtzufinden.

»Wirklich?« Er sah mich aus spöttischen Augen an. »Gut, versöhnen wir uns also.« Er schenkte auch das zweite Glas voll Sekt, gab es mir in die Hand. »Trinken wir Brüderschaft, ja? Ich finde, es ist die höchste Zeit!«

Ich war viel zu verwirrt, um eine Ausrede zu finden, wich auch diesmal nicht zurück, als er mich küßte. Aber er nützte die Gelegenheit nicht aus, wie ich glaubte, sondern berührte meine Lippen nur ganz flüchtig. »Setz dich, Sonja«, sagte er dann, »mach dir's bequem!«

Er streckte sich der Länge nach auf einer der Liegen aus und wollte mich zu sich ziehen, aber ich zog es vor, mich ihm gegenüber hinzusetzen, stellte die Beine eng nebeneinander und hielt den Rücken steif. Ich wußte, ich mußte auf der Hut sein. Er bot mir eine Zigarette an, aber ich dankte – bisher hatte ich noch der Versuchung widerstanden, mir das Rauchen anzugewöhnen, obwohl es nicht immer einfach gewesen war.

Hans Ullrich Garden zündete sich eine Zigarette an und fragte: »Na, wie gefällt es dir denn bei mir?«

Ich warf einen Blick über die eleganten Möbel, das lodernde Kaminfeuer, den zauberhaft beleuchteten Park, in dem das Wasser des nierenförmigen Swimming-pools wie ein Smaragd schimmerte, und sagte: »Märchenhaft!«

Er sah mich durch den Rauch seiner Zigarette hindurch an. »Wir könnten sehr glücklich sein, Sonja ...« Seine Stimme war warm und verlockend. Es fiel mir nicht leicht, einen klaren Kopf zu behalten, aber meine Stimme klang ganz kühl, als ich sagte: »Nein. Das glaube ich nicht.«

»Weißt du nicht, daß ich dich liebe?«

»Herr Garden«, sagte ich, »Ulli ... darum geht es doch jetzt gar nicht.«

»Doch. Nur darum. Du hältst mich für unzuverlässig, du glaubst, daß ich dir etwas vormache ...« Er drückte seine kaum halb gerauchte Zigarette mit einer heftigen Bewegung aus. »Herrgott, warum machst du es mir so schwer, Sonja?«

»Selbst wenn ich Ihnen ... dir glauben wollte, Ulli ... was würde es dir nützen? Du wirst niemals glücklich sein, bevor nicht der Mensch, der dich verfolgt, unschädlich gemacht worden ist.«

»Du bist entsetzlich, Sonja ... mußt du mich immer daran erinnern? Vielleicht hatte ich es gerade vergessen ... vielleicht war ich froh, daß ich es vergessen hatte!«

»Nein«, sagte ich. »So etwas vergißt man nicht. Nicht eine Sekunde.« Ich beugte mich vor und suchte seinen Blick. »Sag mir, wer dich verfolgt ... sag es mir!«

»Woher soll ich das wissen?«

»Dann unternimm etwas. Wende dich an die Polizei! Zieh einen Graphologen zu Rate. Bring die Sache in die Presse. Alles ist besser, als einfach abzuwarten, bis der Mörder das nächstemal zuschlägt.«

Er richtete sich aus seiner bequemen Lage auf und stellte die Füße auf den Boden. »Ich kann mir keinen Skandal erlauben, Sonja. Ich kann es nicht! Wie oft soll ich dir das noch sagen? Bist du wahrhaft außerstande, das zu begreifen?«

»Ja. Weil es ein Irrsinn ist. Selbst der schlimmste Skandal ist immer noch besser als der Tod.«

»Meinst du? Und wenn es für mich nun auf das Gleiche herauskommt?«

»Jetzt verstehe ich gar nichts mehr. Es gibt nur eine einzige Erklärung für dein Benehmen ... du hast etwas auf dem Gewissen. Du willst die Polizei nicht hinzuziehen, weil du Angst hast, daß irgend etwas herauskommen könnte. Nein, unterbrich mich nicht. Ich will dir ja nur sagen ... was du auch immer getan hast, erzähle es mir, ich werde Verständnis dafür haben, ich verspreche es dir. Wir können dann zusammen überlegen, was zu tun ist.«

»Du bist verrückt«, sagte er wütend, »völlig verrückt. Ich möchte wahrhaftig wissen, was in deinem Kopf vor sich geht!«

»Wie du meinst«, sagte ich kühl. »Ich wußte ja ... jedes Gespräch zwischen uns ist sinnlos.«

Er sprang sofort auf, als ich mich erhob. »Sonja! Wohin willst du?«

»Nach Hause«, sagte ich. »Ich bin müde.« Mich fröstelte.

»Du frierst?« fragte er erschrocken. »Bitte, verzeih ...« Er sah sich zu dem Kaminfeuer um, dessen Flammen winzig klein geworden waren. »Ich werde nachlegen. Nein, ich habe eine bessere Idee!«

Mit zwei Schritten war er an der Rampe der Terrasse, drückte auf einen Knopf. Sofort stieg eine korallenrote Wand aus dem Boden, wuchs immer höher und höher, bis sie die Überdachung berührte, kam mit einem knallenden Geräusch zum Abschluß. Hans Ullrich Garden hatte die offene Terrasse in einen geschlossenen Raum verwandelt.

»Jetzt wird's gleich warm werden«, sagte er und kam händereibend auf mich zu. »Paß auf!«

»Ich möchte trotzdem nach Hause.«

»Aber warum denn? Wir wollten doch . . .«

»Bitte, bestell mir ein Taxi!«

Er trat auf mich zu. Sein Gesicht war erschreckend verwandelt. »So hast du dir das also gedacht!« sagte er mit böser, halblauter Stimme. »Erst kommst du hierher und machst mich verrückt . . .«

»Das ist nicht wahr!« schrie ich. »Wie kannst du so etwas sagen!«

Er packte mich bei den Schultern. »Ich habe lange genug Geduld mit dir gehabt, Sonja . . . jetzt ist es aus! Was bildest du dir denn ein, wer du bist, daß du mich – Hans Ullrich Garden – an der Nase herumführen kannst?«

Ich wollte etwas sagen, aber er ließ mich nicht zu Wort kommen.

»Was warst du, als ich dich kennenlernte?« sagte er wütend. »Ein Dreck warst du, ein Nichts, ein hergelaufenes Ding! Ich habe dich zu etwas gemacht . . . nur ich! Wenn ich nicht gewesen wäre, säßest du heute noch auf deiner traurigen Bude, und kein Hahn würde nach dir krähen! Verdammt noch mal . . . schämst du dich denn nicht, mich so zu behandeln?«

Seine Hände umklammerten meine Oberarme mit schmerzhaftem Griff, er preßte mich so eng an sich, daß ich sein Herz schlagen spürte, seine Lippen waren dicht an meinem Ohr. »Sonja«, sagte er leidenschaftlich. »Sonja . . . sei doch ein bißchen dankbar. Ist denn das zuviel verlangt?«

Wenn ich nicht innerlich eine merkwürdig ziehende Schwäche gespürt hätte, würde ich wahrscheinlich nicht so wild reagiert haben. Ich trat ihm mit aller Kraft gegen das Schienbein. Er schrie schmerzlich auf und ließ mich los. Ich taumelte und mußte Luft holen.

Einen Augenblick starrte er mich an, alle Leidenschaft war in seinem Gesicht erloschen. Es wirkte plötzlich müde und verfallen. Die Trauer in seinen Augen verwirrte mich. Mir war sehr elend zumute.

Wortlos ging er an mir vorbei ins Haus. Er ließ die Tür offen, und ich hörte, wie er telefonierte. Er rief ein Taxi an. Ich strich mir das Kostüm zurecht, versuchte mit zitternden Händen mein Haar zu ordnen, dann stolperte ich an ihm vorbei, durch die elegant eingerichtete Diele zur Haustür, stolperte durch den prächtig ausgestatteten Park. Wenige Minuten später kam das Taxi.

Als ich einstieg, sah ich, wie hinter mir die Lichter erloschen.

Am nächsten Tag erschien mir mein nächtliches Erlebnis wie ein böser Traum. Es schien mir undenkbar, daß ich dieses peinliche Abenteuer wirklich erlebt haben sollte. So etwas, hatte ich bisher immer geglaubt, geschah doch höchstens in schlechten Romanen.

Zum erstenmal seit langer Zeit vermißte ich meine Freundin Renate. Wenn ich mit ihr über alles hätte sprechen können, wäre mir leichter gewesen. Gaby mochte ich mich nicht anvertrauen, sie hätte mich wahrscheinlich nur ausgelacht, vielleicht aber auch verachtet. Ich wußte nicht, wie ich Hans Ullrich Garden nach diesem Zusammenstoß je wieder unter die Augen treten konnte. Er hatte sich einfach primitiv benommen, und ich schämte mich für ihn.

Wenige Minuten, nachdem das Stubenmädchen mir auf einem silbernen Tablett meinen Morgentee serviert hatte – der Tee war in der »Pension Television« immer noch besser als das Gebräu, das sie hier Kaffee nannten –, kam sie noch einmal ins Zimmer und zauberte mit sichtlicher Kupplerfreude einen riesigen in Seidenpapier gehüllten Strauß hinter ihrem Rücken hervor.

»Oh«, war alles, was ich sagen konnte. Ich öffnete das Papier, zwei Dutzend dunkelroter Rosen dufteten mir entgegen. Merkwürdigerweise war mein erster Gedanke – Jürgen Urban. Ich weiß nicht, wie ich darauf kam, daß er mir die Rosen geschickt haben könnte. Natürlich war das nach dem Heiratsantrag, den er mir vor einigen Tagen gemacht hatte, nicht ganz ausgeschlossen. Aber als ich den beigelegten Umschlag aufriß, sah ich, daß Hans Ullrich Garden der Spender war. Ich las: »Sonja, bitte verzeih noch einmal Deinem zerknirschten Ulli.«

Ich errötete vor Freude und spürte zu meiner eigenen Verwunderung, daß ich ihm schon verziehen hatte. Plötzlich wurde mir bewußt, daß ich genauso viel Schuld an der peinlichen Situation gehabt hatte wie Hans Ullrich Garden. Ich hätte niemals seiner Einladung folgen dürfen.

Ich stellte die Rosen in eine Kristallvase, die mir das Stubenmädchen brachte, und entschloß mich, den Zwischenfall zu vergessen. Aber ich konnte es nicht verhindern, daß ein pochendes Unbehagen in meiner Brust zurückblieb. Nicht der Versuch Hans Ullrich Gardens, mich zu verführen, hatte mich so verletzt, sondern wie er es gemacht hatte. Ich hatte ihm verziehen, aber gleichzeitig wußte ich, daß ich einen Mann wie ihn nie würde lieben können.

Komischerweise hielten mich alle im Fernsehstudio von dem Abend an, da ich innerlich mit Hans Ullrich Garden Schluß gemacht hatte, endgültig für seine Geliebte. Dr. Janos Lewin hatte von meinem Besuch in seinem Haus gewußt. Gaby sah, als sie mich zur Arbeit abholte, den üppigen Rosenstrauß. Die liebevolle Herzlichkeit, mit der der Quizmaster mich empfing, tat ihr übriges dazu. Niemand entging es, daß wir uns nun plötzlich duzten, denn da Hans Ullrich Garden nicht daran dachte, zum »Sie« zurückzukehren, blieb mir nichts anderes übrig, als mitzumachen.

Ich weiß nicht, ob es mir gelungen wäre, selbst wenn ich gewollt hätte, die Dinge richtigzustellen. Ich verzichtete auf diesen Versuch. Im Grunde genommen konnte es mir wirklich egal sein, was die anderen über mich dachten. Ich tröstete mich mit Maria Stuart: »Das Schlimmste weiß die Welt von mir . . . doch ich bin besser als mein Ruf.«

Hans Ullrich Garden kam mit keiner Silbe mehr auf den Zwischenfall zurück, er behandelte mich betont sachlich, und es dauerte einige Zeit, bis ich dahinterkam, daß er das nicht aus Großzügigkeit, sondern aus Eitelkeit tat. Wichtiger als die Tatsache, daß er bei mir abgeblitzt war, war es ihm, daß niemand etwas davon bemerkte. Es bereitete ihm offensichtlich Genugtuung, daß alle an eine Eroberung glaubten, wo er in Wirklichkeit eine Niederlage eingesteckt hatte – für mich ein höchst interessantes psychologisches Phänomen.

Natürlich hatte sich mein Verhältnis zu Gaby durch den Zwischenfall wieder etwas getrübt. Sie behandelte mich mit kühlem Spott, und ich beschloß daraufhin, sie wieder auf die Liste der Verdächtigen zu setzen. Als glücklich verheiratete Frau hätte es ihr gleichgültig sein müssen, ob und was ich mit Hans Ullrich Garden trieb. Ich hielt es plötzlich durchaus für möglich, daß sie mich angeschwindelt hatte. Ihren Trauschein hatte ich jedenfalls nicht gesehen; ganz abgesehen davon, war es ja durchaus denkbar, daß sie ihren sagenhaften Ehemann aus Trotz auf Hans Ullrich Gardens Verhalten hin geheiratet hatte, daß also ihre Gefühle für den Quizmaster selbst durch ihre Verehelichung nicht verändert worden waren.

All diese privaten Spannungen, Mißverständnisse und Ärgernisse konnten es aber nicht verhindern, daß die neunte Quizsendung in der Reihe »Lachen ist gesund« wieder ein Bombenerfolg wurde, obwohl Hans Ullrich Garden an diesem Abend offensichtlich nicht in Form war. Er war nervös, sein Lächeln wirkte gezwungen, seine Fröhlichkeit übertrieben – aber glücklicherweise schien das Publikum es nicht zu bemerken. Er hatte Angst, und das war nur begreiflich. Wir alle warteten mit einiger Spannung darauf, ob der Attentäter wieder zuschlagen würde. Aber die Sendung lief ohne Zwischenfall ab.

Die Quizsieger waren schon geehrt und beschenkt, als Hans Ullrich Garden kurz vor Schluß der Sendung dem Publikum strahlend noch ein besonderes Knallbonbon servieren konnte: Tom Trevor, einen jungen Mann, der in den letzten Monaten sich an die Spitze der Schlagerstars gesungen und getanzt hatte. Bevor seine eigentliche Nummer begann, unterhielt sich Hans Ullrich Garden eine Weile mit ihm, und jede Pointe des sehr privat anmutenden Gespräches wurde vom Publikum mit Beifall quittiert. Dann tänzelte, wie ausgemacht, Gaby mit einem Tablett, auf dem vier Sektgläser standen, auf die Bühne. Die vier Gläser waren für Hans Ullrich Garden, Tom Trevor, mich und Gaby bestimmt, aber nur drei davon enthielten Sekt, das vierte war mit Selterswasser gefüllt. Hans Ullrich Garden nahm prinzipiell auf der Bühne keinen Schluck Alkohol zu sich. Gaby wußte natürlich, welches das Selterswasserglas war, und bot das Tablett so geschickt an, daß weder Tom Trevor noch das Publikum merken konnte, daß hier ein kleiner Schwindel vorlag.

Der Quizmaster setzte schon zum Trinkspruch an, als mir plötzlich auffiel, daß die Flüssigkeit in seinem Glas nicht klar war, sondern eine verdächtige Trübung zeigte. Mein Herz setzte fast aus vor Schreck. Gift! Hans Ullrich Garden setzte das Glas an die Lippen.

In weniger als einer Sekunde hatte ich geschaltet. Mit jenem bezaubernden Lächeln, das Janos Lewin mir einstudiert hatte, nahm ich Hans Ullrich Garden das Glas aus der Hand und gab ihm meines dafür. Er machte sofort mit; offensichtlich war er der Überzeugung, doch ein Glas mit Sekt erwischt zu haben. Erst als er ahnungslos einen tiefen Schluck genommen hatte, merkte er, daß etwas nicht stimmte. Er warf mir einen zornigen, verständnislosen Blick zu. Ich hatte mein Glas nur bis zum Mund geführt, nicht einmal genippt, nahm Gaby das Tablett aus der Hand, sammelte die Gläser ein und ging ab, während hinter mir Tom Trevor seinen berühmten Schlager »Die Nacht auf dem Mississippi in meinem kleinen Boot ...« anstimmte.

Ich setzte das Tablett auf einem kleinen Tischchen hinter der Dekoration ab und stand einen Augenblick ratlos da. Was sollte ich nun mit dem vergifteten Selterswasser anfangen? Ich konnte es unmöglich hier herumstehen lassen, wenn ich nicht riskieren wollte, daß einer der Bühnenarbeiter es ahnungslos austrank. Andererseits wollte ich es auch nicht wegschütten, denn ich brauchte den Beweis, daß ich mich nicht geirrt hatte.

Ich überlegte noch, was zu tun war, als Gaby herauskam. »Sag mal, Sonja ... bist du wahnsinnig geworden? Was ist dir eigentlich dabei eingefallen? Ulli ist auf hundertfünfzig und mit Recht. Du weißt doch genau, daß er auf der Bühne keinen Alkohol trinkt.«

»Immerhin nehme ich an, daß ihm ein Schluck Sekt weniger schadet als vergiftetes Selterswasser.«

Gaby riß die Augen auf. »Was?!«

»Na, sieh es dir doch mal an. Willst du etwa behaupten, daß gewöhnliches Selterswasser so aussieht?«

Jetzt stieß auch Hans Ullrich Garden zu uns. Sein Gesicht war rot vor Ärger.

Aber ehe er noch ein Wort sagen konnte, stieß Gaby atemlos hervor: »Es ist vergiftet, Ulli. Stell dir vor ... es ist vergiftet!«

»Unsinn!« sagte er grob. »Ausgeschlossen. Wer sollte denn ...« Er stockte mitten im Satz. Wahrscheinlich war ihm das Törichte seiner Bemerkung bewußt geworden.

»Du kannst es ja probieren, wenn du mir nicht glaubst«, schlug ich vor, »bitte, hier steht es ... zu deiner Verfügung.«

Er betrachtete erst mißtrauisch mich, dann das Glas. »Bist du sicher?« fragte er ungläubig.

»Natürlich nicht. Jedenfalls wirst du zugeben, daß das hier

nicht wie normales Selterswasser aussieht.« Plötzlich wurde ich wütend. Ich hatte Hans Ullrich Garden möglicherweise wieder einmal das Leben gerettet, und statt mir zu danken, benahm er sich gerade so, als wenn ich mich danebenbenommen hätte. »Was hätte ich denn sonst tun sollen?« fragte ich böse. »Natürlich bin ich kein Sachverständiger für Gifte. Ich habe in meinem ganzen Leben nicht mit so etwas zu tun gehabt. Ich dachte nur . . .«

»Du hast völlig richtig gehandelt, mein Mädchen«, antwortete Hans Ullrich Garden warm und legte seinen Arm um meine Schultern. »Ich danke dir.« Er hob das Sektglas mit dem gefährlichen Inhalt hoch, und einen Augenblick sah es fast so aus, als ob er es an die Lippen setzen wollte. »Merkwürdig zu denken«, sagte er und starrte tiefsinnig in die trübe Flüssigkeit, »wenn du nicht gewesen wärst, Sonja . . . vielleicht wäre ich jetzt schon tot. Warum hat man so viel Angst davor? Eines Tages wird es ja für jeden von uns vorbei sein. Kommt es eigentlich darauf an, ob es ein paar Jahre früher oder später geschieht?« Er seufzte. »Ich könnte es überstanden haben . . . wenn ich das Glas ausgetrunken hätte, wäre mir jetzt wahrscheinlich sogar wohler zumute.«

»Unsinn!« sagte ich böse. »Woher bist du sicher, daß dies ein Gift ist, das auf der Stelle tötet? Vielleicht würdest du dich jetzt in Krämpfen winden! Außerdem liegt es ja ganz bei dir. Du kannst es immer noch trinken, wenn du dir etwas davon versprichst.«

»Nein, danke – das denn doch nicht!«

Ehe ich es verhindern konnte, hatte Hans Ullrich Garden den Inhalt des Glases auf den Boden geschüttet.

»Ulli«, rief ich, »bist du verrückt?«

»Das hättest du nicht tun sollen!« sagte auch Gaby.

Hans Ullrich Gardens Gesicht wirkte verfallen, tiefe Schatten lagen unter seinen Augen, die Falten von der Nase zum Mund schienen sich in den letzten Minuten verschärft zu haben. »Es war das einzig Richtige«, sagte er und wandte sich ab.

Eine halbe Minute später stand er wieder auf der Bühne, strahlend, überlegen und selbstbewußt.

»Das haben Sie wunderbar gemacht, mein lieber verehrter Tom Trevor«, sagte er, Jubel in der Stimme, und klopfte dem jungen Sänger herzlich auf die Schulter. »Das war ein wahrer Genuß für Auge, Ohr und Herz. Ich danke Ihnen. Ich danke Ihnen noch einmal, daß Sie zu uns gekommen sind!«

Mit einer Geste verstand er es, dem Publikum den Eindruck zu suggerieren, daß Tom Trevor sein ureigenes Produkt wäre – mit stolzer Bescheidenheit nahm er den rasenden Beifall entgegen.

Ich wußte nicht, ob ich ihn bewundern oder verachten sollte. Ich verstand ihn weniger denn je.

An diesem Abend hätten mich keine zehn Pferde dazu gebracht, mich noch mit den anderen zusammenzusetzen und den unzweifelhaften Erfolg der Sendung zu feiern. Ich fühlte mich elend und deprimiert. Mein Job als Assistentin des Quizmasters begann sich langsam zu einer Art Alptraum für mich zu entwickeln. Es war mir unbegreiflich, daß niemand außer mir das tödliche Netz bemerken wollte, das sich immer dichter um Hans Ullrich Garden zusammenzog. Ich kam mir vor wie ein normales Wesen, das man zwingt, unter lauter Irrsinnigen zu leben. In meinen Augen war es reiner Wahnsinn, daß Hans Ullrich Garden keine Anzeige erstattete, daß niemand daran dachte, auch nur einen einzigen Schritt zu unternehmen, um den Täter ausfindig und unschädlich zu machen.

Ich fühlte mich müde und hoffnungslos und sehnte mich nach Schlaf, aber ich wußte, daß es keinen Zweck hatte, ins Bett zu gehen, denn ich würde kein Auge zumachen können. Ich hatte Angst. Dieser Mörder ohne Gesicht, der immer wieder erbarmungslos aus dem Dunkel zuschlug, war fürchterlich.

Plötzlich wurde mir klar, warum die Attentate immer nur während der Fernsehsendungen geschahen. Ich begriff nicht mehr, wieso ich es nicht von Anfang an klar erkannt hatte. Dem Mörder genügte es nicht, sein Opfer zu töten, er wollte Zuschauer haben – nicht Hunderte, nicht Tausende, nein, Millionen Zuschauer für seinen Mord. Aus krankhafter Eitelkeit? Aus unermeßlicher Rachsucht? Nur ein Ungeheuer, ein durch und durch krankhafter Mensch konnte den Plan zu einer solchen Tat entwickeln. Niemand von all den Personen, die ich kannte, war so etwas zuzutrauen – weder Gaby noch Lilo, weder Semmelweis oder Lewin. Oder irrte ich mich doch?

Ich wußte es nicht. Ich spürte nur die Angst, die sich immer tiefer in meinen Nacken krallte und mich geradezu schüttelte.

Mein Herz stand fast still, als ich sah, wie die Türklinke sich langsam bewegte. »Nein!« rief ich. »Nein«, ich schrie es heraus.

Ich stürzte zur Tür, wollte abschließen, da sah ich mit Entsetzen, daß ich den Schlüssel draußen hatte stecken lassen. Ich stand regungslos, holte tief Atem, zählte bis zehn – und begriff, daß meine Angst panisch verrückt war. Wer auch immer draußen vor der Tür stand, es konnte nicht der Mörder sein. Ich war ja nicht das Opfer, auf das er es abgesehen hatte, und der Unheimliche, den ich fürchtete, interessierte sich nicht für Morde in stillen Hotelzimmern oder dunklen Gassen.

»Ja . . . bitte?« sagte ich und öffnete die Tür.

Jürgen Urban stand draußen.

»Sie!?« fragte ich verblüfft.

»Es tut mir leid«, sagte er, »ich wußte ja nicht . . . dann vielleicht ein andermal . . .« Er wandte sich zum Gehen.

»Aber . . . jetzt begreife ich überhaupt nichts mehr!«

»Wirklich nicht?« sagte er und drehte sich mir zu. »Dann muß ich mich wohl deutlicher ausdrücken: Ich wußte nicht, daß Sie Besuch haben!«

»Aber ich bin allein!« Unwillkürlich öffnete ich die Tür weit und gab den Weg in mein Zimmer frei.

Er zögerte eine Sekunde, dann trat er ein, sah sich mißtrauisch um.

Ich fand die Situation höchst lächerlich. »Sie können auch unters Bett schauen . . . oder in den Kleiderschrank; mit Tapetentüren oder Geheimgängen kann ich allerdings nicht aufwarten.«

»Warum waren Sie dann so erschrocken?«

»Ich bin nun mal schreckhaft von Natur. Außerdem sind für mich mitternächtliche Besuche höchst ungewohnt.«

Er klopfte eine Zigarette aus seinem Päckchen, steckte sie sich zwischen die Lippen. »Anderen Männern gegenüber«, sagte er, während er sein Feuerzeug aufklicken ließ, »sind Sie jedenfalls nicht so zimperlich.«

»Was wollen Sie damit sagen?!«

»Daß Sie mich ganz schön beschwindelt haben.« Er ließ sein Feuerzeug in die Hosentasche gleiten und nahm die Zigarette aus dem Mund.

»Ich wüßte wirklich nicht . . .«, begann ich.

Er schnitt mir das Wort ab. »Verzeihen Sie, stimmt ja auch

nicht. Ich habe Ihnen unrecht getan. Sie sind erst nach unserem kleinen Gespräch – Sie erinnern sich noch? – die Geliebte Hans Ullrich Gardens geworden.«

»Ach so! Das meinen Sie!«

»Ist das alles, was Sie mir zu sagen haben?«

»Sie haben es erfaßt.«

»Sie versuchen also nicht einmal zu leugnen?«

»Warum sollte ich denn? Schließlich geht es Sie doch nichts an, was ich tue und treibe.«

»Sie habe ich heiraten wollen«, sagte er düster.

Ich lachte. »Aha. Jetzt begreife ich. Sie sind also gekommen, um ihren Heiratsantrag offiziell wieder zurückzunehmen. Schade. Ich war gerade so weit, daß ich mir ernsthaft überlegt habe . . .«

»Hören Sie auf mit dem Blödsinn!« unterbrach er mich grob. »Ich habe mich in Ihnen getäuscht, das kann passieren. Aber das gibt Ihnen immer noch kein Recht, sich über mich lustig zu machen.«

»Hören Sie mal, junger Mann«, sagte ich, »Sie spazieren hier mitten in der Nacht mir nichts, dir nichts in mein Zimmer, werfen mir gepfefferte Anschuldigungen an den Kopf . . . da ist es wohl das Mindeste, mir zu erlauben, mich ein wenig über Ihr Benehmen zu belustigen. Wenn es Ihnen aber nicht paßt . . . ich habe Sie nicht eingeladen. Sie können jederzeit wieder gehn. Ich wäre Ihnen sogar dankbar dafür.«

Jürgen Urban wandte sich wortlos um und ging zur Tür. Ich glaubte einen Augenblick allen Ernstes, daß er sich verziehen würde, und empfand zu meiner eigenen Verwunderung ein gewisses Bedauern darüber. Immerhin war es ihm gelungen, mich in kürzester Zeit aus meiner melancholischen Stimmung herauszureißen.

Aber Jürgen Urban schloß nur die Tür, drehte sich wieder zu mir um und sagte in verändertem Ton: »Wollen wir uns nicht setzen? Ich möchte Sie nämlich etwas fragen.«

»Schon wieder«, sagte ich und nahm ihm gegenüber auf einem etwas wackeligen Stuhl – Sessel gab es in dem Zimmer nicht – Platz. »Also, schießen Sie los!«

»Was war das heute abend mit dem Sekt?« fragte er.

Ich hätte jede andere Frage eher erwartet. »Sekt?« fragte ich zurück, um Zeit zu gewinnen.

»Sie haben völlig richtig gehört. Warum haben Sie Ihr Glas mit Hans Ullrich Garden getauscht?«

»Waren Sie wieder einmal hinter der Bühne?«

»Da wäre es mir gar nicht aufgefallen. Ich saß im Publikum, neben Doktor Lewin übrigens. Warum haben Sie die Gläser vertauscht?«

Ich sah ihm gerade in die Augen. »Hans Ullrich Garden hat aus Versehen das falsche Glas erwischt«, log ich.

»Möchten Sie das nicht etwas näher erklären?«

»Hans Ullrich Garden trinkt, während er arbeitet, nie Alkohol. In seinem Glas hätte Selterswasser sein müssen. Als ich merkte, daß ich sein Glas erwischt hatte, habe ich natürlich sofort mit ihm getauscht.«

»Woran haben Sie das gemerkt?«

»Nun ja . . . zwischen Selterswasser und Sekt ist doch ein gewisser Unterschied.«

»Den merkt man aber nur beim Trinken.«

»Das stimmt nicht«, sagte ich. »Man kann es auch riechen.«

»Aha. Und Sie selber trinken prinzipiell kein Selterswasser, wie?«

»Stimmt auffallend!« sagte ich, hatte mich aber nicht genug in der Gewalt, um nicht einen raschen Blick unter das Waschbecken zu werfen, wo eine leere Flasche Selterswasser stand.

»Sie haben an Ihrem Glas nicht einmal genippt«, sagte er vorwurfsvoll.

»Sie sind ein sehr guter Beobachter, Herr Urban, aber wollen Sie mir nicht endlich sagen, wo Sie mit der ganzen Fragerei hinauswollen? Das Ganze ist für mich ein bißchen verwirrend, müssen Sie wissen.«

Jürgen Urban erhob sich. »Sie weigern sich also, mir eine ehrliche Erklärung zu geben?«

»Nein, natürlich nicht. Bloß weiß ich wirklich nicht . . .«

»Danke, das genügt mir. Guten Abend, meine Dame, und bitte entschuldigen Sie nochmals die Störung!«

Ich war alarmiert. »Was haben Sie vor?« rief ich und sprang auf.

Er stand dicht vor mir, das jungenhafte Gesicht von Groll verdüstert. »Seit Wochen, ach was, seit Monaten renne ich hinter

Hans Ullrich Garden her, und der hohe Herr hat sich noch kein einziges Mal herbeigelassen, mich zu empfangen. Dabei weiß er genau, daß ich ihn brauche wie das tägliche Brot. Ich habe mich meiner Redaktion gegenüber verpflichtet, seine Lebensgeschichte zu schreiben. Wie steh' ich denn da, wenn sich herausstellt, daß ich nicht einmal imstande war, bis zu ihm vorzudringen?«

»Herr Urban«, sagte ich rasch, »dafür müßten die Herren Ihrer Redaktion doch volles Verständnis haben! Es ist allgemein bekannt, daß Garden den Standpunkt vertritt, daß das Privatleben eines Künstlers nicht in die Öffentlichkeit gezerrt werden sollte!«

»Finden Sie das nicht auch merkwürdig?« fragte Jürgen Urban.

»Warum? Eigentlich ist es ganz vernünftig. Wenn alle so dächten ...«

»Tun sie aber nicht, liebe Dame. Jeder Star und jedes Sternchen von Film, Funk und Fernsehen ist nur zu froh, wenn über ihn geschrieben wird – jeder möchte in aller Munde sein. Ausgerechnet Hans Ullrich Garden soll ich abnehmen, daß er freiwillig auf eine glänzende Gelegenheit verzichtet, die Werbetrommel zu rühren? Unsere Zeitschrift hat eine Auflage von immerhin einer Million, das heißt auf gut deutsch, daß man ihre Leserzahl mit gut vier bis fünf Millionen errechnen kann.«

»Na, wenn schon«, sagte ich. »Falls Sie mir schon Rechenunterricht geben wollen, darf ich Sie darauf aufmerksam machen, daß die Zahl der Fernsehzuschauer ...«

»Aber darum handelt es sich doch gar nicht«, unterbrach er mich ungeduldig. »Diese diskrete Zurückhaltung entspricht nicht Hans Ullrich Gardens Charakter, das ist der springende Punkt.«

»Vielleicht kennen Sie ihn zu wenig«, behauptete ich, selber wenig überzeugt.

»Weichen Sie mir doch nicht dauernd aus«, sagte er ärgerlich, »Sie wissen so gut wie ich, für Hans Ullrich Gardens Verhalten gibt's nur eine einzige Erklärung: Er hat etwas zu verbergen!«

Ich war selbst, wahrscheinlich schon lange vor Jürgen Urban, auf diesen Gedanken gekommen, aber ich hätte es gerade ihm gegenüber um keinen Preis zugegeben. »Quatsch«, sagte ich böse. »Haben Sie schon mal daran gedacht, daß ihm die Auflage von einer Million zu gering sein könnte?«

»Der Pressestelle Ihres Senders ist sie jedenfalls nicht zu gering«, sagte er beleidigt. »Man hat mir von dort jede Unterstützung zugesagt. Weiß der Teufel, ich habe es lange auf legalem Weg versucht, aber jetzt platzt mir der Kragen. Ich werde Mittel und Wege finden, Ihren Freund und Gönner zum Sprechen zu bringen. Verlassen Sie sich darauf.«

Ich ahnte, was er vorhatte, aber ich wollte es ganz genau wissen. »Da bin ich mal gespannt«, sagte ich in jenem leicht überheblichen ironischen Ton, von dem ich aus Erfahrung wußte, daß er ihn sofort auf die Palme bringen würde.

Es klappte ausgezeichnet. Jürgen Urban bekam einen roten Kopf und sagte wütend: »Sie täuschen sich, wenn Sie glauben, mich wie einen Schuljungen behandeln zu können. Ich bin nicht von gestern. Ich weiß, was es mit dem Sekt auf sich hatte. Mir können Sie nichts vormachen.«

»Warum haben Sie mich dann gefragt?« sagte ich sanft.

»Weil ich Ihnen eine Chance geben wollte, Sie verbohrtes Geschöpf!« brüllte er wütend.

Ich legte meine Hände an die Ohren. »Bitte, schreien Sie mich nicht so an, Herr Urban, das bin ich nicht gewohnt! Vielleicht sind Sie so liebenswürdig und erklären mir, worin diese Chance bestehen sollte . . . ich bin nämlich etwas schwer von Begriff, wie Sie schon bemerkt haben werden.«

Er sah mich mißtrauisch an. »Sie sind . . . na ja, lassen wir das. Ich möchte lieber nicht persönlich werden. Sie lieben Hans Ullrich Garden?«

»Sie sagen es«, erwiderte ich kühl. Ich sah nicht den geringsten Anlaß, Jürgen Urban über meine wahren Beziehungen zu dem Quizmaster aufzuklären.

»Dann sollte es doch in Ihrem Interesse sein, ihn zu warnen. Nach allem, was ich herausgebracht habe, wird es ihm alles andere als angenehm sein, wenn die Schlagzeilen in den Zeitungen melden: Mordanschlag auf Quizmaster! . . . Oder? Gefällt Ihnen das?«

»Nein«, sagte ich, krampfhaft bemüht, meinen Schrecken nicht merken zu lassen. »Es ist auch nicht wahr.«

»Wirklich nicht?« Er lachte. In diesem Augenblick war er mir unsympathischer denn je.

»Ich möchte überhaupt wissen, wie Sie auf diesen Blödsinn

kommen!«

»Sehr einfach. Ich habe Augen im Kopf. Damals, als das Winkeleisen haarscharf neben Ihnen und Hans Ullrich Garden herunterpolterte, kam mir die Sache schon komisch vor. Besonders Ihr Benehmen, liebe Dame, hat mich stutzig gemacht. Sie waren ja ganz bleich um die Nase und haben mich so mißtrauisch behandelt, als wenn Sie mich für den Täter hielten. Und heute, die Sache mit dem vertauschten Sektglas . . . Sie brauchen sich keinen Vorwurf zu machen, Sie haben das sehr geschickt gemacht, aber mein Verdacht war schon geweckt. Das Selterswasser von Hans Ullrich Garden war vergiftet! Geben Sie es doch zu.«

»Ich denke nicht daran«, sagte ich.

»Aber vielleicht sagen Sie mir dann wenigstens, was mit dem Revolver los war? Sie werden sich erinnern, in der ersten Fernsehsendung, in der Europa das Vergnügen hatte, Sie mitwirken zu sehen. Warum haben Sie nicht auf Hans Ullrich Garden geschossen? Warum haben Sie die Waffe fallen lassen? Wenn es eine Plastikkinderpistole gewesen wäre . . .«

»Herr Urban«, sagte ich, »Sie mögen ein ausgezeichneter Beobachter sein, das gehört wahrscheinlich zu Ihrem Beruf. Es macht Ihnen sicherlich auch Spaß, sich hier vor mir so aufzuspielen, und das kann ich Ihnen nicht verargen. Aber ich nehme Ihnen nicht ab, daß diese blödsinnige Kombination auf Ihrem eigenen Mist gewachsen ist. Geben Sie es auf, mir können Sie nichts vormachen. Jemand hat Ihnen etwas geflüstert, und wenn dieser Jemand nicht die bezaubernde Gaby war, dann bin ich bereit, einen Besen zu verspeisen.«

Zu meiner Überraschung leugnete er nicht. »Und wenn? Welches Interesse sollte sie haben, mir etwas vorzuschwindeln?«

»Sie ist wütend auf Hans Ullrich Garden und eifersüchtig auf mich.«

Er grinste. »Kann ich mir denken. Möglich, daß das der Grund war, warum sie aus der Schule geplaudert hat. Aber Sie werden mir doch nicht weismachen wollen, daß Ihre geschätzte Kollegin so viel Phantasie besitzt, um sich eine solch phantastische Geschichte aus den Fingern zu saugen?«

»Phantastische Geschichte . . . das haben Sie gesagt, Herr Urban. Ich habe immer angenommen, daß Journalisten sehr sachliche Menschen sind. Denken Sie doch einmal in aller Ruhe nach ... halten Sie tatsächlich eine so phantastische Serie von Mordanschlägen angesichts von Millionen Zuschauern für möglich?«

»Da kann ich Ihnen nur mit Hamlet erwidern: ›Es gibt mehr Dinge zwischen Himmel und Erde, als sich unsere Schulweisheit träumen läßt.‹ Außerdem ist es mir egal, ob es sich nur um eine Reihe unglücklicher Zufälle handelt – übrigens werden Sie mir zugeben, daß diese Annahme fast noch phantastischer klingt – oder ob wirklich ein wahnsinniger Mörder dahintersteckt. Hauptsache ist für mich, ich habe einen prima Knüller, an dem ich meine Geschichte aufhängen kann.«

»Herr Urban«, sagte ich, »Sie werden doch nicht so gewissenlos sein und etwas schreiben, an das Sie selbst nicht glauben? Wenn sich herausstellt, daß es sich um die freie Erfindung eines ehrgeizigen jungen Journalisten gehandelt hat ... wie stehen Sie dann da?«

Jürgen Urban zündete sich gemächlich eine neue Zigarette an. »Ich bin nicht ganz so dumm, wie ich aussehe ...«, sagte er. »Natürlich werde ich nichts behaupten, ich werde nur meine Beobachtungen beschreiben und ein paar Fragen daranhängen. Alles andere überlasse ich der Phantasie des Lesers.«

»Jetzt weiß ich auch, warum Sie mir von Anfang an so unsympathisch waren, Herr Urban.«

Er zeigte mit einem unverschämten Lächeln weiße, gesunde Zähne. »Ich kann nicht behaupten, daß das auf Gegenseitigkeit beruht, liebe Dame. Aber ich freue mich, daß Sie mich endlich verstanden haben. Also ... werden Sie mit Ihrem Abgott darüber sprechen? Werden Sie ihm meinen Vorschlag unterbreiten? Entweder ein ausführliches Interview oder ...«

Ich unterbrach ihn. »Ich kann nur sagen, Herr Urban, die Rolle eines Erpressers ist Ihnen auf den Leib geschrieben. Wenn es Sie beruhigt ... ja, ich werde mit Hans Ullrich Garden sprechen, aber ich hoffe, daß er die einzige vernünftige Konsequenz daraus zieht.«

»Und die wäre ...«

»Daß er ...«, begann ich, aber ich sprach meinen Satz nicht zu Ende. Es wäre grundfalsch gewesen, Jürgen Urban auf die Nase zu binden, daß es höchste Zeit war, die Kriminalpolizei zu verständigen.

Am nächsten Morgen machte mir Hans Ullrich Garden den Vorschlag, mit ihm im Wagen zurückzufahren, und ich stimmte natürlich sofort zu. Es tat mir wohl, daß Gaby, die auch am Frühstückstisch saß, grün im Gesicht wurde. Ich wußte nicht, was ich ihr mehr übelnahm: daß sie die Mordanschläge auf Hans Ullrich Garden dem jungen Schnüffler preisgegeben hatte oder daß sie ihm – ich konnte es mir plastisch ausmalen – dick und breit über mein angebliches Verhältnis mit Hans Ullrich Garden berichtet hatte. Jetzt mußte sie mit dem Zug zurückfahren, und das geschah ihr recht. Ich hatte keinerlei Interesse mehr daran, mich mit ihr auf freundschaftlichen Fuß zu stellen. Wir fuhren nicht in Hans Ullrich Gardens elegantem Coupé, sondern in der funkelnagelneuen Limousine. Ich saß hinten neben Hans Ullrich Garden, Dr. Janos Lewin vorne neben dem Chauffeur. Von dem Moment an, wo Garden mir das Angebot gemacht hatte, mich mitzunehmen, hatte ich mir krampfhaft überlegt, wie ich ihm Jürgen Urbans Vorschlag beibringen könnte. Ich war höchst überrascht, daß er – wir hatten das Stadtzentrum noch nicht verlassen – das Thema Urban selbst anschnitt. Allerdings von einer ganz anderen Seite her.

»Du weißt, Sonja«, sagte er, »ich mische mich nicht gern in die Privatangelegenheiten meiner Untergebenen . . .«

Er schwieg und ließ mir Zeit, diesen höchst merkwürdigen Satz zu verdauen. Er hatte bisher von mir noch nie als von seiner »Untergebenen« gesprochen, und ich konnte nicht einmal ahnen, was er mit »Privatangelegenheiten« meinte. Ich tat ihm nicht den Gefallen, ihm mit einer Frage, die er wahrscheinlich erwartet hatte, weiterzuhelfen, sondern sah ihn nur mit einem großen Augenaufschlag – Ergebnis meines Unterrichts von Janos Lewin – unschuldsvoll an.

»Vielleicht habe ich mich falsch ausgedrückt«, sagte Hans Ullrich Garden. Ich sah an der Art, wie er seine Zigarette anzündete, daß er sehr nervös, vielleicht auch verärgert war.

»Ja?« fragte ich sanft, um ihn nicht noch mehr aufzuregen.

»Jeder, der sich entschließt, für das Fernsehen zu arbeiten – ich meine, vor einem Millionenpublikum aufzutreten –, hat kein Privatleben mehr.«

Das war ein Kernsatz, der in mehr als einer Beziehung fragwürdig war. Aber ich merkte wohl, daß Hans Ullrich Garden nicht in der Laune war, darüber zu diskutieren. Janos Lewin kicherte unverhohlen.

»Wir müssen jeden Augenblick bedenken, daß wir mit allem, was wir tun und treiben, im Licht der Öffentlichkeit stehen«, fuhr Hans Ullrich Garden leicht irritiert fort.

Langsam kam mir die ganze Sache ziemlich blöd vor. »Gräßlicher Gedanke!« sagte ich. »Willst du damit sagen, daß uns das Auge des Fernsehens bei den diskretesten Verrichtungen beobachtet – beim Zähneputzen, Naseschneuzen, Füßewaschen und was dergleichen mehr ist?«

»Ich verbiete dir, in diesem Ton mit mir zu sprechen«, sagte er aufgebracht. »Was ich sage, ist sehr ernst. Bitte, unterdrücke für fünf Minuten deinen fragwürdigen Sinn für Humor.«

»Sehr wohl, mein hoher Herr!«

»Du bist schließlich kein Baby mehr, Sonja«, fuhr er wütend fort. »Du solltest wissen, daß eine junge Dame es sich in keinem Fall erlauben kann, irgendeinen hergelaufenen Burschen nachts auf ihrem Zimmer zu empfangen!«

»Ach so«, sagte ich erleichtert, »darauf willst du hinaus!«

»Jawohl, genau darauf. Daß du deinen guten Ruf ruinierst, ist mir natürlich völlig gleichgültig – ich meine, soweit es dich als Privatperson betrifft –, aber daß du mit deinem zweideutigen Benehmen dich und deine Kollegen in Verruf bringst, ja das ganze Fernsehen kompromittierst – das kann mir nicht gleichgültig sein.«

Ich setzte mich steil auf und sah ihn an. »Sprichst du im Ernst, Ulli?«

»Es ist mir noch nie so ernst gewesen. Glaubst du, es ist mir angenehm, wenn jeder im Hotel, angefangen vom Pagen bis zum Oberkellner, mir augenzwinkernd erzählt, daß meine Assistentin . . .«

»Das ist ja nicht wahr, Ulli«, sagte ich empört. »Nur eine einzige kann dir das erzählt haben, und das ist meine Kollegin Gaby.«

»Nun, auch wenn das Hotelpersonal mir diese Geschichte nicht berichtet hat, so haben die Leute sich doch ihren Teil gedacht. Es tut mir leid, Sonja, daß ich so mit dir sprechen muß, aber ich bitte dich ein für allemal, deine Liebesaffären etwas diskreter abzuwickeln.«

»Ulli, jetzt will ich dir mal was sagen! Nein, du brauchst mich nicht so fuchsteufelswild anzuschauen, jetzt bin ich dran! Wenn einer meinen guten Ruf kompromittiert hat, dann bist du es. Aus lauter Eitelkeit hast du den Leuten auf die Nase gebunden, daß wir beide – obwohl . . .«

Er zuckte förmlich zusammen beim Gedanken, daß Lewin erfahren könnte, daß unsere Liebesgeschichte nur eine Hochstapelei von ihm gewesen war. »Gerade deshalb, Sonja«, sagte er sanft und nahm meine Hand. »Du weißt doch, daß ich dich liebe. Alle wissen, daß wir zusammengehören. Wie kannst du mir da so etwas antun?«

»Ich habe dir nichts angetan«, sagte ich. »Der junge Mann von der Zeitung ist mir völlig gleichgültig, besser gesagt völlig unsympathisch. Du solltest mich doch gut genug kennen, um . . .«

»Ja, Liebling, ich weiß.« Er legte seinen Arm um meine Schulter und zog mich an sich. »Ich weiß, du würdest so etwas nie tun, nicht wahr? Aber du mußt doch verstehen, daß ich eifersüchtig bin. Ja, ich bin eifersüchtig, ich gebe es offen zu.«

»Grundlos«, sagte ich, nahm seine Hand von der Schulter und legte sie ihm aufs Knie. »Ich gehöre nicht zu der Sorte Frauen, die auf Liebesschwüre berufsmäßiger Verführer hereinfallen.«

Das hatte gesessen. Ich sah, wie seine Nasenflügel zuckten. Er nahm einen tiefen Zug aus seiner Zigarette, um sich zu beruhigen, streifte sie am Aschenbecher unter dem Fenster ab, dann sagte er: »Ich glaube dir, mein liebes Kind, aber andere Menschen sind nicht so . . . so großzügig und verständnisvoll wie ich, Sonja. Du solltest dich hüten, auch nur den Anschein zu erwecken, als ob . . .«

»Ach ja, ich vergaß«, unterbrach ich ihn, »du bist Schaumann. Bei dir kommt es hauptsächlich auf die Optik an.«

Er seufzte tief. »Du willst mich nicht verstehen, Sonja. Schade, ich hatte es gut mit dir gemeint.«

Janos Lewin kicherte wieder. »Ich glaube, Sonja versteht Sie sehr gut . . . vielleicht zu gut, wissen Sie!«

»Interessiert es dich gar nicht, wer der junge Mann war?«

»Ich weiß es. Dieser grüne Zeitungsjüngling.«

Unwillkürlich ergriff ich Jürgen Urbans Partei. »So grün ist er nun auch wieder nicht. Es wäre ein Fehler, ihn zu unterschätzen.«

»Also doch Feuer gefangen?«

»Er weiß alles«, sagte ich.

»Wer weiß . . .? Was weiß er? Was willst du damit sagen?«

»Ich glaube, wir verstehen uns sehr gut«, sagte ich mit einer Kopfbewegung zum Chauffeur. »Er hat alles herausgebracht! Du wirst dich erinnern, daß er seit einigen Fernsehsendungen immer dabei sitzt . . . und was er noch nicht wußte, das hat ihm unsere reizende Freundin Gaby gesteckt.«

»Nein«, sagte er tonlos. »Das kann doch nicht wahr sein.«

»Ist es aber. Ich habe mir alle Mühe gegeben, seinen Verdacht zu zerstreuen. Deshalb war er so lange bei mir auf dem Zimmer. Aber er ist seiner Sache ziemlich sicher.«

»Er hat keine Beweise.«

»Braucht er auch nicht. Soviel ich ihn verstanden habe, will er die Sache mit Fragezeichen in die Zeitung bringen, verstehst du? Die Zwischenfälle schildern und dann seine Vermutungen mit Fragezeichen dahinter. Wie gefällt dir das?«

Hans Ullrich Garden war sehr blaß geworden, und schon tat er mir wieder leid.

»Sie hätten mir das gleich heute morgen sagen sollen, Sonja«, sagte Janos Lewin, und seine hohe Stimme klang schrill vor Erregung. »Sie hätten mir Gelegenheit geben müssen, mir den Knaben vorzuknöpfen. Wie ich diese Burschen kenne, gibt es immer ein Mittel, womit man sie zum Schweigen bringen kann.«

»Ich kenne dieses Mittel sogar«, sagte ich.

»Was ist es?« fragte Hans Ullrich Garden und sah mich an. Angst flackerte in seinen Augen. »Was will er?«

»Oh, nichts von Bedeutung, nichts, was du ihm nicht leicht geben kannst: ein Interview. Du weißt ja, daß er beauftragt ist, eine ausführliche Story über dein Leben zu bringen. Soviel er mir erzählt hat, hat er schon allerlei Material gesammelt, auch Fotos aus deinen Kindertagen, aus der Schulzeit und das alles . . . aber er will die ganze Geschichte unbedingt mit dir durchsprechen. Ehrlich gestanden finde ich das auch nicht zuviel verlangt.«

»Du weißt genau, wie zuwider mir so etwas ist«, sagte Hans Ullrich Garden, erleichtert und verärgert zugleich.

»Das habe ich ihm gesagt. Die Entscheidung liegt jetzt bei dir. Du kannst wählen. Entweder . . . oder.«

»Es gibt noch eine dritte Möglichkeit«, sagte Janos Lewin.

»Ja, und die wäre meiner Meinung nach die beste!« unterstützte ich ihn sofort.

»Wovon redet ihr eigentlich?«

»Ach, Ulli, tu doch nicht so«, sagte ich, jetzt auch leicht gereizt. »Du weißt genau, was wir dir seit Wochen raten. Du solltest nicht länger zögern. Du solltest es jetzt tun. Sofort.«

»Sonja hat recht«, sagte Lewin. »Selbst wenn Sie dem jungen Mann das gewünschte Interview geben . . . ich habe den Eindruck, daß sich die Geschichte nicht mehr lange wird geheimhalten lassen. Es wissen zu viele . . .«

»Und Gaby plaudert zu gerne«, ergänzte ich.

»Na, die kann was erleben«, sagte Garden.

»Machen Sie sich doch nichts vor«, sagte Lewin. »Sie können ihr überhaupt nichts tun, nicht das Geringste. Sie ist absolut nicht verpflichtet, über die Vorfälle zu schweigen. Wenn Sie ihr tatsächlich einen Krach machen, ist das der beste Weg, die Sache schnellstens an die Öffentlichkeit zu bringen.«

Hans Ullrich Garden drückte seine Zigarette aus, klappte den Deckel des Aschenbechers zu, lehnte sich zurück und schloß die Augen. Wir respektierten sein Schweigen.

Ich kramte das Werk, mit dem ich mich derzeit beschäftigte, »Die Seele im technischen Zeitalter«, aus meiner Tasche und versuchte, mich in mein Studium zu vertiefen.

Aber ich hob sofort den Kopf, als Hans Ullrich Garden – es waren fast zehn Minuten vergangen – endlich den Mund auftat.

»Bestell dem jungen Mann«, sagte er, und seine Stimme klang heiser, »daß ich ihn empfangen werde. Er soll mich anrufen, damit wir einen Termin ausmachen.«

Janos Lewin hatte sich bei diesen Worten zu mir umgewandt und sah mich an. Ich las aus dem Blick seiner großen dunklen Augen, daß er dasselbe dachte wie ich: Etwas ist faul im Staate Dänemark.

Daß etwas faul war bei Hans Ullrich Garden, daran zweifelte ich längst nicht mehr.

Die nächsten Tage verliefen mit Arbeiten, Besprechungen, Kostümproben – Gaby und ich bekamen für die nächste, die zehnte Fernsehsendung traumhafte Gewänder angemessen, oben und unten reichlich knapp und dennoch sehr jugendlich wirkend, aus starrem Brokat. Ich hatte Jürgen Urban angerufen und ihm Hans Ullrich Gardens Entschluß kurz übermittelt. Aber wann und wo die Besprechung zwischen den beiden stattfand, erfuhr ich nicht. Gaby gegenüber war ich kühl wie ein Eisberg, ohne damit merkbaren Eindruck auf sie zu machen. Sie ärgerte sich nicht über meine Kälte, sondern nur über Ullis Wärme mir gegenüber. Janos Lewin stand auf meiner Seite und schusterte mir die besten Auftritte für den nächsten Quizabend zu. Ich freute mich darüber, nicht aus Ehrgeiz, sondern aus Schadenfreude.

Es war ein wahrer Genuß mitzuerleben, wie Gaby sich giftete – ich war jetzt mehr denn je davon überzeugt, daß sie trotz allem, was sie mir erzählt hatte, immer noch in Hans Ullrich Garden verliebt war. Aber leider sollte sich das reichlich ausgewalzte und dennoch wahre Sprichwort »Wer zuletzt lacht, lacht am besten« wieder einmal bewähren. Ich bekam eine Lektion, von der ich nicht behaupten will, daß sie mir gefiel, die für mich aber doch sehr lehrreich war.

An einem wunderschönen Sommermorgen spazierte ich von der »Pension Television« in die Fernsehstudios hinüber – nicht eben glänzender Laune, weil ich mich in Wehmut an die schöne Zeit erinnerte, in der ich bei solchem Wetter doch wenigstens nachmittags hatte schwimmen gehen können, und ohne auch nur im geringsten zu ahnen, was mir bevorstand.

»Was« ist allerdings eine ganz verfehlte Bezeichnung für das üppige Wesen mit der brandroten Mähne, das in unsere Probe hineinplatzte, es war eine ausgewachsene »Sie«. Sie nannte sich Lolita und war der neueste Schwarm von Hans Ullrich Garden.

Ausgerechnet Hans Ullrich Garden, der mir einen so bemerkenswerten Vortrag über das Privatleben der Fernsehstars gehalten hatte, brachte es fertig, diese aufreizende Lolita mit ins Fernsehstudio zu einer Probe zu schmuggeln. Mir verschlug es geradezu den Atem. Die aufreizende Lolita verhielt sich nun nicht etwa still im Hintergrund, sah und staunte, sondern sie tänzelte munter neben Hans Ullrich Garden über die Bühne, redete ihn mit »Goldstück« an, hielt Händchen mit ihm und klapperte mit ihren grün gefärbten Augenlidern. Es war schauderhaft. Ich war für Hans Ullrich Garden Luft. Nun hätte mir das ja eigentlich völlig gleichgültig sein müssen, da meine Gefühle für den Quizmaster schon längst erstorben waren, aber anscheinend hatte mich das optische Empfinden der Fernsehleute angesteckt. Es kränkte mich elend, daß ich nun vor aller Augen als abgehalfterte Geliebte dastand. Ich bereute, daß ich auf Hans Ullrich Gardens eitles Spiel eingegangen war, ja fast war ich so weit, daß es mir leid tat, ihm dreimal das Leben gerettet zu haben.

Wir probten an diesem Morgen einen Auftritt, bei dem ich nach Art der Hawaiimädchen mit einer riesigen Blumengirlande auf die Bühne tänzeln, sie Hans Ullrich Garden um den Hals legen und ihn danach auf beide Wangen küssen mußte. Es war ein guter Auftritt, und ich wußte, daß Lewin ihn sich extra für mich ausgedacht hatte, aber ich war momentan wahrhaftig nicht in der Stimmung, Garden zu huldigen.

»Schlecht«, sagte der Quizmaster mißbilligend, »ganz schlecht! Hören Sie, Lewin, ich habe eine Idee – wollen wir es nicht mal Lolita versuchen lassen?«

Ich war dumm genug zu erwarten, daß Janos Lewin, mit dem ich doch immer gut gestanden hatte, sich nun auf meine Seite werfen würde. Er tat es nicht. »Glänzende Idee«, sagte er fröhlich. »Kommen Sie zu mir, Mädchen, ich werde Ihnen zeigen, wie man's macht!«

»Oh«, sagte Lolita affektiert und klapperte mit ihren Augendeckeln, »das ist süß von Ihnen, Doktorchen. Ich glaube, Sie sind überhaupt ein ganz süßer Mensch, wie?«

Ich hätte sie ohrfeigen können.

Lolita nahm die Riesengirlande – sie war jetzt bei der Probe noch aus Papier, am Quizabend sollte sie aus Blumen gebunden sein –, schritt hüftenwackelnd über die Bühne, wand sie um Hans Ullrich Gardens geneigten Kopf und – küßte ihn mitten auf den Mund.

Das hatte nicht im Programm gestanden und war meines Erachtens höchst albern. Aber sämtliche Männer johlten und schrien vor Begeisterung.

»War es so recht, Goldstück?« fragte Lolita kokett.

Er drückte sie zärtlich an sich. »Wunderbar!«

Hans Ullrich Garden sah sich nach mir um, und obwohl ich kaum drei Schritte entfernt stand, tat er so, als wenn er mich nicht entdecken könnte. »Wo stecken Sie denn, Sonja – ach so! Da sind Sie! Sagen Sie mal – wie lange stehen Sie bei uns jetzt noch im Vertrag?«

»Falls Sie mich auszahlen, verschwinde ich sofort«, sagte ich wütend. Ich wußte, daß diese Antwort falsch gewesen war, noch bevor ich Gabys helles, spitzes Gelächter hörte.

»Aber, Goldstück«, flötete Lolita, »wie kannst du denn so was sagen! Die arme Sonja muß ja glauben, daß ich sie von ihrem Platz verdrängen will!«

Am liebsten hätte ich ihr die Augen ausgekratzt. »Ich glaube nur das, was ich sehe«, sagte ich kühl.

Der treulose Lewin, der neben mir stand, kicherte. »Ein verteufeltes Frauenzimmer, wie?« Dann beugte er seinen Vogelkopf und zischelte so nah an meinem Ohr, daß ich seinen warmen Atem spürte: »Keine Sorge, Sonja – der Intendant wird diesem Engagement niemals zustimmen.«

Das wußte ich ohnehin. Ich strafte ihn mit Verachtung und fragte Hans Ullrich Garden: »Können wir nun weitermachen?«

»Ja, natürlich«, sagte er zerstreut, »das heißt, wenn du noch nicht zu müde bist, Lolita!«

Das schlug dem Faß den Boden aus. Er tat so, als wenn Lolita, die ein einziges Mal über die Bühne gegangen war, überanstrengt sein könnte!

Alles lachte, und ein Bühnenarbeiter rief – leider konnte ich nicht erkennen, wer es war, aber ich werde ihm bis an mein Lebensende dafür dankbar bleiben –: »Dann legen Sie das Goldstück doch ins Körbchen!«

Die Probe ging, ohne Mitwirkung von Lolita, weiter, aber sie blieb ein Alptraum für mich. Ich fühlte mich gräßlich blamiert und hätte in den Erdboden versinken können. Aber leider tat mir der Boden – er bestand in diesem Fall aus Beton – nicht den Gefallen, er öffnete sich nicht vor mir, und ich mußte weiter die heitere Quizassistentin spielen. Ich schwor mir, daß ich Hans Ullrich Garden das nie verzeihen würde – nicht Hans Ullrich Garden und nicht Janos Lewin und vor allem Gaby nicht, die nicht an spöttischen Blicken und Bemerkungen sparte.

Endlich war es überstanden. »Mittag!« rief Semmelweis, der Bildregisseur.

Alles begann sich zu verkrümeln, nur ich wußte nicht wohin. Ich hatte nicht die geringste Lust, mich in die Kantine zu begeben, wo ich unzweifelhaft wieder auf Hans Ullrich Garden und seine neueste Eroberung stoßen würde.

Gegenüber der »Pension Television« war eine kleine Kneipe, in der ich ein paarmal zu Abend gegessen hatte. Ich beschloß, mich da zu erholen, und machte mich aus dem Staub.

Als ich sehr eilig durch die große Halle lief – die Mittagspause dauerte nur eine Stunde, und mir blieb sehr wenig Zeit, wenn ich das Haus verlassen wollte –, rief mich jemand von hinten an: »Hallo, Sonja! He, warten Sie doch!«

Ich erkannte die Stimme auf Anhieb. Das konnte nur Jürgen Urban sein, der Mensch, dem ich jetzt am wenigsten zu begegnen hoffte. Ich drehte mich nicht um, sondern lief weiter, obwohl ich aus Erfahrung wußte, daß er nicht so leicht abzuschütteln war. Es gelang mir auch diesmal nicht. Ich hatte die gläserne Schwingtür noch nicht durchschritten, als er mich einholte.

»Sonja! Was ist los? Weshalb laufen Sie vor mir weg?« fragte er und packte mich beim Arm.

Ich blieb stehen und sah ihn zornig an. »Weglaufen? Vor Ihnen? Nicht die Spur. Ich habe es eilig.«

»Ich habe meinen Wagen da. Wenn ich Sie irgendwohin bringen darf . . .«

»Nein«, sagte ich energisch, schüttelte seine Hand ab und trat ins Freie.

Er war hartnäckig wie ein Spürhund, den man auf eine Fährte gesetzt hat. »Sonja«, sagte er und versuchte seine langen Beine meinem Schritt anzupassen, »Sie sind sehr ungerecht.«

Ich schwieg und ging verbissen weiter.

»Was kann ich denn dafür, daß Hans Ullrich Garden Sie satt hat?«

Jetzt blieb ich stehen und starrte ihn an. »Wie bitte? Was hat er?«

»Na, entschuldigen Sie schon, liebe Dame, vielleicht habe ich mich nicht sehr fein ausgedrückt – aber es war doch nur zu deutlich, daß er sein Interesse einer anderen weiblichen Person zugewendet hat, nicht wahr?«

»Sind Sie mir nachgelaufen, um mir das zu sagen?«

»Nein, Sonja, ich wollte Ihnen nur sagen, daß es mir leid tut. Wirklich. Sie haben das nicht verdient. Aber wenn Sie von Anfang an auf mich gehört hätten . . .«

»Sie sind ein Dummkopf«, unterbrach ich ihn kalt und marschierte weiter. Jürgen Urban seufzte tief, aber ich buchte es als

Erfolg, daß er wenigstens den Mund hielt. Schweigend blieb er an meiner Seite, und schweigend betrat er hinter mir das kleine Lokal. Aber eingeschüchtert war er trotzdem nicht. Mit der größten Selbstverständlichkeit nahm er neben mir an dem kleinen weißgescheuerten Holztisch Platz, und als ich meine Augen über die Speisekarte gleiten ließ, fragte er sofort: »Was wollen Sie essen?«

»Eine Ochsenschwanzsuppe«, sagte ich, »dazu ein kleines Bier.«

Er winkte dem Ober, der an der Theke stand. »Zwei Ochsenschwanzsuppen, Herr Ober – und zwei kleine Helle!«

Er zog ein Zigarettenpäckchen aus der Tasche und hielt es mir vor die Nase. Zum erstenmal in meinem Leben hatte ich den Wunsch zu rauchen. Aber die Zigarette schmeckte mir ganz und gar nicht. Als ich die ersten Züge getan hatte, mußte ich husten und drückte sie aus.

Jürgen Urban beobachtete mich aufmerksam, und ich glaubte, mitleidigen Spott in seinen Augen zu lesen.

»Machen Sie's kurz«, sagte ich wütend, »was wollen Sie von mir?«

»Ich dachte nur, vielleicht könnten Sie meinen Rat brauchen oder meine Hilfe!«

»Danke, Lohengrin. Ich fürchte, Sie überschätzen sich.«

»Jemand sollte diesem Burschen mal eine tüchtige Lektion erteilen«, sagte Jürgen Urban düster.

»Weshalb? Weil er dieses rothaarige Ding mit zur Probe gebracht hat?«

»Tun Sie doch nicht so, liebe Dame. Er hat Sie abscheulich behandelt, und ich denke nicht daran, ihm das durchgehen zu lassen.«

»Sie scheinen sich in der Rolle des Retters der bedrängten Unschuld zu gefallen, wie?«

»Sonja!« Er packte meine Hand, ließ sie aber so rasch wieder los, als wenn er sich verbrannt hätte. »Ich – warum machen Sie es mir so schwer? Ich möchte Ihnen doch nur sagen, daß ich auf Ihrer Seite stehe. Natürlich hätten Sie sich nie mit ihm einlassen sollen, aber dafür gibt es schließlich massenhaft Entschuldigungsgründe. Sie waren unerfahren – töricht – geblendet von seinem Erfolg . . . Sie haben geglaubt, daß er es ernst mit Ihnen meint. So ist es doch gewesen, nicht wahr?«

»Nein«, sagte ich kalt. »Ganz und gar nicht.«

»Wie man eine Lolita Ihnen vorziehen kann, Sonja – das werde ich nie begreifen.«

»Die Geschmäcker sind eben verschieden, Herr Urban. Den anderen, außer Ihnen, scheint sie sehr gut gefallen zu haben.«

»Unsinn! Kein vernünftiger Mann nimmt so eine Person überhaupt ernst.«

Ich fühlte mich plötzlich erschöpft und den Tränen nahe. Jürgen Urbans Mitgefühl kränkte mich mehr als die Schadenfreude meiner Kollegen. Ich war wütend, am meisten auf mich selbst. »Können Sie mich nicht endlich in Ruhe lassen?« fragte ich schärfer, als Jürgen Urban es verdient hatte. »Müssen Sie Ihre Nase unbedingt in die Angelegenheiten anderer Leute stecken?«

»Sie weinen ja, Sonja«, sagte er ruhig, und jetzt erst spürte ich, daß mir Tränen in die Augen getreten waren.

»Überhaupt nicht«, behauptete ich wütend, aber ich konnte es nicht verhindern, daß ich aufschluchzte.

»Herr Ober, zwei Kognak!« rief Jürgen Urban.

Ich weinte vor mich hin und kam mir dabei unsagbar albern vor. Es war schauderhaft, daß ausgerechnet Jürgen Urban Zeuge meines Zusammenbruchs werden mußte, aber noch in meinem Schmerz empfand ich es dankbar, daß er jetzt wenigstens den Mund hielt. Ich wußte, wie schwer ihm das fallen mußte.

Erst als der Ober die beiden Kognaks vor uns hingestellt hatte, brach Jürgen Urban sein Schweigen. »So, liebe Dame«, sagte er und reichte mir ein großes sauberes Taschentuch, »jetzt trocknen Sie mal die Tränen ab – ja, so ist es richtig! Und dann trinken Sie einen Kognak, Sie werden sehen, das wirkt Wunder!«

Der Kognak floß mir heiß durch die Kehle, mein Magen rebellierte eine Sekunde, dann spürte ich, wie sich eine wohlige, beruhigende Wärme durch meinen ganzen Körper verbreitete.

»Danke«, sagte ich und konnte sogar wieder lächeln, »das Rezept werde ich mir merken.«

»Noch einen?« fragte Jürgen Urban und schob mir sein unberührtes Glas hin.

Ich schüttelte den Kopf.

Er trank sein Glas aus. »Sie sollten es nicht so schwer nehmen, Sonja – was ist schon passiert? Sie sind um eine Erfahrung reicher geworden, seien Sie dankbar dafür.«

»Es tut mir leid, daß ich mich so – so habe gehen lassen«, sagte ich schwach.

»Macht nichts. Manchmal kann man's einfach nicht stoppen. Ich kenne das.«

Ich sah ihn an und stellte zum erstenmal fest, daß er eigentlich ein ausgesprochen sympathischer junger Mann war. Was hatte ich bloß gegen ihn gehabt? Ich begriff mich selbst nicht mehr. Ich hätte ihm am liebsten gesagt, daß ich nie Hans Ullrich Gardens Geliebte gewesen war, aber das Gefühl, daß er mir nicht glauben würde, lähmte mir die Zunge.

»Haben Sie inzwischen Ihr Interview mit Garden gehabt?« fragte ich.

»Ja.«

»Und was ist dabei herausgekommen?«

»Nicht viel. Kindheit, Jugend – das war mir ja schon vorher alles klar. Aber nachher wird's düster.«

»Was heißt das?«

Jürgen Urban wischte mit der Hand über den Rand seines Bierglases, nahm einen Schluck. »Na ja – eben unklar. Ich weiß nicht, ob ich offen zu Ihnen sprechen kann, Sonja – Ihr Verhältnis zu Hans Ullrich Garden . . .«

»Wollen wir das nicht mal beiseite lassen?«

Er sah mich an, dann sagte er nur: »Na schön. Es bleibt mir auch nichts anderes übrig. Sie sind der einzige Mensch, der mir vielleicht helfen kann.«

»Ich Ihnen?«

»Ja. Sie kennen ihn jedenfalls besser als ich. Vielleicht können Sie herausbringen . . .«

In diesem Augenblick servierte der Ober die beiden Teller mit der Ochsenschwanzsuppe, und Jürgen Urban konnte nicht weitersprechen.

»Vielleicht essen wir erst mal«, schlug ich vor, obwohl ich innerlich vor Neugier brannte. Aber ich war kleinlich genug, mich an Jürgen Urban für etwas rächen zu wollen, von dem ich sehr gut wußte, daß es gar nicht seine Schuld war.

Die Suppe war kräftig und heiß, ich aß ein Brötchen dazu, und alle meine Lebensgeister schienen sich zu erholen.

»Einen Kaffee?« fragte Jürgen Urban, als er seinen Teller geleert hatte.

»Ja. Aber, bitte, bestellen Sie einen Filterkaffee, der andere ist hier schauderhaft.«

Als der Kaffee vor uns stand, zog Jürgen Urban einen klein zusammengefalteten Zettel aus der Tasche seiner Manchesterhose – er trug keine Jacke, sondern nur ein saloppes blaues Leinenhemd –, faltete ihn auseinander und betrachtete ihn stirnrunzelnd. »Also passen Sie auf, es handelt sich um folgendes. Garden war im Krieg, das steht eindeutig fest – aber er war nicht Offizier, wie er angibt, sondern nur Gefreiter – immerhin, diese kleine Hochstapelei ist ja verzeihlich . . .«

»Finden Sie?« fragte ich. »In meinen Augen ist so etwas höchst albern.«

»Sie sind verbittert, Sonja, versuchen Sie, objektiv zu sein.«

Ich errötete vor Ärger. »Danke, Herr Schulmeister.«

»Garden behauptet, 1948 aus russischer Kriegsgefangenschaft entlassen worden zu sein«, fuhr Jürgen Urban fort, »und zwar behauptet er, im August über das Lager Friedland heimgekommen zu sein . . .«

»Na und? Was ist daran unglaubwürdig?«

»Gar nichts. Ich habe es auch ohne weiteres geschluckt. Es ist mir nicht einmal aufgefallen, daß er über die Jahre seiner Gefangenschaft und über die Zeit im Heimkehrerlager ziemlich rasch hinweggegangen ist – schließlich spricht man heutzutage nicht mehr gerne über all diese unangenehmen Dinge. Rein routinemäßig habe ich mich daran gemacht, etwas mehr über diese Zeitspanne zu erfahren, und dabei habe ich etwas sehr Merkwürdiges festgestellt . . .«

»Na los!« sagte ich ungeduldig. »Reden Sie schon! Ihre Kunstpausen machen die Sache nicht spannender.«

»Ein Johann Gärtner ist im August 1948 nicht über Friedland geschleust worden.«

»Johann Gärtner? Wieso?«

»Wußten Sie nicht, daß er so heißt? Hans Ullrich Garden ist nur sein Künstlername, sozusagen sein Pseudonym.«

»Davon habe ich keine Ahnung. Aber – ich begreife immer noch nicht, worauf Sie hinaus wollen.«

»Meine liebe Dame, die Ereignisse des Tages scheinen Ihren Verstand getrübt zu haben. Garden behauptet, im August 1948 über Friedland heimgekehrt zu sein. In Wirklichkeit stimmt das nicht.«

»Lieber Herr Urban«, sagte ich mitleidig, »und deshalb machen Sie so ein Theater? Vielleicht hat er sich im Monat geirrt . . .«

»Er ist im ganzen Jahr 1948 nicht in Friedland gewesen. Ich habe mir die Mühe genommen, es nachzuprüfen.«

»Was schließen Sie daraus?«

»Gar nichts. Ich wollte nur Ihre Meinung über diese interessante Tatsache hören.«

»Ich würde mir an Ihrer Stelle überhaupt keine Gedanken darüber machen«, sagte ich, »ich kann die ganze Sache beim besten Willen nicht so wichtig finden.«

»Dann will ich Ihnen noch etwas erzählen, verehrte Dame. Ich habe beim Einwohnermeldeamt nachgefragt und festgestellt, daß Ihr Hans Ullrich Garden nach seinen eigenen Angaben im August 1948 – bitte, beachten Sie das Datum – aus Untersteinbach zugereist ist. Das beweist – na, was beweist es?«

»Daß Hans Ullrich Garden Ihnen gegenüber absichtlich eine falsche Angabe gemacht hat«, sagte ich sofort.

»Bravo! Und warum?«

»Keine Ahnung«, erklärte ich, aber ein dunkler Verdacht stieg in mir auf. War es möglich, daß in der Zeitspanne zwischen Hans Ullrich Gardens tatsächlicher Heimkehr aus Rußland und dem August 1948 etwas vorgefallen war? Etwas, was mit den Attentaten zusammenhing? Wollte er deshalb die Kriminalpolizei nicht hinzuziehen?

»Ich gäbe etwas darum, wenn ich wüßte, was jetzt in Ihrem Kopf vorgeht«, sagte Jürgen Urban in meine Gedanken hinein.

»Vielleicht – hat er gesessen?« fragte ich zögernd.

»Gesessen? Ach so, Sie meinen, er könnte straffällig geworden sein? Nein, das glaube ich nicht. Dann wäre er kaum beim Fernsehen angekommen. Zumindest hätten sie es inzwischen herausgebracht.«

»Stimmt«, gab ich zu. »Na dann – ich kann Ihnen wahrhaftig auch nicht helfen.«

»Ich hatte auch nicht erwartet, daß Sie gleich mit einer Patentlösung aufwarten, Sonja. Ich wollte Sie nur bitten, könnten Sie nicht bei Gelegenheit mal vortasten? Bringen Sie doch mal das

Gespräch ganz vorsichtig auf diesen Punkt. Wenn er guter Stimmung ist – oder wenn er getrunken hat, oder wenn er deprimiert ist ... Sie als Frau müßten doch leicht den richtigen Moment erwischen.«

»Diesen Vorschlag«, sagte ich, »sollten Sie doch wohl lieber Lolita machen, Herr Urban. Ich bin für solche delikaten Aufträge nicht zuständig.«

Tatsächlich maß ich Jürgen Urbans Entdeckung nicht allzu viel Bedeutung bei. Zwar zweifelte ich keinen Augenblick daran, daß Hans Ullrich Garden mit seinen Angaben ein bißchen gemogelt hatte, aber dafür konnte es möglicherweise eine völlig harmlose Erklärung geben. Bei genauerer Überlegung fand ich es nicht sehr wahrscheinlich, daß ein Ereignis, das vor dem August 1948 stattgefunden haben mußte, im Zusammenhang mit Mordanschlägen stehen konnte, die jemand so viele Jahre später gegen den Quizmaster ausführte. Man mußte schon sehr viel Phantasie haben, um da einen Zusammenhang zu finden. Es wäre zum Beispiel theoretisch denkbar gewesen, daß Hans Ullrich Garden damals, vor zwölf Jahren, jemand durch eine falsche Zeugenaussage ins Zuchthaus oder ins Gefängnis gebracht hatte und daß dieser Jemand erst jetzt entlassen worden war und endlich Gelegenheit gefunden hatte, sich zu rächen. Aber auch diese Erklärung hatte einen Haken. Der Attentäter mußte, daran bestand kein Zweifel, zum Kreis der Fernsehleute gehören, und Jürgen Urban hatte mich mit Recht darauf hingewiesen, daß dort kaum ein Vorbestrafter auf Anstellung hoffen konnte. Damit war auch diese Lösung hinfällig.

Viel wahrscheinlicher war, daß Hans Ullrich Garden mit seinen falschen Angaben eine ganz private Dummheit verbergen wollte, die in keinerlei Zusammenhang mit den Attentaten stand. Aus diesem Grund lehnte ich auch Jürgen Urbans Angebot, mit ihm nach Untersteinbach zu fahren und dort an Ort und Stelle Nachforschungen über das Vorleben des Quizmasters durchzuführen, ganz entschieden ab. Sollte der Knabe nur allein herumschnüffeln, ich war sicher, daß er nichts herausbringen würde.

Aber schon ein paar Tage später sollte ich den Fall in einem anderen Licht sehen.

Herr Maier von der Konzertagentur, die unsere Tourneen zwischen den Quizsendungen durchführte, legte Hans Ullrich

Garden die Liste der Städte vor, in denen wir gastieren sollten. Hans Ullrich Garden war an diesem Morgen ohne Lolita erschienen, er war bis zu dem Moment, da er die Liste vor Augen bekam, bester Laune. Gaby, Janos Lewin und ich hatten uns in seinem Wohlwollen gesonnt.

»Ich hoffe, Sie werden zufrieden sein, Meister«, sagte Herr Maier händereibend, während Hans Ullrich Garden die Liste überflog. »Sie werden feststellen, wir haben die einzelnen Stationen so gelegt, daß Sie und Ihr Stab ohne Strapazen . . .«

Er kam nicht dazu weiterzusprechen.

Hans Ullrich Garden hob den Kopf und starrte ihn an wie ein lästiges Insekt. »Was haben Sie gesagt, Herr Maier?« fragte er mit einer gefährlichen Ruhe, die wir alle sofort als die Stille vor dem Sturm deuteten.

Herr Maier hörte auf, sich die Hände zu reiben, und fragte ungläubig: »Sind Sie nicht zufrieden, Meister? Ich versichere Ihnen, wir haben uns bemüht, in jeder Beziehung Ihre Wünsche zu berücksichtigen.«

Hans Ullrich Gardens Kopf war dunkelrot angelaufen. »Was halten Sie eigentlich von mir?« brüllte er los. »Was fällt Ihnen ein? Was glauben Sie, mit wem Sie es zu tun haben?«

Herr Maier machte den Mund auf, als wollte er etwas sagen, zog es aber dann doch vor zu schweigen.

»Das ist die unglaublichste Frechheit, die mir je begegnet ist!« grollte Hans Ullrich Garden und warf die Liste so heftig auf den Schreibtisch, daß sie zu Boden flatterte.

Dr. Janos Lewin bückte sich rasch und hob sie auf. Er preßte die Lippen zusammen, und sein Vogelgesicht zeigte äußerste Aufmerksamkeit, während er sie überflog. »Also, Garden«, sagte er dann ruhig, »jetzt begreife ich Sie wirklich nicht mehr. Ich finde den Fahrplan ganz in Ordnung.«

Der Zorn des Quizmasters wandte sich jetzt gegen seinen Mitarbeiter. »Ja, Sie! Von Ihnen hatte ich auch nichts anderes erwartet! Sie waren ja von Anfang an ständig darauf aus, mich zu degradieren.«

Jetzt schien sich Herr Maier von seinem Schock erholt zu haben. »Lieber, verehrter Meister«, sagte er einschmeichelnd, »ich versichere Ihnen, nichts lag uns ferner – es kann sich nur um ein bedauerliches Mißverständnis handeln. Selbstverständlich sind wir gerne bereit, uns ganz nach Ihren Wünschen zu richten – wenn Sie nur so freundlich sein wollten, mir zu erklären, was Ihr Mißfallen in diesem Grade erregt haben kann.«

Hans Ullrich Gardens Gesicht hatte wieder seine normale Färbung angenommen. »Herr Maier«, sagte er und straffte die Schultern, »ich will mich nicht rühmen, aber ich kann wohl ohne Übertreibung behaupten, daß mein Name allein genügt, um jeden Konzertsaal bis auf den letzten Platz zu füllen.«

»Daran haben wir niemals gezweifelt, verehrter Meister«, beeilte sich Herr Maier zu versichern.

»Wie können Sie es dann wagen, für mich und mein Ensemble in Hintertupfing abzuschließen?«

»In – wo?« stotterte Herr Maier.

Hans Ullrich Garden nahm Dr. Lewin die Liste aus der Hand und tippte mit dem Finger auf eine bestimmte Stelle. »Hier, na bitte – Untersteinbach heißt das Kaff.« Er wandte sich an uns. »Hat jemand von euch jemals von einem Nest namens Untersteinbach gehört?«

Mir lag es auf der Zunge, mit der Wahrheit herauszuplatzen, aber ich hatte in meiner Zeit beim Fernsehen doch etwas dazu gelernt, nämlich meinen Mund zu halten, auch wenn ich gefragt wurde.

»Nein«, sagte Janos Lewin.

»Ich glaube, gehört habe ich den Namen Untersteinbach schon mal«, erklärte Gaby.

»Ich jedenfalls nicht«, erklärte Hans Ullrich Garden, »und ich denke auch nicht daran, die Bekanntschaft eines solchen Nestes zu machen.«

»Nest? Aber wieso denn?« fragte Herr Maier restlos verblüfft. »Untersteinbach hat fünftausend Einwohner mehr als Oberursel, das auch auf der Liste steht – und Helmbach ist . . .«

»Danke. Ich verzichte auf Ihren Geographieunterricht.« Hans Ullrich Garden legte die Liste wieder aus der Hand und trat auf Herrn Maier zu. »Mann, begreifen Sie denn nicht, daß Sie mich fertigmachen, wenn Sie mich auf die letzten Dörfer schicken? Ich habe immerhin einen Namen und eine Position zu verlieren! Ich kann mir nicht erlauben, alles aufs Spiel zu setzen, nur weil Sie . . .«

Herr Maier hob beschwörend die Hände. »Verehrter Meister,

bitte, bitte, regen Sie sich doch nicht auf! Wenn wir geahnt hätten, daß Sie solch einen Anstoß an dem Gastspiel in dem ganz gewiß – ich versichere es Ihnen – sehr zauberhaften Städtchen Untersteinbach nehmen würden – natürlich hätten wir diesen Ort nicht auf das Programm gesetzt.«

»Sie müssen ihn streichen, Herr Maier!«

»Unmöglich. Die Tournee ist abgeschlossen.«

Hans Ullrich Garden legte den Arm um die Schultern Herrn Maiers. »Mein lieber Freund«, sagte er, »mir können Sie doch nichts vormachen. Ich bin von der Branche, genau wie Sie. Natürlich können Sie absagen. Ein Grund findet sich immer – Zeitmangel, Erkrankung eines der Mitwirkenden, unvorhergesehene Zwischenfälle –, oder wollen Sie mich zwingen, kontraktbrüchig zu werden?«

»Das würde Sie teuer zu stehen kommen.«

»Glaube ich nicht«, sagte Hans Ullrich Garden ruhig. »Ich würde den Fall vors Arbeitsgericht bringen. Schließlich sind Menschen keine Ware, mit der man handeln kann, wie man will. Sie hätten sich mein Einverständnis einholen müssen, noch bevor Sie abschlossen.«

»Also, erlauben Sie mal – in unserem Vertrag . . .«

Jetzt hielt es Dr. Lewin für an der Zeit einzugreifen. »Hören Sie mal, Herr Maier«, sagte er, »Sie sollten doch wissen, wie Stars sind, nicht wahr? Garden hat sich nun mal in den Kopf gesetzt, nicht in Untersteinbach zu gastieren – also machen Sie ihm die Freude und streichen Sie dieses Städtchen. Sie haben ja keinen Verlust dabei. Bestimmt werden Sie einen anderen Ort finden, der genauso gerne bereit ist, Hans Ullrich Garden und seine Leute zu empfangen.«

»Von mir aus«, sagte Herr Maier nicht gerade freundlich, »aber ich muß schon sagen – es ist mir unbegreiflich, was Herr Garden ausgerechnet gegen dieses zauberhafte Untersteinbach hat!«

Ich glaube, ich war die einzige, außer Hans Ullrich Garden, die es begriff. Der dunkle Punkt in Hans Ullrich Gardens Vergangenheit mußte eng mit diesem Städtchen zusammenhängen. Worin er bestand, das konnte ich nicht einmal ahnen.

*

Die Romanze zwischen Hans Ullrich Garden und der rothaarigen Lolita, die so rauschend begonnen hatte, verlief sang- und klanglos. Jedenfalls hatten wir alle diesen Eindruck, denn Lolita kreuzte von heute auf morgen nicht mehr in den Fernsehstudios auf, Hans Ullrich Garden erwähnte sie mit keiner Silbe – sie war wie vom Erdboden verschluckt. Zwar hatte ich keinen Beweis dafür, wer von den beiden Schluß gemacht hatte, aber ich nahm sicher an, daß Hans Ullrich Garden es gewesen war, denn offensichtlich hatte sich Lolita eine Fernsehkarriere von seiner Neigung zu ihr versprochen.

Ich hätte mich nun wieder in den Strahlen von Hans Ullrich Gardens Gunst wärmen können, aber ich hatte den Spaß daran verloren. Er machte sichtliche Anstrengungen, mich zu versöhnen, aber er verschaffte mir dadurch nur die Genugtuung, ihn abblitzen zu lassen. Ich war nicht bereit, die Blamage, die er mir bereitet hatte, zu verzeihen.

Als eines Abends das Stubenmädchen der »Pension Television« in mein Zimmer trat und mit vertraulichem Grinsen meldete: »Ein Herr für Sie, Fräulein Horn – raten Sie mal, wer?«, dachte ich nicht im entferntesten daran, daß es sich um Hans Ullrich Garden handeln könnte.

Aber er war es, glattrasiert und geschniegelt, in einem hochmodernen hellgrauen Anzug mit engen Hosen ohne Aufschlägen, Rückenschlitz in der Jacke und schmalen tiefgezogenen Revers. Er entfernte mit geübtem Griff das knisternde Papier von dem Strauß, den er in der Hand trug, und hielt mir eine Fülle leuchtender dunkelroter Rosen entgegen.

»Was soll das?« fragte ich kühl.

Wir standen in der Diele, und Hans Ullrich Garden warf einen irritierten Blick zu dem Stubenmädchen, das, die Hände unter der weißen Schürze, dastand und nicht daran dachte, sich etwas von unserer Begegnung entgehen zu lassen.

»Bitte, kann ich dich einen Augenblick sprechen, Sonja?« fragte Hans Ullrich Garden und wollte an mir vorbei in mein Zimmer.

»Aber, aber!« sagte ich. »Wo bleibt die Optik? Hast du mir nicht geraten, meine Liebesaffären in Zukunft diskreter abzuwickeln?«

»Du bist mir immer noch böse, mein Mädchen«, sagte er zerknirscht, »und ich kann es ja auch verstehen, aber ich schwöre dir, daß du einen ganz falschen Eindruck hattest – die Sache mit Lolita . . .«

»Ulli! Genauso gut könnten wir unsere privaten Angelegenheiten vor der Fernsehkamera besprechen!«

»Sei nicht herzlos, Sonja, das steht dir nicht! Ich erwarte ja nichts weiter, als daß du mir Gelegenheit gibst zu erklären . . .«

»Gut«, unterbrach ich ihn entschlossen, »aber nicht hier und nicht bei dir!«

Ich nahm ihm die Rosen aus der Hand und gab sie dem Stubenmädchen. »Bitte, besorgen Sie eine Vase und Wasser und stellen Sie die Blumen auf mein Zimmer.«

»Wir könnten ins ›Tabaris‹ gehen«, schlug Hans Ullrich Garden vor. »Zieh dich rasch um, ich bestelle inzwischen einen Tisch!«

Das »Tabaris« war das eleganteste Tanzlokal der Stadt. Ich hielt es nicht für den geeigneten Ort zu einer privaten Aussprache, aber ich machte keinen Einwand. Offensichtlich wollte Hans Ullrich Garden mich wieder einmal mit dem Glanz seiner Position blenden. Ich wollte ihm das Vergnügen nicht verderben. Je mehr Menschen um uns herum waren, desto unverbindlicher würde unser Gespräch werden, und das konnte mir gerade recht sein. Es begann genauso, wie ich es mir vorgestellt hatte. Als wir eine Viertelstunde später an dem goldbetreßten Portier vorbei die Räume des »Tabaris« betraten – ich hatte mich in das unten und oben reichlich kurze Brokatkleid geworfen, das ich bei unserer letzten Fernsehsendung getragen und für verhältnismäßig wenig Geld erworben hatte –, unterbrach die Tanzkapelle sofort den Schlager, den sie gerade gespielt hatte. Sie intonierte einen Tusch, der in die bekannte Kennmelodie von »Lachen ist gesund« überging. Das hatte zur Folge, daß unser Eintritt dem berühmten Einzug der Gladiatoren glich – von allen Tischen sah man zu uns her, die Tanzenden, die ihr Vergnügen unterbrechen mußten, blieben auf der Tanzfläche stehen und klatschten uns zu. Es war wahrhaft triumphal. Hans Ullrich Garden grüßte mit strahlendem Lächeln nach allen Seiten, ließ sich die Huldigung des Volkes wie ein regierender Fürst gefallen. Aber als wir an dem blumengeschmückten Tisch in der kleinen Nische im Hintergrund, den uns der beflissene Ober reserviert hatte, Platz nahmen, stieß er einen tiefen Seufzer aus. Noch vor ein paar Monaten hätte mich das verblüfft, aber jetzt kannte ich ihn so gut, daß ich es nicht anders erwartet hatte.

»Schauderhaft!« sagte er. »Zu viel Popularität ist wahrhaftig eine Belastung!«

Ich hätte ihm natürlich entgegenhalten können, daß er ja nicht ausgerechnet das »Tabaris« für unser Gespräch hätte zu wählen brauchen, daß er besser daran getan hätte, den Tisch nicht unter seinem Namen zu bestellen, wenn er unerkannt bleiben wollte, aber ich sparte meine Rede, denn ich kannte sein Talent, vernünftige Einwände einfach zu überhören.

Jedenfalls mußte man ihm lassen, daß er alles prächtig organisiert hatte. Der Sekt war schon eingekühlt. Leider hüllte der Oberkellner, während er einschenkte, die Flasche so diskret in die blütenweiße Serviette, daß ich keinen Blick auf das Etikett werfen konnte, aber ich zweifelte nicht daran, daß es sich um einen französischen Spitzensekt handelte.

Der Oberkellner füllte unsere Gläser. Hans Ullrich Garden sah mir tief in die Augen, während wir anstießen. Der Sekt schmeckte herb und spritzig, ein wahrer Genuß.

»Möchtest du eine Kleinigkeit essen, mein Mädchen?«

»Nein, danke«, sagte ich rasch, »ich habe mein Abendbrot schon hinter mir.«

»Nur eine Kleinigkeit – vielleicht ein paar Austern? Nein, das ist jetzt nicht die richtige Jahreszeit – aber Kaviar? Wie wär's damit?«

Die Versuchung war groß, aber ich hatte nicht vor, unser Zusammensein in eine Schlemmerei ausarten zu lassen. Ich hatte mir fest vorgenommen, Hans Ullrich Garden wieder einmal auf den Zahn zu fühlen, und wollte mein Ziel nicht aus den Augen lassen. »Danke, Ulli«, sagte ich also, »sehr lieb von dir – aber wirklich nicht.«

Der Ober entfernte sich auf Hans Ullrich Gardens Wink mit einer leichten Verbeugung. Er erschien auch nicht wieder, um nachzuschenken, und ich nahm an, daß er Hans Ullrich Gardens Gepflogenheiten, wenn es galt, einem jungen Mädchen den Kopf zu verdrehen, sehr wohl kannte. Anscheinend war der Quizmaster nicht zum erstenmal in weiblicher Gesellschaft in dieser exklusiven Nische.

»Wenigstens ein Glück«, sagte Hans Ullrich Garden lächelnd,

»daß das Publikum hier so diszipliniert ist, mich nicht um Autogramme zu bitten!«

Mir schien es, als wenn leichtes Bedauern aus seiner Stimme spräche. Ich hob meine sehr sorgfältig nachgezogenen Augenbrauen und sah ihn an.

»Zur Sache!«

»Wieso?«

»Ich dachte, du wolltest mir etwas erklären . . .«

Hans Ullrich Garden nahm einen Schluck Sekt. »Natürlich, ja . . .« Er machte eine Kunstpause und spielte mit meiner Hand, die vor ihm auf dem Tisch lag. Dann hob er den Kopf und sah mich an. »Ich liebe dich, Sonja!«

»Ah!« sagte ich. »Jetzt verstehe ich alles. Deshalb hast du diese Lolita ins Studio geschleppt . . . deshalb hast du mich vor versammelter Belegschaft bis auf die Knochen blamiert! Eine etwas merkwürdige Art von dir . . . aber immerhin!«

»Ich war verzweifelt«, sagte er ruhig.

»Du hast mich miserabel behandelt, das weißt du selbst am besten . . .«

»Ich war eifersüchtig auf diesen Presseknaben . . .«

»Lächerlich!«

»Ich habe versucht, dich zu vergessen, aber es ist mir nicht gelungen, Sonja. Ich liebe dich mehr denn je.«

Obwohl ich das Verlogene dieser Erklärung nicht überhören konnte, war meiner Eitelkeit angenehm geschmeichelt. Das Lachen war mir vergangen, und ich wußte nicht recht, wie ich mich jetzt verhalten sollte.

Aber Hans Ullrich Garden ging noch weiter. »Sonja«, sagte er und preßte meine Hand so heftig, daß es fast weh tat, »willst du meine Frau werden?«

Ich hätte alles eher erwartet als einen Heiratsantrag, und ich glaube, daß ich selten so verblüfft war. »Was?!« stieß ich heraus.

»Willst du mich heiraten, Sonja?«

»Ulli! Das kann doch nicht dein Ernst sein!«

»Und warum nicht?«

»Du? Der große Verführer? Der Liebling der Frauen? Du willst dich ernsthaft an eine einzige binden?«

»Ja, Sonja«, sagte er ruhig und fügte dann rasch hinzu: »Natürlich müßte es vorläufig geheim bleiben.«

Jetzt lachte ich herzlich. »Wegen der Optik, wie?«

»Was findest du daran so komisch?« fragte er ärgerlich. »Natürlich ... nur wegen der Optik. Hast du immer noch nicht begriffen, daß ein Fernsehstar kein Privatleben haben darf? Wenn es bekannt wird, daß ich dich geheiratet habe, würden Millionen Frauen enttäuscht sein!«

»Sehr richtig!« sagte ich heiter, »das wäre wirklich zu schlimm. Hast du dir das überhaupt richtig vorgestellt? Millionen Frauen liegen abends in ihren Betten und schluchzen in ihre Kissen aus Kummer darüber, weil du nicht mehr für sie zu haben bist. Nein, so herzlos können wir doch nicht sein. Du kannst unmöglich Millionen Frauen mit mir betrügen.«

Er überhörte meinen Spott. »Deshalb habe ich dir ja gesagt, wir wollen es vorläufig geheimhalten«, sagte er hastig.

»Eine heimliche Ehe ... romantischer Gedanke, wahrhaftig! Glaubst du wirklich, daß so etwas praktisch durchführbar wäre?«

»Warum nicht? Wir heiraten irgendwo in aller Stille, niemand braucht etwas davon zu erfahren. Wenn wir zurückkommen, ziehst du zu mir ...«

»Ja«, sagte ich, »und alle Leute werden mich für deine Geliebte halten. Was versprichst du dir eigentlich davon, Ulli?«

Seine Hände strichen nervös über das Tischtuch. »Ich kann nicht mehr allein sein«, sagte er, und ich spürte deutlich, daß dies die Wahrheit war. »Ich brauche dich, Sonja ... ich brauche einen Menschen, auf den ich mich verlassen kann – der zu mir gehört. Kannst du das nicht begreifen?«

»Du hast Angst«, sagte ich.

Sein Lachen klang nicht echt. »Glaubst du, ich bilde mir ein, daß du mich beschützen könntest?«

»Immerhin habe ich es dreimal getan.«

»Du würdest es immer wieder tun, Sonja, auch wenn du nicht meine Frau bist. Nein, glaub mir doch, es ist ...«

»Ich weiß«, sagte ich, »du hast Angst vor den einsamen Nächten, nicht wahr, vor den Gespenstern, die aus der Dunkelheit auf dich zukommen. Warum willst du mir nicht endlich die Wahrheit sagen?«

»Ich habe keine Ahnung, von was du sprichst.«

»Doch. Du weißt es. Du mußt es wissen. Sag mir, wer dir nach dem Leben trachtet!«

»Wenn ich das auch nur ahnte, hätte ich längst etwas unternommen.«

»Ganz falsch, Ulli. Weil du es ahnst oder weißt, unternimmst du nichts. Ulli, ich bitte dich, es geht um dein Leben! Oder hast du das noch nicht begriffen? Ich zittere, wenn ich an die nächste Fernsehsendung denke! Wir müssen etwas unternehmen. Vorher . . . jetzt, sofort!«

Er hob die Hände mit einer hilflosen Geste. »Ich kann es nicht.«

»Ulli! Vielleicht ist dein Verdacht ganz falsch. Bitte, erzähl mir doch, was damals passiert ist . . . in Untersteinbach!«

Es war, als wenn ich ihm jäh eine Maske vom Gesicht gerissen hätte. Er wurde aschgrau, sein Unterkiefer sackte herab, nackte Furcht stand in seinen Augen.

»Bitte, sag es mir!« drängte ich. »Ich verspreche dir, daß kein Mensch je ein Wort davon erfahren wird, wenn du es nicht willst. Ich möchte dir doch nur helfen, Ulli! Bitte!«

»Das ist schon so lange her«, murmelte er.

»Anscheinend nicht lange genug. Sonst brauchtest du dich nicht mehr zu fürchten. Bitte, Ulli, sag es mir!«

Er öffnete den Mund, und ich war überzeugt, daß ich jetzt endlich die Warheit erfahren würde, aber in diesem Augenblick geschah etwas.

Jürgen Urban – niemals zuvor war er mir unerwünschter gewesen – trat auf unseren Tisch zu und verbeugte sich leicht. »Guten Abend . . . hoffentlich störe ich nicht!«

»Doch!« platzte ich heraus. »Sie sind . . .«

Hans Ullrich Garden schnitt mir das Wort ab. »Aber keineswegs, Herr Urban«, sagte er, und seine Stimme klang geradezu erleichtert, »bitte setzen Sie sich zu uns!«

»Nein, danke, ich wollte nur . . . Sonja, möchten Sie mit mir tanzen?«

»Auch das noch!« sagte ich wütend.

»Tu's nur!« Hans Ullrich Garden tätschelte meine Hand. »Jugend gehört zur Jugend! Ich bin dir keineswegs böse.«

»Wenn ich aber nicht will«, sagte ich hilflos, denn ich fühlte mich in die Enge getrieben.

»In fünf Minuten werde ich Sie wieder zu Ihrem Tisch zurückbringen, liebe Dame«, versicherte Jürgen Urban mit unverkennbarem Spott. »Ich denke, diese kurze Trennung werden Sie überleben, wie?«

Ich sah ein, daß ich mich mit einer weiteren Weigerung nur lächerlich gemacht hätte. Außerdem war ich mir darüber klar, daß es Jürgen Urban in jedem Fall gelungen war, mir die Gelegenheit zu verpatzen, endlich das Geheimnis um die Mordanschläge zu lösen. Garden hatte wieder das Gesicht des selbstsicheren, schönen Mannes aufgesetzt, er würde bestimmt nicht mehr so bald in der Stimmung sein, ein Geständnis abzulegen.

»Na schön«, sagte ich ergeben und stand auf. »Wenn Sie beide darauf bestehen!« Ich folgte Jürgen Urban zur Tanzfläche.

Die Blicke, die mich verfolgten, während ich mich durch die Tischreihen schlängelte, hätten mir schmeicheln können, wenn ich nicht genau gewußt hätte, daß sie nicht mir als Erscheinung oder Persönlichkeit galten, sondern nur der Quizassistentin Hans Ullrich Gardens.

Jürgen Urban tanzte weder gut noch schlecht, aber selbst wenn er das Tanzbein wie ein junger Gott geschwungen hätte, würde auch das meine Stimmung nicht gehoben haben. Ich war mehr als verärgert und gab mir keine Mühe, es vor ihm zu verbergen.

Jürgen Urban faßte meine schlechte Laune anscheinend falsch auf. »Ich bin mehr als enttäuscht von Ihnen, Sonja«, sagte er düster. »Sie können mir nicht nachsagen, daß ich nicht für alle Ihre Eskapaden Verständnis gehabt hätte. Aber daß Sie diesem Blender dermaßen hörig sind . . .« Er stockte mitten im Satz, denn ich hatte ihm energisch auf den Fuß getreten.

»Oh, Verzeihung«, sagte ich mit einem sanften Augenaufschlag. »Leider bin ich keine sehr gute Tänzerin!«

Sein Gesicht hatte sich vor Schmerzen gerötet. »Biest!« zischte er.

»Wie bitte?« fragte ich.

»Hier kann man nicht reden!« Er blieb mitten im Tanz stehen, was zur Folge hatte, daß ein anderer Tänzer seine Dame mit vollem Schwung in seinen Rücken stieß. Jürgen Urban stolperte, und ich mußte ihn festhalten.

»Sie wollten tanzen«, sagte ich und versuchte ihn mit sanfter Gewalt wieder in den Rhythmus zu bringen, »nicht ich!«

»Ich wollte Sie warnen, Sonja«, sagte er leise. »Noch einmal!

Ein letztes Mal! Es ist schlimm genug, daß das überhaupt nötig ist. Ein Mädchen wie Sie ... daß Sie sich nicht zu gut sind, wieder auf diesen Kerl zu fliegen nach allem, was er Ihnen angetan hat! Es ist unfaßlich!«

»Das stimmt«, sagte ich mit Überzeugung, »es ist unfaßlich, daß ein erwachsener Mann wie Sie so abgrundtief dämlich sein kann.«

»Mit der Intelligenz Ihres Fernsehstars kann ich mich noch allemal messen«, gab er wütend zurück. »Es ist mir völlig unbegreiflich, was Sie an dem aufgeblasenen Burschen finden! Mit was hat er Sie wieder weichgekriegt? Was hat er Ihnen wieder versprochen?«

»Er hat mir einen Heiratsantrag gemacht.«

Jürgen Urban war von dieser Eröffnung keineswegs so überrascht, wie ich erwartet hatte. »Das habe ich doch auch, Sonja«, sagte er, »und Sie können mir glauben, bei mir wären Sie bestimmt besser aufgehoben als bei diesem ... diesem ...«

»Ihr Wortschatz scheint so beschränkt zu sein wie Ihr Gesichtskreis, Herr Urban«, sagte ich kühl, »ein Jammer bei dem Beruf, den Sie sich ausgesucht haben!«

»Glauben Sie, ich habe Lust, mich von Ihnen beleidigen zu lassen?« platzte er so laut heraus, daß einige Tänzer zu uns hersahen.

»Still!« flüsterte ich. »Machen Sie nicht so ein Theater! Haben Sie ganz vergessen, daß Sie mich zu diesem Tanz gezwungen haben?«

»Ich wollte Sie doch nur warnen«, sagte er ziemlich kläglich.

»Das haben Sie bereits getan. Was weiter?«

»Sonja, bitte, machen Sie mir die Sache doch nicht so schwer! Ich kann es einfach nicht mit ansehen, wie Sie sich von diesem Burschen unglücklich machen lassen.«

»Sie sind der größte Idiot des Jahrhunderts«, sagte ich kalt. Ich ließ ihn stehen und schlängelte mich durch die Tanzenden.

Es blieb Jürgen Urban nichts anderes übrig, als mir zu folgen. Als er mich am Rande der Tanzfläche erreicht hatte, packte er mich am Arm. »Sonja! Was habe ich Ihnen denn getan?!«

»Sie haben mich gestört ... in einem sehr wichtigen Gespräch gestört, falls Sie es immer noch nicht begriffen haben.«

Er riß die Augen auf. »Sie meinen ... Sie wollen doch nicht

etwa sagen ...«

»Genau das. Ich habe nichts weiter getan, als Ihren Wunsch befolgt. Gerade als Sie an unseren Tisch kamen, war er so weit, daß er geredet hätte. Sie haben alles verpatzt.«

»Sonja«, sagte er erschrocken. »Ich kann Ihnen nicht sagen, wie leid mir das tut, aber ich konnte doch nicht wissen ... ich habe doch nicht geahnt ...«

»Sie hätten es ahnen müssen«, behauptete ich, »Ihr Verstand oder Ihr Instinkt hätte es Ihnen sagen müssen. Aber anscheinend besitzen Sie keines von beiden. Sie mit Ihrer verdammten Eifersucht!«

Ich wollte ihn stehen lassen, aber er hielt mich eisern fest. »Bitte, Sonja, sagen Sie mir nur ein einziges Wort: Habe ich keinen Grund dazu?«

»Weder einen Grund noch ein Recht, Herr Urban.«

Ich riß mich los und stolzierte davon, jeder Zoll die beleidigte Unschuld. Tief in meinem Innern aber fühlte ich deutlich, daß ich Jürgen Urban unrecht getan hatte. Er hatte allen Grund, mich für ein gefährdetes Mädchen zu halten, und seine hartnäckigen Versuche, mich vor einer Dummheit zu schützen, hätten mich geradezu rühren müssen. Aber sein Auftreten war mir zu ungelegen gekommen.

Hans Ullrich Garden hatte sich eine Zigarette angesteckt, er blickte mir amüsiert und selbstsicher entgegen, stand auf, als ich an unseren Tisch trat, und schob mir den Stuhl zurecht. »Hast du dich mit deinem jungen Freund gezankt?« fragte er belustigt.

Ich zog meinen Taschenspiegel und sah, daß mir die Erregung tatsächlich von der Nasenspitze abzulesen war. Bevor ich antwortete, strich ich mir flüchtig mit dem Stift über die Lippen und puderte die Nase. Dann sagte ich mit Nachdruck: »Jürgen Urban ist nicht mein Freund, das weißt du ganz genau ... was ist dir bloß eingefallen, mich mit diesem aufgeplusterten Presseknaben tanzen zu lassen?«

»Ich hatte den Eindruck, daß ihr beide etwas zu besprechen hättet«, sagte er. Mir schien fast, daß etwas Lauerndes in dem Blick seiner schönen blauen Augen lag.

»Wieso?« fragte ich so unschuldig wie möglich.

»Na, ihr beide betreibt doch Nachforschungen auf demselben

Gebiet. Ich möchte wetten, daß der Tip Untersteinbach von Herrn Urban stammt – oder?«

»Nein«, sagte ich kühl, »von dir persönlich. Ich habe den Namen dieses gottverlassenen Nestes zum erstenmal gehört, als du so einen Krach deswegen machtest! Du wirst dich doch noch erinnern? Kommen die anonymen Briefe etwa auch aus Untersteinbach?«

»Nein«, sagte er so überrascht, daß es wenig glaubwürdig klang. »Hat der Bursche dich beauftragt, das aus mir herauszukriegen?«

»Lieber Ulli ... wie kommst du mir eigentlich vor? Herr Urban hat keine Ahnung von diesen Briefen. Woher sollte er auch? Jedenfalls hat er mir gegenüber noch keine Silbe davon verlauten lassen.«

»Nun, das wäre doch nicht so verwunderlich! Nachdem Gaby, wie du behauptet hast, ihm von den Attentaten und noch sonst alles Mögliche erzählt hat.«

»Das habe ich nicht behauptet«, sagte ich heftig, »sondern das ist so. Du kannst sie ja selbst fragen.«

»Das habe ich getan, was sagst du nun?«

»Und? Hast sie es zugegeben?«

»Nein. Sie behauptet steif und fest, daß du die Verräterin bist, Sonja.«

Ich stand auf. »Wenn du mich nur deshalb eingeladen hast, um mich zu beleidigen und zu verdächtigen ...«

»Aber, Sonja, nein! Bitte, sei doch nicht so empfindlich. Kannst du dir nicht vorstellen, daß mich alle diese Sachen nervös machen? Schließlich bin ich ja auch nur ein Mensch aus Fleisch und Blut. Kannst du dich wirklich nicht in meine Situation versetzen? Manchmal habe ich das Gefühl, daß alles über mir zusammenstürzt!«

Aus seinen Worten hatte echte Verzweiflung geklungen. Er tat mir leid. »Ulli«, sagte ich und setzte mich wieder, »glaube mir doch, ich will dir ja nur helfen, weiter nichts.«

»Wenn du mich liebtest, würdest du mich heiraten.«

»Das kann ich nicht, bevor ich nicht die Wahrheit weiß.«

»Über Untersteinbach?« Er hob lächelnd die Hände und ließ sie wieder sinken. »Aber, mein Mädchen ... ich hatte dir etwas mehr Phantasie zugetraut. Kannst du dir diese Geschichte nicht allein zusammenreimen? Wirklich nicht?«

»Ich bin nicht an Phantasiegespinsten interessiert, sondern an Tatsachen.«

»Na schön. Wenn du darauf bestehst. Ich rede nicht gerne darüber. Tatsächlich habe ich noch nie mit einem Menschen darüber gesprochen. Vielleicht wirst du es mir wenigstens erlauben, daß ich es kurz mache. In Untersteinbach lebt ein Mädchen, das durch mich beinahe ins Unglück geraten wäre. Das ist alles. Mach nicht so ein ungläubiges Gesicht, Sonja ... es ist wirklich so. Dieses Mädchen, es heißt Susanne, war die Schwester eines Kriegskameraden, der mich mit nach Untersteinbach genommen hatte. Er war Bäcker, ich lebte im Hause seiner Eltern, und in dieser Zeit spann sich die Geschichte zwischen mir und Susanne an. Ich kann dir nicht einmal sagen, ob sie schön war, auf jeden Fall liebte ich sie damals sehr. Vielleicht ist sie überhaupt die einzige Frau, die ich wirklich geliebt habe. Aber natürlich konnte ich in Untersteinbach nichts werden, deshalb entschloß ich mich eines Tages, in die Großstadt zu gehen. Ich hatte schon vor dem Krieg Schauspieler werden wollen. Es gelang mir, beim Funk als Sprecher unterzukommen, aber natürlich verdiente ich sehr wenig. Du darfst nicht vergessen, daß damals die Zeit vor der Währungsreform war ... Ich hauste in einem ziemlich lausigen, möblierten Zimmer, und ich hatte einfach nicht den Mut, Susanne die Wahrheit zu schreiben. Bei unserem Abschied hatte ich ihr nämlich versprochen, sie in ganz kurzer Zeit nachzuholen. Als ich sah, daß ich dieses Versprechen nicht halten konnte ... du wirst mich jetzt vielleicht verurteilen, Sonja, aber ich brachte es nicht fertig, ihr zu schreiben. Aber ich vergaß Susanne nicht. Sobald ich etwas erreicht hatte, fuhr ich nach Untersteinbach, um sie zu holen. Mein Kriegskamerad empfing mich fast mit Haß. Er warf mir an den Kopf, daß ich seine Schwester ins Unglück gebracht hätte. Tatsächlich hatte Susanne ein Kind von mir erwartet, aber das hatte ich nicht gewußt. Sie hatte es mir verschwiegen, das mußt du mir glauben, Sonja, sonst hätte ich anders gehandelt. Als sie nichts mehr von mir hörte, machte sie einen Selbstmordversuch. Gott sei Dank konnte sie im letzten Augenblick noch gerettet werden. Sie und das Kind. Sie wurde dann an einen Bäckergesellen verheiratet, mit dem sie unglücklich wurde. Der Mann entwickelte sich zum Trinker. Möglich, daß es mit dem jungen Mann vielleicht nur darum so weit gekommen ist, weil sie ihn nicht lieben konnte. Wer weiß das? Der Bruder gab mir die Schuld an der ganzen unglückseligen Entwicklung. Er war nicht bereit, meine Erklärungen entgegenzunehmen, er warf mich buchstäblich aus dem Haus. Das ist meine Erinnerung an Untersteinbach. Kannst du jetzt begreifen, warum ich dort nicht gastieren möchte?«

»Glaubst du, daß jener ehemalige Freund – ich meine der Bruder Susannes – dich immer noch mit seinem Haß verfolgt? Hältst du es für möglich, daß er für die Attentate verantwortlich ist?« fragte ich.

»Nein!« sagte er erstaunt. »Wie kommst du darauf?«

»Warum willst du dann die Mordanschläge nicht der Polizei melden?«

»Mädchen, Sonja, hast du immer noch nicht begriffen? Weil ich mir keinen Skandal erlauben kann – das ist die einzige Erklärung.«

Ich schwieg. Ich fühlte mich plötzlich müde. Der ganze Abend mit Hans Ullrich Garden hatte mich keinen Schritt weitergebracht. Die Geschichte seines Untersteinbacher Abenteuers hatte glaubwürdig geklungen – aber war sie tatsächlich wahr? Ob sie sich so abgespielt hatte, wie er erzählte? Während ich mit Jürgen Urban tanzte, hatte er genug Zeit gehabt, sich eine Geschichte zusammenzureimen. Ich glaubte Hans Ullrich Garden kein Wort, aber ich hatte nicht mehr den Mut, es ihm offen zu sagen.

»Hast du nie daran gedacht, daß der Täter einer deiner Freunde sein könnte, Sonja?« fragte Hans Ullrich Garden in meine Gedanken hinein.

»Nein!« sagte ich böse. »Wie kommst du darauf?«

»Die Vermutung liegt doch sehr nahe. Die Attentate erfolgten ja erst, seitdem du meine Assistentin bist.«

»Aber die Drohbriefe . . .«, begann ich.

»Stimmt. Die kamen einige Wochen früher. Aber erst, nachdem ich dich kennengelernt hatte. Hast du etwa deinen Freunden von unserer Begegnung erzählt?«

»Keiner meiner Freunde würde so etwas tun«, sagte ich wütend, »und außerdem kommt als Attentäter nur jemand in Frage, der Gelegenheit hat, während der Fernsehsendungen hinter die Bühne zu gelangen.«

»Die hat Jürgen Urban«, sagte Hans Ullrich Garden.

»Jürgen Urban? Du bist verrückt, Ulli!«

»Nicht ganz. Er liebt dich – oder willst du das leugnen?«

»Ich kenne ihn ja kaum.«

»Das hat nichts damit zu tun. Du darfst nicht vergessen, daß der Attentäter wahrscheinlich nicht ganz normal ist ... ein Wahnsinniger, der sich in eine Idee verrannt hat. Jürgen Urban verfolgt mich seit Monaten angeblich wegen dieser Biographie, die er über mich schreiben will. Soviel ich weiß, war er auch in der Universitätsstadt, als wir uns kennenlernten. Es ist sehr gut möglich, daß er unsere erste Begegnung beobachtet hat. Möglicherweise ist er auf Anhieb in Leidenschaft für dich entbrannt – bitte, laß mich jetzt mal ausreden, Sonja –, und er kann sehr leicht erfahren haben, daß wir dir die Karte zu der ersten Quizsendung zugehen ließen.«

»Er hätte niemals ahnen können«, sagte ich schwach, »daß ich die Pistole in die Hand bekommen würde.«

»Wirklich nicht?« fragte Hans Ullrich Garden. »Denke doch mal nach, Mädchen! Er wußte, daß mir etwas an dir lag. Folglich konnte er damit rechnen, daß du bis in die Endrunde kommen würdest. Jede Gruppe bestand aus zwei Herren und einer Dame. Er konnte leicht in Erfahrung bringen, welches die Aufgabe für die Dame sein würde. Na? Was sagst du jetzt?«

»Das kann ich einfach nicht glauben.«

»Aber daß sich jemand an mir für ein ungesühntes Verbrechen rächen will, das glaubst du ohne weiteres.«

»Aber, Ulli ... was für eine Idee! Wie kommst du denn darauf?«

»Bitte, versuche mir nichts vorzumachen, Sonja. Du bist eine sehr schlechte Lügnerin. Deine Gedanken stehen dir auf die Stirn geschrieben.«

»Es war ein reizender Abend«, sagte ich. »Würdest du mich jetzt bitte nach Haus bringen?«

»Habe ich dich wieder gekränkt?« fragte er scheinbar erschrokken.

»Das tust du andauernd, Ulli. Ich weiß wirklich nicht, womit ich das verdient habe. Sag jetzt bitte nicht wieder, daß du nervös bist ... ich glaube dir das, aber das ist noch keine Entschuldigung, die Menschen, die es wirklich gut mit dir meinen, vor den Kopf zu stoßen.«

»Es tut mir leid, wenn ich das getan habe, Sonja! Ich hatte wirklich vor, mich mit dir zu versöhnen. Überhaupt, es ist zu dumm, daß wir immer wieder über denselben Unsinn sprechen.«

»Die Mordanschläge auf dich sind kein Unsinn, Ulli. Sie sind volle Wirklichkeit. Mir wird jetzt schon ganz übel, wenn ich an die nächste Sendung denke.«

»Es wird die letzte sein, Sonja.«

Jetzt war ich ehrlich verblüfft. »Wieso!?«

»Kannst du den Mund halten?«

»Natürlich. Bitte, Ulli, ist das dein Ernst? Du willst dich vom Fernsehen zurückziehen?«

»Nicht ganz. Aber ich werde die Quizsendungen vorläufig stoppen. Mit der nächsten ist es, was meine Person betrifft, Schluß!«

»Aber, Ulli, das kannst du doch nicht einfach machen! Ich denke, es stehen im ganzen noch drei Sendungen mit dir als Quizmaster auf dem Programm!«

»Stimmt. Aber vor den letzten beiden werde ich mich drücken. Ich habe schon mit meinem Arzt gesprochen. Er hat einen Herzfehler bei mir festgestellt ... das ist Tatsache, Sonja, kein Schwindel. Natürlich ist es nichts Lebensgefährliches, aber immerhin, es wird genügen, mich aus Gesundheitsgründen zurückzuziehen.«

»Wenn du es schon vorhast, Ulli«, sagte ich, »dann möchte ich dir dringend raten ... tu es sofort. Laß das Fernsehen sausen ... vielleicht kannst du dadurch dein Leben retten.«

»Ich brauche einen guten Abgang. Es hat keinen Zweck, dir das zu erklären, du wirst es doch nicht verstehen.«

»Nein, wahrhaftig«, sagte ich, »das verstehe ich nicht. Und was hast du nachher vor? Ich meine, wenn du das Fernsehen aufgibst?«

»Du weißt doch, daß bald ein zweites und drittes Programm gesendet werden soll, nicht wahr? Nun paß gut auf: Ich werde zusammen mit einer Gruppe sehr tüchtiger und auch finanzstarker Leute eine eigene Fernsehproduktion gründen. Die Sache ist bis in alle Einzelheiten schon vorbereitet. Da staunst du, was?«

»Aber ...«, sagte ich verwirrt, »ich verstehe nur nicht – was soll das nutzen?«

Er lachte. »Ich habe nicht gewußt, daß du so schwer von Begriff bist, Sonja. Denk doch mal nach. Wir haben einwandfrei festgestellt, daß derjenige, der es auf mein Leben abgesehen hat, sich im Kreise unseres Fernsehteams befinden muß, nicht wahr? Nun, ich werde keinen von diesen Leuten in meine Produktion nehmen. Hast du mich verstanden? Keinen! Außer dich, Sonja.«

»Ich will weiterstudieren«, sagte ich, aber das klang gar nicht überzeugend.

»Darüber sprechen wir noch, Mädchen«, sagte er und streichelte meine Hand. »Ich persönlich brauche keine Frau mit einem Doktortitel.«

»Ulli«, sagte ich, »was ist mit Janos Lewin? Willst du ihn auch fallen lassen?«

»Fallen lassen! Was für ein Ausdruck! Natürlich muß ich mich auch von ihm trennen. Wenn ich nicht konsequent bin, hat die ganze Sache keinen Zweck. Außerdem . . . wir haben schon einen sehr tüchtigen Mann für die Gestaltung der einzelnen Sendungen gewonnen. Ich brauche Janos Lewin nicht.«

»Wie hat Lewin darauf reagiert?«

»Hast du vergessen, daß ich mit dir und nur mit dir im Vertrauen über diese Angelegenheit spreche? Lewin ahnt natürlich noch nichts davon. Niemand.«

»Ach so«, sagte ich, »natürlich, du hast recht.«

»Lewin darf es auch nicht erfahren«, sagte Hans Ullrich Garden eindringlich, »jedenfalls nicht vorher. Man muß ihn vor die vollendete Tatsache stellen. Er könnte sonst . . .«

»Was?«

Er zuckte mit den Schultern. »Ich weiß selbst nicht. Aber er ist ein gefährlicher Bursche. Ungeheuer intelligent. Manchmal habe ich Angst vor ihm.«

»Ulli«, sagte ich und hatte das Gefühl einer plötzlichen Erleuchtung, »könnte es nicht Janos Lewin gewesen sein?«

Er war gar nicht überrascht. »Ich habe auch schon daran gedacht«, sagte er, »aber das ist unmöglich. Er wäre körperlich nicht zu solchen Dingen in der Lage, und er hat in jedem Fall ein hieb- und stichfestes Alibi. Außerdem . . . was sollte er für einen Grund haben?«

»Du hast doch selbst gesagt, daß du ihn fürchtest.«

»Das hat nichts zu bedeuten. Ich bin einfach fertig. Ich beginne langsam, in jedem Menschen meinen Mörder zu sehen.«

»Hast du ihm vielleicht mal ein Mädchen weggeschnappt?« fragte ich.

»Lewin interessiert sich nicht für Frauen, Sonja. Lewin kommt überhaupt nicht in Frage. Bitte, tu mir den einen Gefallen und laß dieses Thema endlich fallen. Du brauchst dir wirklich nicht mehr darüber den Kopf zu zerbrechen. Noch eine Sendung, dann haben wir es überstanden, dann ist die Gefahr gebannt – ein für allemal.«

Mir schien durch Hans Ullrich Gardens Entschluß die Gefahr eher größer als kleiner geworden zu sein, aber ich schwieg, denn ich war es müde, mit ihm zu diskutieren. Ich zweifelte stark daran, daß es ihm gelingen würde, die Wahrheit geheimzuhalten. Bestimmt würde Lewin oder irgendein anderer Wind davon bekommen, daß Hans Ullrich Garden die große Unterhaltungsreihe »Lachen ist gesund« vorzeitig beenden wollte, und damit würde die Gefahr für ihn doppelt groß werden, denn der Täter mußte wissen, daß er nur noch eine einzige Chance hatte. Auch für mich gab es nur eine einzige Möglichkeit, den Mord vor der Fernsehkamera zu verhindern – ich mußte die Zeit bis zur nächsten Sendung nutzen, ich mußte herausbekommen, wer der Täter war, um ihn unschädlich zu machen.

Hans Ullrich Garden hatte seinen Wagen in dem geräumigen Hof hinter dem »Tabaris« geparkt. Der Platz war von Fahrzeugen belegt, so daß kein Platz zum Wenden blieb. Hans Ullrich Garden mußte sich im Rückwärtsgang durch den schmalen, aber sehr langen Torweg, der die ganze Breite eines Hauses einnahm, hinauslavieren. Ich stieg noch nicht in den Wagen ein, sondern stellte mich in den Torweg, um ihn einzuweisen. Offensichtlich war Hans Ullrich Garden kein sehr sicherer Rückwärtsfahrer, einmal kam er zu weit nach links, dann wieder zu weit nach rechts, und ich hatte alle Hände voll zu tun, ihn immer wieder zur Mitte zurückzulocken. Er fuhr sehr langsam und vorsichtig, und ich sah zu, daß immer ein Abstand von ungefähr drei Metern zwischen mir und dem Auto blieb.

Es war ein ganz alltägliches Manöver – hundertmal hatte ich so meine Mutter, die sich auch nicht sehr gut aufs Rückwärtsfahren versteht, aus der Garage und durch das Tor zur Straße hinausgewiesen –, ich dachte nicht eine Sekunde an Gefahr. Ich war völlig überrascht, als der Motor plötzlich aufheulte und der Wagen in einem Riesensatz wie ein entfesseltes Raubtier auf mich zuschoß. Den Bruchteil einer Sekunde war ich gelähmt vor Entsetzen, dann warf ich mich instinktiv zur Seite, spürte einen dumpfen Aufprall, ein Feuerwerk roter Sterne stieg vor mir auf, verlosch. Dann war Dunkelheit um mich. Ich weiß nicht, wie lange ich ohnmächtig gelegen habe – wahrscheinlich war es kaum eine Minute –, aber als ich die Augen wieder aufschlug, sah ich dicht über mir im Schein der Hauslaterne Hans Ullrich Gardens verzerrtes Gesicht.

»Sonja«, stammelte er, »Sonja . . . um Himmels willen . . .«

Ich versuchte mich aufzurichten, atmete tief und war plötzlich wieder ganz da. Es war kein sehr angenehmes Erwachen, denn meine Freude, mit dem Leben davongekommen zu sein, wurde durch einen stechenden Schmerz in meinem linken Bein und einen Druck auf meinem Schädel entschieden beeinträchtigt. Ich ließ mich wieder zurücksinken und schloß die Augen. Aber weniger aus Schwäche, als um meine Gedanken zu ordnen. Es fiel mir unsagbar schwer zu denken, denn in meinem Schädel brummte es wie in einem Bienenstock. Aber ich zwang mich dazu, die Ereignisse der letzten Minuten zu rekonstruieren. War es möglich, daß Hans Ullrich Garden mit Absicht versuchte, mich zusammenzufahren? Wenn ja – warum? Warum hatte er so etwas Entsetzliches getan? Die Antwort lag so nahe, daß es mir selbst in meinem benommenen Zustand nicht schwer fiel, sie zu finden – weil ich zuviel wußte.

Ich spürte seine warmen trockenen Hände auf meinen Schultern, hörte, wie er immer wieder »Sonja!« rief, aber ich hielt mich ganz leblos, dachte nicht einmal daran, die Augen zu öffnen. Mein Herz krampfte sich zusammen vor Angst, aber mein Verstand arbeitete ganz klar. Ich durfte jetzt keinen Fehler machen. Mein Leben hing an einem dünnen Faden.

Ganz langsam, als wenn es mir unendliche Mühe machte, öffnete ich die Augen und fragte verstört: »Wo bin ich?«

»Sonja«, sagte Hans Ullrich Garden, und seine Stimme klang ehrlich erleichtert, »endlich! Ich dachte schon – du hast ja keine Ahnung, was du mir für einen Schrecken eingejagt hast!«

»Was ist passiert?«

»Weißt du das nicht mehr? Wirklich nicht?«

»Nein«, sagte ich zögernd. »Oh, mein Kopf! Und was ist mit meinem Bein? Schau doch mal, was mit meinem Bein ist!«

»Versuch, ob du aufstehen kannst«, sagte er statt einer Antwort, schlang seinen Arm um meinen Rücken und hob mich behutsam hoch.

»Danke«, sagte ich. Ich mußte die Zähne zusammenbeißen, um nicht vor Schmerzen laut zu schreien.

»Kannst du allein stehen?« fragte er und ließ mich los.

Ich fühlte mich schwindlig und konnte mich gerade noch an die Wand der Einfahrt lehnen, sonst wäre ich umgekippt.

Hans Ullrich Garden stand jetzt einen halben Meter von mir entfernt, und ich sah ihn ganz deutlich – einen wildfremden Menschen mit einem harten, verfallenen Gesicht in einem blutdurchtränkten Hemd. Mir schauderte, wenn ich daran dachte, daß ich mich vor noch nicht allzu langer Zeit von ihm hatte küssen lassen.

»Du blutest ja«, sagte ich schwach.

»Nein. Das Blut kommt von deinem Bein, Sonja«, sagte er, »ein Schnitt . . .«

»Sollten wir nicht versuchen, das zu verbinden?« schlug ich vor. »Sonst verschmier' ich dir noch den ganzen Wagen.«

Er zog seine elegante Jacke aus, starrte eine Sekunde mißbilligend auf die Blutspuren auf dem Revers, schlüpfte auch aus dem Hemd, zog sich sein Unterhemd über den Kopf, riß es mittendurch, faltete es geschickt zusammen und wickelte es mir fest um mein Bein, das immer noch wie Feuer brannte. Er hätte rührend wirken können, wie er da mit seinem nackten Oberkörper vor mir kniete, aber ich war durchaus nicht in der Stimmung, mich rühren zu lassen.

»Geht's so?« fragte ich.

Er wickelte seine Krawatte um mein Bein, machte einen Knoten, dann nickte er.

»Schön. Dann bring mich jetzt bitte nach Hause.«

Er stand einen Augenblick zögernd vor mir, dann hob er mich mit beiden Armen vom Boden hoch, trug mich zum Auto und verfrachtete mich auf den Sitz.

»Das Kleid ist hin«, sagte ich und sah trostlos auf mein verschmiertes, beschmutztes Brokatkleid, das ich einmal so geliebt hatte.

»Mach dir nichts draus«, sagte er und lächelte mir zu, »ich schenke dir ein neues!«

Er ging um den Wagen herum und setzte sich ans Steuer. Er mußte noch etwa einen halben Meter rückwärts fahren, dann hatte er die Straße gewonnen. »Wie fühlst du dich?« fragte er, ohne mich anzusehen.

»Könnte schlimmer sein, Ulli. Willst du mir nicht erzählen, was passiert ist?«

»Das mußt du doch wissen«, behauptete er in einem Ton völliger Ahnungslosigkeit.

»Nein«, log ich. »Der Schock – mein Kopf – ich erinnere mich an überhaupt nichts mehr. Ich muß gestürzt sein, nicht wahr?«

Er fing den Ball, den ich ihm zuwarf, sofort auf. »Ja«, sagte er, »anscheinend bist du über irgend etwas gestolpert – diese hohen Stöckelschuhe und das Kopfsteinpflaster. Wo sind deine Schuhe überhaupt?«

Jetzt erst merkte ich, daß meine Beine nur mehr in völlig zerrissenen Strümpfen steckten. »Wahrscheinlich liegen sie irgendwo im Torweg.«

»Macht nichts. Du würdest sie sicher doch nicht mehr brauchen können.«

»Ich verstehe immer noch nicht . . .«, sagte ich, in dem unbezwingbaren Wunsch, ihn lügen zu hören.

Er ging auch prompt in die Falle. »Du bist hingestürzt, ich habe natürlich sofort gebremst, aber anscheinend habe ich dich doch noch mit dem Kotflügel gestreift. Daher der Schnitt im Bein.«

»Ach so«, sagte ich nur, und da ich das Gefühl hatte, daß meine Stimme vielleicht nicht überzeugend genug geklungen hatte, fügte ich rasch hinzu: »Ich hoffe nur, Ulli, du bist mir nicht böse – so etwas ist mir wahrhaftig noch nie passiert!«

»Aber, Mädchen . . .«, sein Lachen klang heiser, »du brauchst dich wirklich nicht zu entschuldigen. Das Ganze war großes Pech. Ich dachte schon . . .« Er stockte.

»Was? Was dachtest du?«

»Ich dachte anfangs, du wärest tot.«

»Du Ärmster! Du mußt einen furchtbaren Schrecken bekommen haben.«

»Unbeschreiblich. Ich wäre nie darüber hinweggekommen,

Sonja, obwohl ich mir natürlich nicht den geringsten Vorwurf machen konnte.«

»Sicher nicht«, sagte ich, »aber es hätte bestimmt einen gehörigen Skandal gegeben.«

»Skandal?« fragte er töricht, und zum erstenmal fiel mir auf, daß er eigentlich recht langsam begriff.

»Natürlich, Ulli. Hast du wirklich nicht daran gedacht? Was für eine Sensation für die Presse! Stell dir nur mal die Schlagzeilen vor: Quizmaster überfährt seine Assistentin . . .«

»Ich habe dich nicht überfahren«, sagte er mürrisch.

»Natürlich nicht. Ich weiß das doch. Aber die Presseleute hätten es bestimmt so aufgebauscht. Auch die Polizei hätte dich ganz schön in die Zange genommen. Wahrscheinlich wäre es sogar zu einem gerichtlichen Nachspiel gekommen.«

»Niemand hätte mir einen Vorwurf machen können.«

»Natürlich nicht«, sagte ich, »es hat ja auch gar keinen Zweck, sich das auszumalen. Es ist ja noch mal gutgegangen.« Ich bewegte meinen schmerzenden Kopf zum Fenster hin. »Wohin fährst du mich eigentlich, Ulli?«

»Nach Hause.«

»Hier entlang geht es aber nicht zur ›Pension Television‹!«

»Zu mir nach Hause natürlich, Dummerchen. Wir müssen dich doch erst mal ordentlich verbinden! Außerdem brauchst du Pflege.«

»Die habe ich doch auch in der Pension!«

»Nein. Ich könnte es nicht verantworten, dich jetzt allein zu lassen.«

»Ich habe dir heute abend soviel Scherereien gemacht, Ulli«, sagte ich herzlich, »es ist wirklich ganz unsinnig, wenn du dich jetzt noch mit mir belastest. Warum bringst du mich nicht einfach in ein Krankenhaus? Zu einer Unfallstation. Dort wird man mich verbinden und . . .«

»Das kommt gar nicht in Frage«, sagte er. »Ich werde dich in diesem Zustand nicht fremden Menschen anvertrauen.«

»Ärzten, Ulli – und Krankenschwestern!«

»Warum bist du so dagegen, daß ich dich mit zu mir nehme? Fürchtest du etwa . . .?« Er grinste.

»In diesem Zustand«, sagte ich, »sicher nicht.«

»Also, was dann?«

Ich konnte ihm unmöglich die Wahrheit sagen, nämlich, daß ich mich vor ihm fürchtete und endlich allein sein wollte, um meine Gedanken zu Ende zu denken. So sagte ich nur, und ich spürte selbst, daß es wenig überzeugend klang: »Ich will nicht, daß du meinetwegen soviel Scherereien hast.«

Er fand es nicht einmal der Mühe wert, mir darauf zu antworten.

Ich hatte Dr. Janos Lewin seinen Verrat in der Angelegenheit Lolita immer noch nicht verziehen, aber als ich ihn in der Haustür der Villa Hans Ullrich Gardens stehen sah, wirkte er auf mich geradezu wie ein rettender Engel.

Hans Ullrich Garden war selbstverständlich anderer Meinung. Er bremste sofort und sagte: »Warten wir, bis er drinnen ist. Es ist besser, wenn Lewin dich in diesem Zustand nicht sieht, Mädchen!«

»Warum?«

»Na, du kennst ihn doch. Er würde dich bis an dein Lebensende damit aufziehen.«

Ich war so enttäuscht, daß ich eine boshafte Bemerkung nicht unterdrücken konnte. »Seit wann bist du so zartfühlend, Ulli?« fragte ich.

»Seit ich dich liebe«, sagte er ruhig.

Am liebsten hätte ich das Wagenfenster heruntergekurbelt und Lewin zugerufen, auf uns zu warten, aber ich traute mich einfach nicht, gegen Hans Ullrich Gardens ausdrücklichen Wunsch zu handeln. Glücklicherweise war mein Eingreifen auch gar nicht nötig. Lewin hatte uns trotz aller Vorsichtsmaßnahmen entdeckt. Er drehte sich um und kam den beleuchteten Gartenweg entlang zur Straße her.

Hans Ullrich Garden unterdrückte einen Fluch, dann fuhr er wieder an, bog nach rechts ein und steuerte durch das große Tor, das Lewin für ihn öffnete, auf den Platz vor die Garage.

»Sonja . . . Sie?« fragte Lewin erstaunt und kaum auf uns zugehinkt. Er öffnete die Autotür, und jetzt erst sah er, in welch einem Zustand ich war. »Ja, was ist denn mit Ihnen passiert?« rief er entgeistert. Er half mir aussteigen.

Auch Hans Ullrich Garden verließ das Auto. »Nichts von Belang«, sagte er rasch, »kannst du gehen, Sonja, oder soll ich dich ins Haus tragen?«

»Wollen Sie nicht erst den Wagen in die Garage fahren?« fragte Dr. Lewin erstaunt. »Ich werde mich inzwischen um Sonja kümmern.«

»Bilden Sie sich etwa ein, daß Sie sie tragen können?« sagte Garden bösartig.

»Niemand braucht mich zu tragen«, behauptete ich kühn, »ich kann ganz gut gehen. Es genügt mir wirklich, Doktor, wenn Sie mich ein bißchen stützen.«

Aber Hans Ullrich Garden schien nicht bereit, mich mit Janos Lewin allein zu lassen. Er packte mich unter dem anderen Arm, und gemeinsam bugsierten sie mich die Stufen zur Haustür hinauf und in die Diele hinein. In dem großen, luxuriös eingerichteten Raum müssen wir beide in unserem ramponierten Zustand sehr merkwürdige Figuren abgegeben haben.

Janos Lewin starrte uns an wie zwei Wundertiere. »Sagt mal, habt ihr euch etwa geprügelt?«

»Unfug«, sagte Garden grob. »Stehen Sie nicht da herum und stellen Fragen, holen Sie uns lieber was zu trinken. Wir können es beide brauchen.«

»Ich möchte lieber nichts«, sagte ich rasch und faßte mich an den Kopf. »Ich glaube, ich habe eine richtige Beule!«

»Hoffentlich ist es keine Gehirnerschütterung«, meinte Lewin besorgt. »Hattet ihr einen Autounfall?«

»Ach wo«, log ich, »ich bin gestolpert, weiter nichts . . .«

»Ja«, hakte Hans Ullrich Garden sofort ein, »und zwar im unpassendsten Moment. Ich wollte rückwärts aus dem Hof vom ›Tabaris‹ . . . Sie wissen ja, wie schwierig das dort ist . . . Sonja hat sich ausgerechnet den Platz vor meinen Hinterrädern ausgesucht, um umzukippen. Natürlich habe ich sofort gebremst!«

»Natürlich! Das will ich hoffen«, sagte Lewin und sah von Hans Ullrich Garden zu mir.

Mir war klar, daß er uns kein Wort glaubte.

»Wollen Sie uns jetzt nicht endlich was zu trinken holen?« fragte Garden gereizt.

Wieder einmal berührte es mich peinlich, daß er den gescheiten und kultivierten Lewin wie seinen Schuhputzer behandelte.

Aber Lewin schien ein dickes Fell zu haben. »Mir scheint es wichtiger«, sagte er gelassen, »erst einmal Sonja zu versorgen. Ich denke, wir bringen sie ins Gastzimmer hinauf!«

»Die Treppe hoch? Sie müssen wahnsinnig sein, ihr das zuzumuten!«

»Wohin denn sonst? Haben Sie ihr etwa einen Platz in Ihrem Bett reserviert?«

»Nein«, sagte Garden wütend, »oder doch. Ich werde selbstverständlich auf der Couch schlafen.«

»Nein, Ulli«, sagte ich mit Nachdruck, »das kann ich dir wirklich nicht zumuten. Lewin hat ganz recht. Wenn es tatsächlich ein Gästezimmer in diesem Haus gibt, dann bin ich dort wohl am besten aufgehoben. Die Treppe schaffe ich bestimmt.«

Garden mußte wohl oder übel nachgeben, aber er wich keinen Augenblick von meiner Seite. Anscheinend wollte er verhindern, daß ich unter vier Augen mit Lewin sprach. Er stützte mich auf der einen Seite, mit der anderen Hand hielt ich mich am Geländer fest, und sehr langsam marschierte ich, mit zusammengebissenen Zähnen, die Treppe hinauf. Es war ein mühsamer und schmerzhafter Weg, aber ich hätte um nichts in der Welt darauf verzichtet, weil ich das Gefühl hatte, daß er mich endlich in Sicherheit bringen würde. Lewin ließ sich genausowenig abschütteln wie Garden, er folgte uns in kurzer Entfernung.

Hans Ullrich Garden wandte seinen Kopf über die Schulter zurück. »Holen Sie einen frischen Schlafanzug von mir, einen Morgenrock und Pantoffeln aus meinem Schlafzimmer, Lewin«, befahl er. »Das Mädchen muß doch irgend etwas anzuziehen haben.«

»Ich leihe ihr lieber etwas von mir«, erwiderte Lewin ruhig, »ich glaube, meine Größe kommt ihr näher.«

Diese Erklärung war sachlich völlig richtig, und Hans Ullrich Garden versuchte auch nicht, sie zu entkräften. Das Gästezimmer war ein sehr schöner, fast quadratischer Raum, elegant und modern eingerichtet. Der Boden war mit einem hellblauen Veloursteppich bedeckt, den ich gar nicht zu betreten wagte aus Angst, daß meine schmutzigen und blutigen Füße Spuren hinterlassen könnten.

»Ich glaube, ich möchte zuerst ins Bad«, sagte ich, »wenn Sie mir die Sachen hereinreichen würden, Doktor?«

»Ja, sicher! Ich bin sofort wieder zurück.«

Das Badezimmer war aufregend korallenrot gekachelt.

Hans Ullrich Garden folgte mir hinein und zog die Tür hinter sich ins Schloß. »Hör mal, Mädchen«, sagte er hastig, »tu mir den einen Gefallen und laß dich nicht von Lewin ausquetschen. Du kennst seine immense Neugier.«

Ich tat erstaunt. »Ja – aber was könnte er denn von mir wissen wollen?«

»Alles Mögliche. Er ist der geborene Schnüffler.«

»Ich begreife dich nicht, Ulli! Wir haben ihm doch schon alles erzählt!«

Meine scheinbare Ahnungslosigkeit brachte ihn aus der Fassung.

»Na, natürlich, Mädchen – du hast ganz recht. Möchtest du nicht doch lieber unten bei mir schlafen? Ich meine – würdest du dich dort nicht sicherer fühlen?«

Ich lachte. »Lewin als Frauenverführer ist eine etwas merkwürdige Vorstellung, Ulli.« Es kostete mich Überwindung, meine Hand auf seinen Arm zu legen, aber ich brachte es fertig. »Außerdem«, sagte ich, »du bist ja auch im Haus. Wenn ich mich unruhig fühlen sollte, darf ich dich dann rufen?«

»Jederzeit, mein Liebes«, sagte er sichtlich erfreut. »An deinem Bett steht ein Telefon. Du brauchst nur den Hörer abzunehmen und auf den weißen Knopf zu drücken, dann bist du mit mir verbunden.«

»Wunderbar!« sagte ich.

Lewin kam mit einem hübschen weißseidenen Schlafanzug, der mir für einen Mann völlig unpassend schien, einem altrosa Morgenrock und schwarzen Lackpantoffeln. »Entschuldigt, daß es etwas länger gedauert hat«, sagte er lächelnd, »aber ich wollte doch etwas heraussuchen, was Sonja Freude macht.«

»Die Sachen sind zauberhaft«, sagte ich, »ich wußte immer schon, daß Sie einen erlesenen Geschmack haben.«

Lewin errötete leicht, was ihm fast etwas Mädchenhaftes gab. »Wenn sie Ihnen gefallen – behalten Sie sie – als Erinnerung!«

Endlich gelang es mir, die beiden aus dem Badezimmer hinauszubugsieren. Ich schloß die beiden Türen ab – eine führte zum Gang und eine ins Gästezimmer –, dann ließ ich mich erschöpft auf den kleinen schwarzen Schemel sinken. Ich tastete an meinen schmerzenden Kopf und fand eine Beule von tatsächlich beachtlichem Ausmaß. Dann löste ich den Knoten der Krawatte von meinem Bein, wickelte Gardens Unterhemd ab und konnte mir zum erstenmal in Ruhe meine Verletzung betrachten. Ich hatte sie, als ich den Verband entfernte, wieder aufgerissen, sie blutete, aber nicht mehr so stark wie zuerst. Es war ein scharfer, ganz glatter Schnitt, kaum drei Zentimeter lang. Wahrscheinlich war er sehr tief, denn sonst hätte er kaum so schmerzen und so stark bluten können.

Mein Bedürfnis nach einem heißen Bad war stark, aber konnte ich es wagen, mit der Wunde ins Wasser zu gehen? Ich zog das Brokatkleid aus, das jetzt nichts mehr als ein schmutziger, blutverkrusteter Fetzen war, ließ die Wanne vollaufen und brachte das Kunststück fertig – es war wahrhaftig nicht einfach –, zu baden und dabei mein linkes Bein aus dem Wasser herauszuhalten. Mit dem Schwamm reinigte ich meinen linken Fuß und die Blutspuren neben der Wunde.

Als ich die Wanne verließ, brummte mein Kopf zwar immer noch, aber im großen und ganzen fühlte ich mich bedeutend besser. Ich nahm das Badetuch und trocknete mich vorsichtig ab, konnte dabei aber nicht verhindern, daß es an der einen Ecke mit Blut befleckt wurde.

Während ich in der Badewanne saß, hatte ich mir alles noch einmal haarscharf überlegt. Ich gab zu, daß mein Mißtrauen Hans Ullrich Garden gegenüber möglicherweise völlig unberechtigt war. Vielleicht hatte er wirklich nur aus Versehen auf das Gaspedal getreten, vielleicht war er tatsächlich ehrlich erschrocken gewesen. Daß er trotzdem versuchte, die Dinge nachträglich anders darzustellen, besagte nichts. Er mußte glauben, daß ich die Vorgänge kurz vor dem Unglück vergessen hatte. Da lag es nahe, sie so harmlos wie möglich darzustellen. Immerhin war das Ganze ja sehr unangenehm für ihn, auch wenn nichts Ernstliches passiert war. Er hatte sich in einigermaßen angeheitertem Zustand ans Steuer gesetzt und einen Menschen – nämlich mich – umgefahren. Leider hatte ich mich nie für Juravorlesungen interessiert, aber soviel wußte ich doch, daß er sich damit strafbar gemacht hatte. Die Polizei würde es ihm wahrscheinlich als Trunkenheit am Steuer und fahrlässige Körperverletzung auslegen. Das allein machte es schon verständlich, warum er versuchte, die tatsächlichen Vorgänge zu vertuschen – deshalb wollte er mich nicht in die »Pension Television« zurückbringen, deshalb hatte er sich geweigert, mich auf eine Unfallstation zu fahren, deshalb war er so ängstlich bemüht gewesen, es zu keinem Gespräch zwischen mir und Lewin kommen zu lassen.

Das war die harmlose Erklärung, und möglicherweise war sie sogar zutreffend. Leider gab es aber auch noch eine erschreckendere Seite des Falles. Mein Entsetzen, als das Auto in einem solch gefährlichen und brutalen Satz auf mich zuschoß, hatte sich in meinem Hirn immer noch nicht verwischt. Ich hatte in jenem Augenblick sehr deutlich das Gefühl gehabt, daß es sich dabei um einen Angriff auf mein Leben handelte.

Hans Ullrich Garden hatte ein Geheimnis zu verbergen, soviel war sicher. Dieses Geheimnis war es ihm wert, sein Leben dafür aufs Spiel zu setzen. Ein Mörder trachtete danach, ihn zu vernichten, aber er wagte es nicht, die Kriminalpolizei um Hilfe zu bitten, aus Angst, daß dieses Geheimnis gelüftet werden könnte.

War ich dem Rätsel tatsächlich auf der Spur? Vielleicht viel näher, als ich ahnte? War der Schlüssel zu Hans Ullrich Gardens Vergangenheit in Untersteinbach zu finden? Wenn ich das voraussetzte, mußte ich für den Unfall eine andere Erklärung annehmen. Hans Ullrich Garden wollte mich aus dem Weg räumen, um einen Mitwisser zu beseitigen. Ich erinnerte mich noch deutlich daran, wie lauernd er sich danach erkundigt hatte, ob auch Jürgen Urban schon soviel wußte wie ich. Vielleicht hätte ich diese Frage nicht verneinen sollen, ich hatte es rein instinktiv getan. Solange Hans Ullrich Garden glauben mußte, daß ich der einzige Mensch war, der sich der Wahrheit näherte, war ich gefährlich für ihn – genauso gefährlich wie sein Mörder. Selbst wenn er je in mich verliebt gewesen war – und daran zweifelte ich trotz allem nicht –, war seine Angst eine viel stärkere Triebkraft. Natürlich war es möglich, daß ich Gespenster sah. Meine Nerven waren überreizt, vielleicht konnte ich die Dinge nicht mehr klar sehen. Eines aber war sicher: Ich hatte jedes Vertrauen zu Hans Ullrich Garden verloren, ich fürchtete mich vor ihm, und möglicherweise sogar mit Grund.

Vielleicht hatte er seinen Plan, mich aus dem Weg zu räumen, noch nicht aufgegeben. Ich war entschlossen, auf der Hut zu sein. Auf keinen Fall wollte ich etwas in seinem Hause essen oder ein Medikament einnehmen.

Ich war sehr erleichtert, als mein Blick auf ein Apothekerschränkchen fiel. Ich hinkte hin, öffnete es und fand tatsächlich alles, was ich brauchte: schmerzstillende Tabletten, von denen ich gleich drei Stück nahm, sogar Verbandszeug und eine Wundsalbe. Ich beschmierte die Wunde mit der Salbe, schnitt ein Stück der desinfizierten Wundgaze ab, legte es darauf und machte mir einen fachgerechten Verband. Dann erst schlüpfte ich in den weißseidenen Pyjama, steckte meine Füße in Lewins Pantoffeln, die mir doch einige Nummern zu groß waren, und zog den Morgenrock über.

Ich war gerade im rechten Moment fertig geworden, denn jetzt wurde von der Galerie her gegen die Tür geklopft. »Sonja!« rief Hans Ullrich Garden. »Sonja! Was ist los mit dir?«

»Ich komme sofort«, rief ich zurück und schloß die Badezimmertür auf.

Auch Hans Ullrich Garden hatte sich inzwischen umgezogen. Er wirkte sehr frisch und sehr sauber, wie er da in seinem blauen, maisgelb paspelierten Hausmantel, den ich schon kannte, vor mir stand und mich zärtlich anlächelte. Es war kaum noch vorstellbar, daß er zu einem Anschlag auf mein Leben fähig gewesen sein sollte.

»Mädchen! Was machst du für Geschichten!« sagte er herzlich. »Wir haben schon gedacht, du wärst in der Badewanne ertrunken!«

»Ganz im Gegenteil«, sagte ich lächelnd, »ich habe mir meine Wunde verbunden und drei schmerzstillende Tabletten geschluckt. Ich fühle mich schon viel besser.«

Er fuhr mit der Hand in die Tasche seines Hausmantels und zog, wie ich erwartet hatte, ein Röhrchen heraus.

»Schade«, sagte er nachdenklich, »ich hatte dir gerade etwas herausgesucht – ich nehme das Zeug immer, wenn ich einen Kater habe. Es hilft hundertprozentig.«

»Allzuviel ist ungesund. Vielleicht nehme ich davon morgen früh, falls ich mich noch nicht besser fühlen sollte.«

Ich streckte meine Hand nach dem Röhrchen aus, aber er gab es mir nicht, sondern ließ es wieder in seiner Tasche versinken, faßte mich unter den Arm. »Ich denke, du kommst jetzt noch einen Sprung runter und trinkst einen Schluck mit uns, ja? Du siehst übrigens blendend aus.«

»Bitte, Ulli, sei mir nicht böse – aber der Schein trügt. Ich bin völlig fertig. Am liebsten möchte ich sofort wieder ins Bett.«

»Ein Schluck Whisky wird dich wieder auf die Beine bringen.«

Ich lächelte ihn harmlos an. »Ich möchte gar nicht wieder auf die Beine kommen, Ulli, ich möchte schlafen. Ich bin todmüde.«

Er gab es auf und wechselte die Taktik. »Natürlich kannst du morgen früh schlafen, so lange du willst. Du mußt ja sowieso mindestens drei Wochen mit der Arbeit aussetzen.«

»Warum?«

»Glaub nicht, daß ich dich loshaben will, Mädchen«, sagte er rasch, »aber mit deinem Bein . . . Glaubst du im Ernst, daß du da auftreten kannst? Nein, schlag dir das aus dem Kopf. Du mußt dich schonen. Außerdem ist eine humpelnde Assistentin nicht gerade eine Augenweide für das Publikum.«

Ich konnte es nicht verhindern, daß er mich zärtlich in die Arme nahm.

»Mach nicht so ein Gesicht, Mädchen! Was verlierst du schon dabei? Gar nichts. Dein Gehalt bekommst du natürlich ausgezahlt, und außerdem . . . du bleibst doch hier, nicht wahr? Bis du nicht ganz gesund bist, lasse ich dich auf keinen Fall fort.«

Ich riß meinen Mund auf und markierte ein Gähnen. »Können wir nicht morgen über all das sprechen, Ulli?«

»Natürlich, Mädchen . . .« Er führte mich am Arm die wenigen Schritte über die Galerie bis zur Tür des Gastzimmers. »Also, schlaf gut, träum was Schönes! Und wenn du irgend etwas brauchst, du kannst mich jederzeit anrufen. Abgemacht?!«

»Ich danke dir, Ulli – für alles!« sagte ich heuchlerisch.

Er drückte mir einen Kuß auf die Stirn. Ich zog mich in das Zimmer zurück, lauschte, bis ich hörte, daß seine Schritte sich entfernten, dann schloß ich die Tür ab.

Ich wollte schon in das Bett schlüpfen, als mir mit Schrecken einfiel, daß ich die Verbindungstür zwischen dem Gästezimmer und dem Bad ja von draußen abgeschlossen hatte. Ich humpelte noch einmal ins Badezimmer zurück, schloß die Tür auf, zog den Schlüssel heraus, nahm ihn in mein Zimmer und schloß von innen ab. Erst nachdem ich auch die Tür zur Galerie gesichert hatte, gab ich mich zufrieden.

Vielleicht waren alle diese Maßnahmen völlig blödsinnig, aber ich war sehr vorsichtig geworden.

Im Bett verschränkte ich die Arme unter dem Kopf und starrte zur Decke empor. Ich war überzeugt, daß ich nach all den aufregenden Ereignissen kein Auge würde zumachen können. Aber ich hatte mich entschieden geirrt. Ich kam nicht mehr dazu, einen einzigen Gedanken zu fassen, da war ich schon eingeschlafen.

Ich schlief tief und traumlos, bis heller Sonnenschein, der durch das Fenster fiel, dessen Vorhänge ich am Abend zuvor nicht zugezogen hatte, mich weckte.

Leider hatte ich am Abend zuvor meine Armbanduhr nicht angezogen, weil sie nicht zu dem festlichen Brokatkleid gepaßt hätte. Auch in dem eleganten Gästezimmer der Villa Garden gab es keine Uhr, so konnte ich nur aus dem Stand der Sonne schließen, daß es bald zehn Uhr sein mußte. Hans Ullrich Garden und Dr. Lewin mußten das Haus schon verlassen haben und im Studio sein. Das war eine sehr angenehme Erkenntnis, und sie brachte mich mit einem Satz aus dem Bett.

Barfuß lief ich über den blauen weichen Veloursteppich, schloß die Tür zum Bad auf – meine Unterwäsche und mein Kleid waren verschwunden. Einen Augenblick war ich betroffen, aber dann wurde mir klar, daß ich in dem schmutzigen, blutverkrusteten Cocktailkleid sowieso nicht hätte über die Straße gehen können, ohne Aufsehen zu erregen. Ich mußte mir etwas anderes ausdenken.

Meine kleine Abendhandtasche lag unbeschadet auf dem Nachttisch, aber sie nutzte mir auch nicht viel. Es war nichts weiter drin als Lippenstift, Puderdose und die Schlüssel zur »Pension Television«. An Geld hatte ich mir nur ein paar Mark eingesteckt, weil ich sicher gewesen war, in Hans Ullrich Gardens Gesellschaft nichts ausgeben zu müssen.

Im Augenblick sah ich nur eine Möglichkeit, von hier fortzukommen. Ich mußte ein Taxi bestellen und mich zur Pension bringen lassen. Aber sehr angenehm schien mir diese Lösung nicht. Es würde einen sehr merkwürdigen Eindruck machen, wenn ich mich am hellen Vormittag in Schlafanzug, Morgenrock und Pantoffeln durch die Stadt fahren ließ. Ich wußte aus Erfahrung, daß eine Menge Menschen mich, wo ich auch aufkreuzte, als Assistentin von Hans Ullrich Garden erkannte. Obwohl ich mir darüber klar war, daß der Quizmaster keine Rücksicht verdiente, wollte ich ihn nicht mit Vorbedacht in einen Skandal verwickeln. Ziemlich nachdenklich trat ich, meine Abendtasche unter den Arm geklemmt, auf die Galerie hinaus und humpelte die breit geschwungene Treppe hinunter. Mein Bein tat immer noch scheußlich weh.

Ich hatte den Fuß der Treppe noch nicht erreicht, als sich eine Tür in der Diele öffnete, ein kräftiger, nicht mehr junger Mann in einer dunklen Hose und einer gestreiften Jacke heraustrat. Ich war so verdutzt, daß ich stehen blieb, denn ich hatte nicht daran gedacht, daß das Haus noch andere Bewohner haben könnte.

»Guten Morgen, gnädiges Fräulein«, sagte der Mann ruhig und neigte leicht seinen Kopf.

»Guten Morgen«, sagte ich ein wenig hilflos.

»Ich hoffe, Sie haben gut geschlafen, gnädiges Fräulein?«

»Danke«, sagte ich. »Herr Garden und Doktor Lewin sind wohl schon fort?«

»Jawohl, gnädiges Fräulein. Herr Garden hat mir genaue Instruktionen hinterlassen. Warum haben Sie nicht geklingelt? Ich hätte Ihnen das Frühstück nach oben gebracht. Herr Garden wünscht, daß Sie liegen bleiben und sich erholen.«

»Aber ich bin doch nicht krank!« protestierte ich.

»Soviel ich weiß, haben Sie einen schweren Unfall gehabt, gnädiges Fräulein. Da wäre es doch wirklich besser . . .«

»Nein«, unterbrach ich ihn, »ich fühle mich wirklich sehr wohl. Ich wüßte gar nicht, was ich im Bett anfangen sollte.«

»Ich könnte Ihnen etwas zu lesen bringen, gnädiges Fräulein – vielleicht einen Kriminalroman?«

»Nein, danke!« Ich humpelte entschlossen die letzten Stufen hinunter. »Sagen Sie mir lieber: Wo sind meine Sachen hingekommen?«

»Sachen?«

»Na ja, das Kleid und meine Unterwäsche.«

»Herr Garden befahl mir, sie in die Reinigung zu geben. Darf ich dem gnädigen Fräulein das Frühstück auf der Terrasse servieren? Es ist ein wundervoller Tag.«

»Ja, tun Sie das«, sagte ich zerstreut. Ich mußte erst meine Gedanken ordnen. Das Auftauchen des Dieners hatte meine Situation noch kompliziert. Der Mann zog sich durch dieselbe Tür zurück, durch die er in die Diele gekommen war. Mein Bein tat sehr weh, und ich hinkte auf einen der Sessel zu, um mich zu setzen. Auf dem niedrigen Tisch vor mir lag ein kleiner Berg Briefe. Gedankenlos ließ ich die Karten und Umschläge durch die Finger gleiten.

Plötzlich stutzte ich. Eine der Adressen war mit seltsam hüpfenden Druckbuchstaben geschrieben. Dieses Schriftbild erinnerte mich an irgend etwas, aber ich konnte mich nicht sogleich darauf besinnen. Ich drehte den billigen weißen Umschlag um, suchte den Absender – er war nicht vermerkt. Plötzlich wurde es mir siedendheiß klar – ich hielt einen jener anonymen Briefe in den Händen, mit denen der Attentäter Hans Ullrich Garden zu bedrohen pflegte. Der Poststempel war ziemlich verwischt, aber ich konnte den Aufdruck entziffern – Untersteinbach.

Ohne zu zögern, knickte ich den Umschlag des anonymen Briefes zusammen und ließ ihn in der Tasche des altrosa Morgenrocks, den mir Janos Lewin geliehen hatte, verschwinden. Dann versuchte ich, die übrige Post wieder zurechtzuschieben, wie ich sie gefunden hatte, stand auf und hinkte zu der Tür hin, durch die der Diener verschwunden war.

Beim Erwachen hatte ich das Gefühl gehabt, daß meine panische Angst am Abend zuvor unbegründet oder doch übertrieben gewesen war. Ich wollte dabei sein, wenn der Diener mein Frühstück zubereitete. Zwar nahm ich natürlich nicht an, daß Hans Ullrich Garden ihn ins Vertrauen gezogen hatte, aber er konnte etwas präpariert haben, was mir schlecht bekommen würde.

Der Diener hob erstaunt den Kopf, als ich in die kleine, modern ausgestattete Küche trat. »Wenn Sie sich noch einen Augenblick gedulden wollen, gnädiges Fräulein . . . Ihr Tee ist gleich fertig.«

»Würden Sie sehr böse sein, wenn ich Sie bäte, mir lieber einen Kaffee zu machen?« fragte ich.

»Kaffee? Herr Garden meinte, Tee würde Ihnen besser bekommen . . .«

»Vielleicht hat er recht«, sagte ich lächelnd, »aber ich habe geradezu Sehnsucht nach einem guten, starken Filterkaffee.«

»Natürlich. Wenn Sie es wünschen . . .« Der Diener stellte die Toastmaschine ab, in die er gerade ein paar Scheiben Weißbrot hatte stecken wollen, ging zum Schrank, öffnete die Kaffeedose, holte eine Handvoll Bohnen heraus und schüttete sie in die elektrische Kaffeemühle.

Ich sah mich kritisch um. An dem Brot war bestimmt nichts auszusetzen, das konnte ich furchtlos essen, die Butter, die noch in das Papier gewickelt auf dem Küchentisch lag, war bestimmt auch ganz ungefährlich. Wahrscheinlich waren auch die Büchsen mit Corned beef und die Würste, die daneben lagen, völlig harmlos, aber ich entschloß mich doch, auf ihren Genuß zu verzichten.

Der Diener hatte den Kaffee schon gemahlen, er spülte die Kaffeekanne mit heißem Wasser aus. »Darf ich Ihnen ein Ei kochen, gnädiges Fräulein?« fragte er.

»Nein, danke, ich möchte nur Toast mit Butter essen.«

»Keinen Aufschnitt?«

»Lieber nicht.«

»Ganz wie Sie wünschen.« Der Diener ließ sich zwar nichts anmerken, aber ich hatte trotzdem den Eindruck, daß er mich für ein wenig verrückt hielt.

Er hatte gerade den Filter auf die Kaffeekanne gestellt und das Filterpapier hineingegeben, als eine scharfe Klingel ertönte.

»Was ist das?« fragte ich.

»Die Haustür . . .«

»Wenn Sie öffnen wollen«, schlug ich vor, »ich gieße mir den Kaffee schon selber auf.«

»Vielen Dank, gnädiges Fräulein . . . ich bin gleich zurück!« Er schloß die Tür sorgfältig hinter sich, als er die Küche verließ.

Ich schüttete das Kaffeemehl in den Filter, brühte auf und wollte gerade den Brotröster einstöpseln, als ich vermeinte, draußen ziemlich laute Stimmen zu hören. Ich ging zur Tür, drückte vorsichtig die Klinke herunter und öffnete einen Spalt breit.

Ich hatte mich nicht geirrt, die Stimme des Dieners klang ziemlich ärgerlich. Offensichtlich gelang es ihm nicht so leicht, einen lästigen Besucher loszuwerden. »Aber ich habe Ihnen doch gesagt, daß Herr Garden nicht hier ist!« sagte er gerade mit Nachdruck.

»Und ich habe Ihnen gesagt, daß ich darüber durchaus orientiert bin. Ich will nicht zu Herrn Garden, ich möchte Fräulein Horn sprechen.«

Mein Herz schlug höher, denn ich erkannte die Stimme Jürgen Urbans.

»Ich kenne kein Fräulein Horn«, sagte der Diener hartnäckig.

»Aber Sie müssen sie kennen! Jeder Fernsehzuschauer in Deutschland kennt sie! Sonja ... die Assistentin Hans Ullrich Gardens!«

»Ich pflege nicht fernzusehen.«

»Das ist ja lächerlich, Mann! Wollen Sie etwa behaupten, daß Fräulein Horn noch niemals zu Gast in diesem Hause war?«

»Ich sehe keinen Anlaß, mich mit Ihnen über diesen Punkt auseinanderzusetzen, Herr ... wer sind Sie überhaupt?!«

»Jürgen Urban.«

Anscheinend hielt Urban – ich konnte die beiden Männer durch den Türspalt nicht sehen, denn sie befanden sich nicht in der Diele, sondern in dem kleinen Vorraum bei der Haustür – dem Diener seinen Presseausweis unter die Nase, denn jetzt sagte der Mann noch unwilliger: »Aha, Presse. Ich bin nicht bereit, Ihnen irgendeine Auskunft zu geben, mein Herr!«

»Haben Sie denn immer noch nicht begriffen, um was es sich handelt!? Fräulein Horn ist verschwunden! Seit gestern abend ist sie verschwunden! Sie ist heute nacht nicht in ihre Pension zurückgekommen, und sie hat auch nicht ihren Dienst beim Fernsehen angetreten. Herr Garden ist der letzte Mensch, mit dem sie zusammengewesen ist.«

»Dann würde ich Ihnen raten, sich an Herrn Garden zu wenden.«

»Verdammt! Glauben Sie denn, ich hätte das nicht versucht?«

Ich fand es an der Zeit, dem grausamen Spiel ein Ende zu machen, stieß die Tür auf, humpelte quer über die Diele und in den Vorraum hinaus.

»Sie suchen mich, Herr Urban?« fragte ich freundlich.

Er fuhr herum und starrte mich an wie ein Gespenst. Dann holte er tief Luft und sagte betont: »Das hätte ich mir denken können!«

»Sie haben es sich ja gedacht, nicht wahr? Sonst wären Sie doch sicher nicht hierher gekommen.«

»Sonja ... erklären Sie mir jetzt sofort, was hier gespielt wird! Warum sind Sie ...?«

Ich ließ ihn nicht zu Ende sprechen, sondern wandte mich an den Diener. »Wenn Sie jetzt so freundlich sein möchten, mir mein Frühstück fertig zu machen ... bitte, vielleicht machen Sie eine

Tasse Kaffee mehr für Herrn Urban. Wir gehen inzwischen in den Garten.«

Der Diener stand einen Augenblick unentschlossen, offensichtlich paßte diese neue Situation nicht zu seinen Instruktionen. Ich ließ ihm keine Zeit, zu einem Entschluß zu kommen, sondern packte Jürgen Urban bei der Hand und zog ihn zur Haustür hinaus.

»Was soll das?« fragte er ärgerlich und befreite sich aus meinem Griff.

»Einen Augenblick, bitte.« Ich ging ihm voraus, den gepflasterten Weg am Haus entlang und in den Garten hinein.

»Würden Sie mir jetzt bitte sagen . . .«

»Noch nicht. Eine Sekunde!«

Es war ein herrlicher Tag. Ein leichter Wind bewegte die Blätter der mächtigen Bäume – Rosen – rote, weiße und gelbe – blühten und dufteten üppig an den Rändern des Rasens. Die Terrasse hinter dem Haus war offen, die eleganten Gartensessel luden zum Ausruhen ein, aber ich hielt es für besser, eine möglichst große Entfernung zwischen uns und das Haus zu legen. Ganz hinten im Garten sah ich eine weißgestrichene Bank, auf die ich zuhumpelte. Ich war sehr froh, als ich sie endlich erreicht hatte, denn mein Bein schmerzte fürchterlich, und auch in meinem Kopf begann es von all diesen Aufregungen schon wieder zu hämmern. Ich setzte mich hin, streckte mein Bein bequem aus und sah zu Jürgen Urban auf, der vor mir stehengeblieben war.

»Was soll das alles?« fragte er ärgerlich. »Warum führen Sie mich hier heraus?«

»Es schien mir besser, die Dinge hier statt im Haus zu erörtern«, sagte ich ruhig.

»Wenn Sie glauben, daß Sie mich wieder an der Nase herumführen können . . .«, brauste er auf.

»Würden Sie so freundlich sein und mir sagen, wann ich das je getan habe, Herr Urban?«

Er schwieg einen Augenblick, weil ihm anscheinend auffiel, wie treffend diese Bemerkung war, dann sagte er: »Sie hätten Prügel verdient, Sonja . . . wahrhaftig! Ich bin fast verrückt vor Sorge um Sie . . . stelle mir schon die furchtbarsten Geschichten vor . . . und wo finde ich Sie? Und wie? Im Hause Hans Ullrich Gardens . . . in seinem Schlafanzug.«

»Sie irren sich, Herr Urban, die Sachen gehören Herrn Janos Lewin. Mit ein bißchen Augenmaß hätten Sie das leicht feststellen können.«

»Und wo liegt da der Unterschied?«

»In der Größe und im Geschmack, Herr Urban!«

»Ach, lassen Sie um Himmels willen Ihre blöden Witze! Wollen Sie mir nicht endlich erklären, was Ihnen eingefallen ist, einfach bei Garden zu übernachten . . . Ihre Arbeit im Stich zu lassen? Mich ganz verrückt zu machen?«

»Ich könnte es Ihnen erklären, aber ich bin nicht sicher, ob Sie mir glauben.«

»Das stimmt auffallend. Als ich Sie zum erstenmal gesehen habe, da habe ich Sie – Sie können mich jetzt ruhig auslachen, das geschieht mir recht – für ein vernünftiges, klar denkendes, sauberes junges Mädchen gehalten!«

Ich beugte mich leicht vor. »Wann haben Sie mich zum erstenmal gesehen, Herr Urban?«

»Ist das wichtig?«

»Sehr. Bitte, geben Sie mir eine Antwort auf diese Frage.«

Er runzelte die Stirn. »Habe ich Ihnen das nicht schon einmal gesagt? Es war bei dieser Fernsehsendung, als Hans Ullrich Garden Sie aus dem Publikum holte und zum Schluß zu seiner Assistentin ernannte.«

»War das wirklich das erstemal?«

»Aber ja. Warum sollte ich denn lügen?«

»Garden hat gestern angedeutet, daß er Sie für den Attentäter hält, Herr Urban.«

»Der Mann muß völlig übergeschnappt sein.«

»Er behauptet, daß Sie schon Zeuge meiner ersten Begegnung mit ihm geworden wären . . .«

»Wann war denn das?«

»Wissen Sie es wirklich nicht?«

»Keine Ahnung. Ich sage Ihnen doch, ich habe Sie hier zum erstenmal gesehen. Das ist die Wahrheit.«

»Na schön. Ich kann Ihnen das glauben oder nicht.«

Er beugte sich zu mir herab und packte mich bei den Schultern. »Sonja! Sie haben sich doch nicht im Ernst einreden lassen, daß ich . . . ausgerechnet ich soll es auf Hans Ullrich Garden abgesehen haben?«

»Sie mögen ihn nicht. Soviel steht fest.«

»Aber das ist doch kein Grund, ihn umzubringen.«

»Das allein natürlich nicht«, sagte ich zögernd und errötete, weil es mir peinlich war, Jürgen Urban das Motiv mitzuteilen, das Hans Ullrich Garden ihm unterstellt hatte.

Er verstand plötzlich. »Aha! Also so ist das! Er hat Ihnen weisgemacht, daß ich aus Eifersucht . . . weil ich Sie liebe . . .! Aber, Sonja, um Himmels willen, das ist doch einfach albern!«

Ich zwang mich, ihm in die Augen zu sehen. »Sind Sie in mich verliebt, Herr Urban?«

Er begann mit großen Schritten vor mir auf und ab zu gehen, holte sich ein Päckchen Zigaretten aus seiner unvermeidlichen Manchesterhose, steckte sich eine zwischen die Lippen und murmelte, während er sie sich anzündete: »Doch. Das bin ich.« Er nahm die Zigarette aus dem Mund, setzte sich auf die Bank und starrte auf seine Schuhspitzen. »Ich weiß genau, wie lächerlich ich mich mache, Sonja. Aber ich kann es nicht ändern. Ich bin in Sie verliebt – genauer gesagt, ich liebe Sie. Ich hätte mir niemals gedacht, daß mir so etwas passieren könnte. Ich liebe Sie immer noch, obwohl ich genau weiß, daß Sie Hans Ullrich Gardens Freundin sind, daß Sie ihm immer wieder verfallen, wenn er Sie auch noch so schlecht behandelt. Seien Sie mir nicht böse, wenn ich Ihnen das so offen sage, Sie wollten ja wissen, was ich für Sie empfinde. Ich habe schon oft versucht, mir mein Gefühl für Sie aus der Brust zu reißen – ein blöder Ausdruck, ich weiß, aber mir fällt nichts Besseres ein –, es gelingt mir einfach nicht. Die Vorstellung, die ich von Ihnen als Mensch habe, Sonja – ganz tief und klar in meinem Innern –, die paßt einfach nicht zusammen mit dem, was Sie wirklich sind, ich meine, wie Sie handeln. Ich kann den Eindruck nicht loswerden – und eben deshalb kann ich nicht aufhören, Sie zu lieben –, daß es sozusagen zwei Sonja Horn gibt. Die eine ist ein klarer, sauberer, anständiger Mensch – das empfinde ich jedesmal ganz stark, wenn ich Ihnen gegenüberstehe. Die andere – nun, die ist die Geliebte Hans Ullrich Gardens . . . Aber das sind doch nicht Sie selber, nicht wahr? Er muß Sie verhext haben! Oder hat er etwas gegen Sie in der Hand? Ihr Verhältnis zu Garden – daß Sie mit ihm ausgehen, daß Sie bei ihm schlafen –, all das paßt doch gar nicht zu Ihnen!«

Jürgen Urban hatte noch nie so lange hintereinander gesprochen, und dennoch hätte ich ihm gern noch viel länger zugehört. Während er sprach, fielen alle Angst, alle Sorge, alle Hysterie von mir ab. Ich spürte zutiefst, daß dies ein schöner Tag und vor allem ein wunderschöner Augenblick war. Die Vögel zwitscherten in den Bäumen, goldener Sonnenschein fiel durch das grüne Laub – ich war glücklich. Ich fühlte mich geliebt und – ich liebte wieder. Auf einmal war alles ganz einfach geworden.

»Sie haben recht«, sagte ich und sah ihn an. »Das paßt wirklich nicht zu mir. Können Sie mir verzeihen, Jürgen?«

Er wandte mir sein jungenhaftes braungebranntes Gesicht zu. »Soll das heißen ... Sie wollen jetzt endgültig mit ihm Schluß machen, Sonja?«

»Ich habe niemals mit ihm angefangen, Jürgen.«

Er verstand mich nicht. »Nein, natürlich nicht. Er mit Ihnen! Das ist mir ganz klar.«

»Auch das nicht, Jürgen ... Es ist niemals zwischen uns zu irgend etwas gekommen. Schauen Sie mich jetzt nicht so ungläubig an – wenn Sie mich wirklich lieben, müssen Sie mir auch vertrauen. Ich hätte Ihnen längst alles erklärt – ich hatte es immer wieder vor, aber ich hatte einfach Angst, daß Sie mir nicht glauben würden. Die ganze Geschichte klingt ziemlich unglaubwürdig, aber da Sie mich lieben und Hans Ullrich Garden kennen ...«

»Wollen Sie etwa behaupten, er hätte nur so getan?«

»Ja, Jürgen. Vielleicht war ich anfangs tatsächlich in ihn verliebt – oder jedenfalls sehr von ihm beeindruckt, das gebe ich zu. Aber seine ganze Art hat mich abgestoßen. Es ist wirklich so gewesen. Sie wissen doch, wie eitel Garden ist. Er legte alles darauf an, den Eindruck zu erwecken, als wenn es zwischen uns geklappt hätte. Mein Fehler ist, daß ich mitgemacht habe. Ich habe mir eingebildet, ich brauchte auf niemand Rücksicht zu nehmen – mein guter Ruf schien mir nicht wichtig. Damals – damals wußte ich auch noch nicht, daß – daß du mir so wichtig werden würdest, Jürgen!«

Er tat genau das, was jetzt zu tun war; er nahm mich in die Arme und küßte mich. Erst als der Diener uns von der Terrasse her zum Frühstück rief, wurden wir wieder vernünftig.

*

Während wir unseren Kaffee tranken und ich mit gutem Appetit meine Toastbrote aß, berührten wir beide wie auf Verabredung mit keiner Silbe die Dinge, die uns wirklich wichtig waren. Wir lachten und alberten miteinander, und der Diener, der sich die ganze Zeit in unserer Nähe zu schaffen machte, muß wohl den merkwürdigsten Eindruck von uns bekommen haben. Ich war Jürgen Urban unendlich dankbar, daß er keine Erklärung über die wunderbare Situation verlangte, in der er mich angetroffen hatte. Er glaubte mir, weil er mich liebte, und ich liebte ihn, weil er mir glaubte.

Als ich den letzten Schluck Kaffee getrunken und den letzten Krümel Brot vertilgt hatte, trat der Diener an unseren Tisch. »Wenn ich mir eine Bemerkung erlauben darf, gnädiges Fräulein . . .«

»Sie dürfen!«

»Sie sollten sich wieder hinlegen, gnädiges Fräulein, Herr Garden hat mir ausdrücklich befohlen . . .«

»Ja, ich weiß«, sagte ich rasch, »er ist sehr besorgt um mich.«

»Wieso?« fragte Jürgen Urban jetzt. »Was ist überhaupt los mit dir, Sonja? Ich habe vorhin schon bemerkt, daß du humpelst. Ist dir etwas zugestoßen?«

»Ich bin gestürzt. Ich glaube, es wird das Beste sein, du bringst mich jetzt erst mal zu einem Arzt.«

»Damit dürfte Herr Garden nicht einverstanden sein«, sagte der Diener.

Ich lachte. »Ein Glück, daß er nicht mein Vormund ist. Komm, Jürgen, gehn wir.«

»Wann darf ich das gnädige Fräulein zurückerwarten?«

»Überhaupt nicht. Herr Urban wird mich erst zum Arzt und dann in meine Pension fahren. Bitte bestellen Sie Herrn Doktor Lewin noch vielen Dank. Ich werde ihm seine Sachen zurückschicken.«

»Aber, gnädiges Fräulein – wie soll ich das denn verantworten?«

»Das ist Ihre Sache.«

»Bitte, Herr Urban, reden Sie doch dem gnädigen Fräulein diese Idee aus. Sie kann doch unmöglich in diesem Zustand und in dieser Kleidung das Haus verlassen!«

»Und ob ich das kann. Sie werden es gleich mit eigenen Augen sehen! Bitte, stütz mich, Jürgen – mein Bein tut nämlich wirklich verdammt weh. Wir können gleich außen herum gehen. Ich hoffe, du hast in der Nähe parken können?«

»Gleich vor dem Haus.«

Wir stiegen die Stufen zum Garten hinunter, und ehe wir um die Hausecke bogen, wandte ich mich noch einmal zu dem Diener um, der uns ziemlich verdutzt mit sorgenschwerem Gesicht nachsah. »Bitte, seien Sie mir nicht böse, wenn Sie meinetwegen Ärger haben sollten«, sagte ich, »und vor allem – vielen Dank für das ausgezeichnete Frühstück!«

Als ich neben Jürgen Urban im Wagen saß und er den Motor anließ, fühlte ich mich wie von einem Alpdruck befreit. »Das wäre überstanden«, sagte ich aufatmend, »diesmal warst du für mich wirklich der rettende Engel, Jürgen. Bitte, fahr ganz langsam, vielleicht finden wir hier in der Nähe irgendwo einen Arzt. Ich möchte doch nicht in meinem Aufzug mitten in der Stadt einen Auflauf riskieren!«

»Hat er dir deine Kleider weggenommen?« fragte Jürgen.

»Zur Reinigung bringen lassen.«

»Das kommt praktisch auf dasselbe heraus.«

»Nicht ganz. In dem Kleid hätte ich mich genausowenig blikken lassen können.« Ohne daß Jürgen Urban mich aufforderte, erzählte ich ihm alles, was gestern abend passiert war. Ich bemühte mich, nur das wiederzugeben, was tatsächlich zwischen uns gesprochen worden war, ich wollte Jürgen Urbans objektives Urteil hören.

»Du hattest den Eindruck, daß er es absichtlich getan hat?« fragte Jürgen, als ich geendet hatte.

»Ja. Aber ich kann mich auch täuschen. Was hältst du davon?«

»Schwer zu sagen. Jedenfalls bin ich heilfroh, daß ich dich da herausgeholt habe.«

»Ich auch. Hast du inzwischen einen Arzt gefunden?«

»Wir sind schon dreimal an einem vorbeigefahren, ich wollte dich bloß nicht unterbrechen.«

»Fein, dann können wir diesmal halten.«

Die nette junge Sprechstundenhilfe sah mich mit großen Augen an. Möglicherweise kam ihr mein Gesicht bekannt vor, doch schien sie nicht genau zu wissen, mit wem sie es zu tun hatte. Sie öffnete die Tür zu einem vollen Wartezimmer, aber ich kam dieser Aufforderung nicht nach. Ich hatte nicht die geringste Lust, stundenlang herumzusitzen. Deshalb machte ich es ziemlich spannend. Sehr nachdrücklich behauptete ich, daß ich einen Unfall gehabt hätte, es vor Kopfschmerzen nicht mehr aushalten könnte – meine merkwürdige Aufmachung tat das Ihrige dazu, möglicherweise auch Jürgen Urbans charmantes Lächeln, mit dem er die junge Dame traktierte –, jedenfalls ließ sie uns ins Sprechzimmer, als der vorige Patient abgefertigt worden war.

Der Arzt hieß Dr. Hiebler, ein älterer, etwas rauhbeiniger Herr. Er desinfizierte meine Beinwunde, machte einen neuen Verband, sprach ein paar anerkennende Worte darüber aus, daß ich eine »Heilhaut« hätte. Dann untersuchte er meinen Kopf und erklärte, daß ich auf alle Fälle mindestens zwei Wochen Bettruhe brauchte. Falls die Kopfschmerzen in dieser Zeit nicht verschwinden oder sich irgendwelche Komplikationen ergeben sollten, riet er mir, mich in einer neurochirurgischen Klinik röntgen zu lassen. Er schrieb mir noch ein paar schmerzstillende Tabletten auf, und dann war auch das erledigt.

Jürgen Urban nahm mich besorgt in Empfang. »Ist es schlimm?« fragte er.

»Überhaupt nicht.« Ich hielt es für besser zu verschweigen, daß der Arzt Bettruhe angeordnet hatte.

Als ich mit Jürgen Urbans Unterstützung die Treppe hinunterhumpelte, fragte ich: »Was soll ich jetzt tun? Ich bin sozusagen krankgeschrieben, und Hans Ullrich Garden hat mir gestern versichert, daß er ohne weiteres auf meine Hilfe verzichten könnte. Soll ich das ausnützen? Oder ist es besser, ich versuche weiter mitzumischen?«

»Auf keinen Fall«, sagte Jürgen sofort. »Sei dem Himmel dankbar, daß du einen Grund hast, dich herauszumogeln. Ich möchte nicht riskieren, daß du mit Hans Ullrich Garden zusammen in die Luft fliegst.«

»In die Luft? Wieso?« fragte ich verblüfft.

»Da der Attentäter bisher immer Pech gehabt hat, wird er diesmal versuchen, sich was Besseres auszudenken. Was gibt's für seine Zwecke Besseres als eine hübsche kleine Zeitbombe?«

»Du bist wahnsinnig!« sagte ich.

Wir stiegen in Jürgen Urbans kleines Auto, und er antwortete erst, als er den Motor gestartet hatte. »Nicht ich«, sagte er, »der Attentäter. Der Mann kann nicht ganz normal sein, vergiß das nicht. Was er auch immer für einen Grund haben mag, Garden nach dem Leben zu trachten – die Art, wie er es tut, ist nicht normal. Offensichtlich kommt es ihm ja nicht nur auf den Mord an, sondern auch auf das Publikum. Es kann doch kein Zufall sein, daß seine Attentate immer nur während der Fernsehsendungen stattfinden.«

Das alles hatte ich mir schon selbst überlegt, und ich mußte Jürgen Urban recht geben.

»Wäre es dann nicht das Richtigste, wenn wir auf eigene Faust die Kriminalpolizei verständigen würden?« schlug ich vor.

»Die sind nur zuständig für Verbrechen, die stattgefunden haben.«

»Aber sie haben doch, Jürgen! Es hat doch Anschläge auf Hans Ullrich Garden gegeben – wenn sie auch noch im letzten Augenblick verhindert worden sind.«

»Das wird man uns nicht glauben, Sonja.«

»Aber irgend etwas müssen wir doch tun. Wir können die Dinge nicht einfach treiben lassen.«

»Warum eigentlich nicht? Oder liegt dir immer noch so viel daran, Hans Ullrich Garden zu schützen?«

»Ja«, sagte ich ehrlich. »Ich halte es für unsere Pflicht. Wenn man weiß, daß ein Verbrechen geplant ist, muß man versuchen, es zu verhindern. Es ist da ganz gleichgültig, ob einem das Opfer sympathisch ist oder nicht. Ich traue Garden inzwischen alles Mögliche zu, aber niemand hat ein Recht, zur Selbstjustiz zu greifen, wenn er glaubt, daß ihm ein Unrecht geschehen ist. Dafür sind nur die Gerichte zuständig. Außerdem wissen wir nicht einmal, ob Hans Ullrich Garden wirklich etwas auf dem Kerbholz hat – vielleicht ist er durch eine unglückselige Verstrickung in irgendeine düstere Geschichte geraten. Wir wissen ja gar nichts.« Plötzlich fiel mir etwas ein. »Ich hatte ganz vergessen . . .« Ich zog den noch ungeöffneten Brief aus der Tasche.

Jürgen Urban konnte, da er am Steuer saß, nur einen kurzen Blick darauf werfen. »Was ist das?«

»Ich nehme an, einer jener mysteriösen Drohbriefe. Er lag auf dem Tisch in der Diele.«

»Du hast ihn einfach eingesteckt?«

»Warum nicht? Wir tun Hans Ullrich Garden ja nur einen Gefallen, wenn wir ihn vor einem neuen Schrecken bewahren. Außerdem hilft es uns vielleicht weiter, wenn wir den Brief lesen – mir hat er übrigens schon geholfen.«

»Wieso? Er ist doch noch gar nicht offen.«

»Aber der Poststempel ist Untersteinbach. Was sagst du jetzt?«

Jürgen Urban pfiff durch die Zähne. »Das ist eine tolle Sache!«

»Finde ich auch.« Ich öffnete den Umschlag und zog einen kleinen weißen Bogen hervor, las die Druckbuchstaben: »Du glaubst, Du bist Deinem Rächer entronnen. Du irrst Dich. Bisher war alles nur Spiel, nun erst wird es Ernst.« Darunter stand: »Johann Gärtner, geboren am 11. November 1918, gestorben am 5. August 1960.«

»Am 5. August findet die nächste Quizsendung statt, nicht wahr?« sagte Jürgen Urban.

»Stimmt auffallend.«

»Wir müssen Garden diese Warnung zukommen lassen«, behauptete er.

»Unsinn!« protestierte ich. »Garden ist gewarnt genug. Außerdem wird er bis zur Sendung noch mehr solche Briefe bekommen. Nein, den behalte ich, vielleicht läßt sich etwas damit anfangen.«

»Was denn um Himmels willen?«

»Weiß ich selbst noch nicht. Etwas wird mir schon noch einfallen.«

»Bitte, halte mich nicht für herzlos«, sagte Jürgen, »aber eigentlich ist es ja ein wahres Glück, daß du so lädiert bist. Damit bist du außer Gefahr, und außerdem können wir jetzt in aller Ruhe nach Untersteinbach fahren und Nachforschungen anstellen. Du kommst doch mit, nicht wahr?«

Wir waren vor der »Pension Television« angekommen, und Jürgen Urban bremste.

»Ich werde es mir erst noch überlegen«, sagte ich. »Das Wichtigste scheint mir im Augenblick, wie ich aus dem Wagen herauskommen soll, ohne allzuviel Aufsehen zu erregen. Wie wär's, wenn du allein nach oben liefst und meinen Mantel herunterholtest?«

Nachdem es Jürgen Urban gelungen war, mich wohlbehalten und ziemlich unbeobachtet auf mein Zimmer zu bringen, verabschiedete er sich, denn er hatte auf der Redaktion zu tun. Ich legte ihm noch ans Herz, nichts über die Ereignisse der letzten vierundzwanzig Stunden verlauten zu lassen, und er versprach es auch.

Als er mich noch einmal in den Arm nahm und zärtlich küßte, kam es mir vor, als wenn wir schon ein sehr altes und vertrautes Liebespaar wären, dabei war ich mir erst vor wenigen Stunden über meine Gefühle klargeworden.

Ich trat ans Fenster und sah, wie er in seinen kleinen Wagen stieg. Ich wünschte mir sehr, daß er noch einen Blick zu mir heraufwerfen würde, und er tat es. Sein Gesicht strahlte auf, er winkte. Ich warf ihm eine Kußhand zu.

Dann war ich allein, aber meine Einsamkeit hatte nichts Bedrohliches mehr für mich. Ich wußte jetzt, daß es einen Menschen gab, auf den ich mich felsenfest verlassen konnte und der mir in jeder Beziehung zur Seite stehen würde.

Zwischen Jürgen Urban und mir war alles klar und gut, aber den anderen Problemen waren wir noch keinen Schritt nähergekommen. Vielleicht hatte Jürgen Urban recht, und wir würden in Untersteinbach das Geheimnis um Hans Ullrich Garden und die schrecklichen Attentate lichten können. Ich hatte versprochen, ihn noch am Nachmittag wissen zu lassen, ob ich ihn nach Untersteinbach begleiten wollte, aber es fiel mir schwer, mich zu entscheiden. Ich wußte selbst nicht genau, was mich zurückhielt. Hatte ich Angst, daß während unserer Abwesenheit im Studio etwas Entscheidendes geschehen würde? Auch wenn der Anfang der grausamen Geschichte in Untersteinbach zu finden war, das Ende würde sich ganz gewiß nicht dort abspielen. Wo sollten wir mit unseren Nachforschungen überhaupt einsetzen?

Plötzlich kam mir ein Einfall, der mir so einleuchtend schien, daß ich nicht begriff, wieso ich nicht schon früher daran gedacht hatte. Um den Täter zu finden, brauchte man doch nur eins und eins zusammenzuzählen. Die erste Tatsache bestand darin, daß der Attentäter zu unserem Fernsehteam gehören mußte, denn sonst hätte er gar keine Gelegenheit gehabt, die Mordanschläge durchzuführen. Die zweite Tatsache war, daß der Täter eine sehr nahe Verbindung zu Untersteinbach haben mußte, denn sonst hätte er die anonymen Briefe nicht von dort abschicken können.

Wenn es uns gelang herauszubekommen, wer von den Fernsehleuten Beziehungen zu Untersteinbach hatte, kannten wir auch den Täter.

Während ich überlegte, fiel mir eine sehr interessante Tatsache auf, die ich bisher immer übersehen hatte. Hans Ullrich Garden kannte seinen Mörder nicht von Angesicht. Jürgen Urban und ich hatten bisher immer unterstellt, daß der Attentäter eine alte Rechnung mit Hans Ullrich Garden zu begleichen hatte. Das aber schien mir plötzlich ganz unmöglich, denn dann hätte der Quizmaster ihn doch sofort wiedererkennen müssen. Warum war das nicht geschehen? Natürlich wimmelten im Fernsehstudio immer eine Menge Leute herum, die man sich nicht näher ansah – Kameraassistenten, Regieassistenten, Bühnenarbeiter. Aber ich war dennoch sicher, daß es Hans Ullrich Garden, wenn sich tatsächlich ein alter Bekannter unter ihnen befand, längst hätte auffallen müssen.

Ich erinnerte mich, daß Gaby behauptet hatte, der Attentäter müßte ein Vater oder ein Bräutigam eines verführten Mädchens sein. Damit wäre dieses Problem natürlich gelöst. Hans Ullrich Garden konnte das Mädchen gekannt haben, nicht aber ihre Verwandtschaft. Wenn seine Darstellung des Untersteinbacher Abenteuers stimmte – was mir nach wie vor nicht ganz glaubhaft erschien –, hätte natürlich theoretisch der Bäckergeselle, der die verlassene Susanne geheiratet hatte, der Attentäter sein können. Hans Ullrich Garden brauchte ihn nicht persönlich zu kennen.

Aber wie kam ein Bäckergeselle zum Fernsehen? Ich dachte einige Zeit verbissen über dieses Problem nach, bis mir auf einmal – buchstäblich schlagartig – klar wurde, wo wir in diesem Stadium der Entwicklung mit unseren Nachforschungen ansetzen mußten – nicht in Untersteinbach, sondern im Fernsehstudio. Ich mußte die Vergangenheit jedes einzelnen Mitarbeiters Hans Ullrich Gardens durchleuchten.

Einen Augenblick dachte ich daran, Jürgen Urban für diese Aufgabe einzusetzen, aber ich verwarf den Gedanken bald wieder. Es würde Tage, vielleicht sogar Wochen dauern, bis er jeden einzelnen ausgequetscht hatte, und gerade der Attentäter würde sich wohlweislich hüten, irgendwelche Beziehungen zu Hans Ullrich Gardens Vergangenheit oder gar zu Untersteinbach zuzugeben.

Es blieb nur ein einziger Weg, und den mußte ich allein beschreiten. Ich erinnerte mich an den Fragebogen, den ich hatte ausfüllen müssen, bevor ich meinen Fernsehvertrag erhielt. Die Personalabteilung des Senders besaß die Unterlagen und Daten über jeden einzelnen, der in den Studios arbeitete. Hier mußte ich ansetzen.

Ich mußte handeln, und zwar rasch. In Windeseile zog ich mich um; ich hatte das Gefühl, daß keine Zeit mehr zu verlieren war.

Das Glück war mir gewogen. Als ich in das Personalbüro des Senders humpelte – ich hatte mir einen bunten Seidenschal um den Verband meines verletzten Beines gebunden und hoffte, damit eine neue Mode zu kreieren –, war der große helle Raum fast ausgestorben. Nur der nette ältere Herr mit dem gepflegten Schnurrbart, der sich meiner bei meinem Eintritt so herzlich angenommen hatte, saß an seinem Platz und löffelte versonnen Joghurt aus einem Pappbecher. In der Art, wie er den Kopf hob, als ich eintrat, sah ich, daß er sich durch mich gestört fühlte.

Ich hielt es für angebracht, mein charmantestes und telegenstes Lächeln aufzusetzen, und flötete: »Oh – ich bitte tausendmal um Entschuldigung! Wenn ich geahnt hätte, daß Sie gerade Mittag machen . . .«

Er stellte den Becher aus der Hand und fragte: »Sie wünschen?«

»Gar nichts von Belang«, versicherte ich rasch, »ich kann genausogut später noch einmal hereinschauen.«

Ich tat so, als wenn ich mich zurückziehen wollte, aber er reagierte, wie ich erwartet hatte.

»Ach, bleiben Sie schon«, sagte er freundlicher, »wieso sind Sie nicht beim Essen?«

»Weil ich krankgeschrieben bin, deshalb komme ich ja zu Ihnen.«

»Haben Sie's auf dem Magen?« fragte er interessiert.

Ich lachte, als wenn er einen sehr guten Witz gemacht hätte, und an seinem Gesicht sah ich, daß er es fast selbst glaubte. »Nein, natürlich nicht«, erklärte ich, »nur weil ich jetzt augenblicklich nicht arbeitsmäßig an das Haus gebunden bin, ziehe ich es vor, woanders zu essen. Das Kantinenessen – also, vielleicht bilde ich es mir ein –, aber es ist mir einige Male sehr schlecht bekommen.«

Er begann sich sofort für dieses Thema zu erwärmen und hielt mir einen langen Vortrag über die Nachteile der Massenverpflegung im allgemeinen und die Mängel der Abspeisung in unserer Kantine im besonderen. Ich hörte ihm aufmerksam zu, während ich innerlich betete, daß ich meine Fragen stellen könnte, bevor die anderen zurück waren.

Endlich machte er eine Pause, und ich warf rasch ein: »Sie haben völlig recht. Ja, wahrhaftig! Empfunden habe ich das alles, was Sie mir jetzt erklärt haben, auch schon – aber ich hätte es nie so klar formulieren können.«

Er strich sich wohlgefällig über seinen kleinen Schnurrbart und erklärte: »Ja, wissen Sie, Fräulein, ich beschäftige mich nämlich in meiner Freizeit mit Ernährungswissenschaft. Das ist sogar mein Hobby.«

»Sehr modern und sehr interessant!« sagte ich anerkennend. Um ihn von seinem Lieblingsthema abzubringen, schob ich ihm rasch das Attest Dr. Hieblers, das ich mir vorsorglich hatte ausstellen lassen, über die Barriere zu.

Er studierte es mit hochgezogenen Augenbrauen. »Aber hier steht doch: Zwei Wochen strengste Bettruhe! Wieso laufen Sie dann hier herum?«

»Ich dachte – ja, bitte, es tut mir leid, wenn ich es falsch gemacht habe – aber ich wollte mich vorher ordnungsgemäß abmelden. Sonst hätte ich mich doch gar nicht mit ruhigem Gewissen ins Bett legen können.«

»Sehr gewissenhaft«, sagte er, »aber merken Sie es sich für das nächstemal: Es genügt, wenn Sie Ihre Krankmeldung schriftlich abgeben. Ist Herr Garden über Ihre Erkrankung orientiert?«

»Natürlich«, sagte ich, »aber ich dachte, es wäre Vorschrift ...«

»Das ist sehr anerkennenswert, mein liebes Fräulein. Leider neigen unsere Angestellten dazu, die Personalabteilung zu übersehen, obwohl sie – ich übertreibe nicht – eine der wichtigsten im ganzen Sendebetrieb ist.«

»Darüber bin ich mir völlig klar«, erklärte ich ernsthaft, »ohne Ihre Abteilung wäre doch ein reibungsloser Ablauf undenkbar, nicht wahr?«

»Sie haben bemerkenswert vernünftige Anschauungen, Fräulein ...«, er las meinen Namen auf dem ärztlichen Attest,

»Horn.«

Ich lächelte ihm zu. »Sagen Sie ruhig Sonja zu mir, das bin ich gewohnt.«

»Ach ja, natürlich . . . Sonja, die umschwärmte Quizassistentin. Ich selbst sitze zwar sehr selten am Fernsehschirm, ich beschäftige mich lieber mit ernsthafteren Problemen; aber meine Frau ist wahrhaftig ganz begeistert von Ihnen, Fräulein Sonja. Sie kann gar nicht glauben, daß Sie uns schon so bald wieder verlassen wollen. Oder haben Sie sich inzwischen doch überlegt, Ihren Vertrag zu verlängern?«

»Mir geht's genau wie Ihnen«, erklärte ich, »ich beschäftige mich lieber mit ernsthafteren Problemen. Sie wissen ja – jedenfalls steht es in meinen Akten –, ich studiere Soziologie. Deshalb habe ich ja eigentlich auch nur Hans Ullrich Gardens Angebot angenommen. Ich bereite mich nämlich auf meine Dissertation vor . . . Das Fernsehen als soziologisches Phänomen.«

Er war beeindruckt. »Donnerwetter! Das ist interessant.«

»Leider«, sagte ich und machte traurige Augen, »bin ich damit doch nicht viel weitergekommen, wissen Sie, die praktische Arbeit hat mir gar keine Zeit zu soziologischen Untersuchungen gelassen. Wahrscheinlich wäre es gescheiter gewesen, wenn ich versucht hätte, in die Personalabteilung zu kommen.«

Er lachte. »Davon hätten Sie bald genug gekriegt, Fräulein Sonja.«

»O nein, das glaube ich nicht«, behauptete ich, »bestimmt haben Sie einen viel tieferen Einblick in den ganzen Fernsehbetrieb, als man ihn je von der Bühne aus gewinnen kann, nicht wahr?«

Er zeigte mit einem geschmeichelten Lächeln eine Reihe weißer, regelmäßiger und ganz gewiß nicht echter Zähne. »Nun ja. Einiges wissen wir hier schon . . .«

Ich entschloß mich, die Katze aus dem Sack zu lassen. »Ich brauchte für meine Doktorarbeit dringend einige Unterlagen. Ich hatte eigentlich nicht vor, Sie darum zu bitten, aber weil Sie so nett zu mir sind . . . Sie wären ein Engel, wenn Sie mir helfen würden.«

»Unterlagen?« Er runzelte die Stirn. »Ich weiß nicht recht . . .«

»Ich werde es Ihnen erklären. Bitte, fürchten Sie nicht, daß ich eine Indiskretion von Ihnen verlange. An den Namen bin ich gar nicht interessiert, ich kann sie für meine Dissertation sowieso nicht verwerten. Ich möchte nur gerne in Erfahrung bringen, wo die einzelnen Mitarbeiter herkommen – ich meine ganz einfach, aus Dörfern, aus Kleinstädten oder aus Großstädten – und wie sie zum Fernsehen gekommen sind, verstehen Sie? Was für eine Ausbildung sie gehabt haben und ob sie direkt oder erst auf irgendwelchen Umwegen hier Mitarbeiter geworden sind. Natürlich habe ich mich schon mit den Personen, die ich kenne, darüber unterhalten und mir auch einige Notizen gemacht. Aber das nutzt mir nicht viel. Ich brauche einen großen, allgemeinen Überblick.«

»Und den soll ich Ihnen geben? Mein liebes Fräulein, ich würde Ihnen wirklich sehr gerne helfen, aber haben Sie eine Ahnung, wieviel Leute insgesamt in unserem Betrieb arbeiten?«

»Ja, ich sehe schon ein, das ist zuviel verlangt«, gab ich nach, »aber es würde mir schon nutzen, wenn ich etwas über den Kreis um Hans Ullrich Garden erfahren könnte, also über die Mitarbeiter bei seinem großen Fernsehquiz. Ich habe sowieso schon daran gedacht, meine Dissertation doch lieber auf die soziologischen Hintergründe der Quizsendungen zu beschränken.« Ich strahlte ihn an. »Sie würden der Wissenschaft damit einen ungeheuren Dienst erweisen!«

Das saß. Der alte Knabe bequemte sich endlich aufzustehen, trat an ein riesiges Regal, das von oben bis unten mit Ordnern gefüllt war, blickte prüfend darüber hin und zog endlich zwei heraus. »Also gut, gehen wir's an«, sagte er, als er sich setzte, »aber sobald die Mittagspause vorbei ist . . .«

». . . werde ich verschwinden«, versprach ich. Ich zog einen Schreibblock und einen Tintenstift aus meiner Kollegtasche und wartete voll Spannung. Aber was ich jetzt erfuhr, war vielleicht in mancher Hinsicht sehr interessant – obwohl der Personalbearbeiter mir keine Namen nannte, erkannte ich doch meist sehr rasch, um wen von Hans Ullrich Gardens künstlerischen Mitarbeitern es sich jeweils handelte: Ellinor Gregory, die Kostümberaterin, stammte wie ihr Mann aus Österreich, war Mannequin gewesen und zum zweitenmal verheiratet; Lilo, die Cutterin, war siebenundvierzig Jahre und Junggesellin, sie kam aus Sachsen; Gaby wurde in den Akten als ledig geführt, und Lenchen Krupp, die ich immer für eine alte Jungfer gehalten hatte, war Witwe und nicht in Düsseldorf geboren, wie sie behauptete, sondern in Neuß am Rhein. Aber all diese Einzelheiten brachten mich auch nicht einen Schritt weiter. Als mein Freund und Helfer den ersten Ordner zuklappte, war ich sehr enttäuscht, und es fiel mir schwer, es mir nicht anmerken zu lassen.

»Hier haben wir dann noch die Bühnenmaler, die Bühnenarbeiter, die Inspizienten und das andere technische Personal – aber das wird Sie wohl kaum interessieren, wie?«

»O doch«, erwiderte ich, »gerade die!«

Er seufzte. Anscheinend bereute er es schon, daß er sich hatte breitschlagen lassen, mir zu helfen. »Ganz wie Sie wollen«, sagte er resigniert, »also gehen wir's an!«

Er redete und redete, und ich mußte so schnell stenografieren, daß mir die Finger schmerzten, und dabei hatte ich dauernd das Gefühl, daß alles völlig sinnlos war. Nie würde ich auf diese Weise auch nur einen Zipfel der Wahrheit erwischen.

Plötzlich horchte ich auf.

»Malermeister«, hatte mein Freund gesagt, »jetzt Bühnenmaler, wohnhaft in Untersteinbach ...«

»Untersteinbach?« sagte ich rasch. »Na so was! Ich habe mal als Kind meine Ferien in Untersteinbach verbracht – ein zauberhaftes Städtchen! Ich kann mir schon vorstellen, daß man sich da schwer losreißen kann. Aber ist es nicht ziemlich umständlich, in Untersteinbach zu wohnen und hier zu arbeiten?«

»Da müssen Sie Herrn Schulze selbst fragen; soviel ich weiß, fährt er jedes Wochenende nach Hause.«

Am liebsten hätte ich dem alten Knaben einen Kuß gegeben, ihm den Ordner vor der Nase zugeschlagen und wäre davongesaust, aber ich durfte mir nicht anmerken lassen, wieviel mir diese Mitteilung bedeutete. Ich zwang mich also zur Ruhe, hörte mir weiterhin seinen monotonen Vortrag über Daten, Ortsnamen und Berufsbezeichnungen an. Dabei kritzelte ich wie eine Verrückte auf meinem Block herum, obwohl ich ganz sicher war, daß ich später niemals mehr ein einziges Wort würde entziffern können.

Wir hatten es geschafft, noch bevor die Mittagspause zu Ende war.

»Ich weiß nicht, wie ich Ihnen danken soll«, sagte ich, als er endlich aufstand und die Ordner an ihren alten Platz auf dem Regal zurückstellte.

»Nicht der Rede wert. Hoffentlich können Sie überhaupt etwas von all dem brauchen.«

»Ganz bestimmt«, sagte ich strahlend, »Sie ahnen gar nicht, wie ich es brauchen kann! Würde es Ihnen Freude machen, wenn ich Ihnen später ein Exemplar meiner Dissertation widmen würde? Als kleinen Dank sozusagen?«

»Ja – wollen Sie das wirklich tun? Das wäre natürlich . . .« Er strich sich über sein Bärtchen. »Dann hätte es sich gelohnt.«

Nachdem ich noch ein paar passende Dankes- und Abschiedsworte gemurmelt hatte, konnte ich mich endlich entfernen. Ich war so aufgeregt, daß ich es trotz meines schmerzenden Beines nicht fertigbrachte, vernünftig zu gehen. Ich rannte hüpfend durch die Gänge und durch die große Eingangshalle aus dem Haus hinaus. Jeder, der mich beobachtete, mußte unweigerlich annehmen, daß ich einen Sonnenstich hatte oder sonst irgendwie übergeschnappt war.

Ich wagte es nicht, vom Fernsehhaus oder von meiner Pension aus Jürgen Urban anzurufen, sondern machte mir die Mühe, bis zum nächsten Postamt zu hüpfen und zu warten, bis eine Telefonkabine frei wurde. Es dauerte drei Minuten, die mir wie eine kleine Ewigkeit erschienen. Ich wählte die Nummer seiner Redaktion. Ein Mädchen mit einer etwas blechernen Stimme verband mich mit Jürgen.

Er ließ mich gar nicht zu Wort kommen. »Hast du dich entschlossen?« fragte er sofort.

»Für was?«

»Sonja! Du wolltest mir doch mitteilen, ob du mit nach Untersteinbach kommst!«

»Ach, Jürgen, das meinst du! Nein, das hat sich jetzt erübrigt.«

»Erübrigt? Bist du verrückt geworden? Wie kann sich das denn erübrigt haben?«

»Weil ich den Mörder gefunden habe! Jürgen, stell dir vor, ich habe ihn entdeckt!«

»Bist du ganz sicher?«

»Völlig. Wir müssen uns sofort sehen und besprechen, was jetzt zu tun ist.«

»Gut. Ich fahre zu dir raus.«

»Nein, lieber nicht«, wehrte ich ab, »ich glaube, es ist besser, man sieht uns hier nicht zusammen.«

»Rücksicht auf Garden?«

»Nein, Vorsichtsmaßnahme! Kennst du die Weinstube ›Glöckl‹? Sie muß in der Nähe eurer Redaktion sein. Könnten wir uns nicht dort treffen? Hunger habe ich nämlich auch.«

»Wann?«

»Ich nehme den nächsten Bus.«

»Gut – also dann in einer Viertelstunde!«

Ich hörte, daß er noch nicht eingehängt hatte, und sagte rasch: »Ich liebe dich, Jürgen!«

»Ich dich auch.«

Die Weinstube »Glöckl« war ein gutes, bürgerliches Lokal. Ich hatte dort einmal mit Gaby, als wir noch einigermaßen befreundet waren, zusammen zu Abend gegessen, und es war mir seither in guter Erinnerung geblieben. Ich hatte es gewählt, weil ich das Bedürfnis hatte, mir zur Feier des Tages etwas Besonderes zu gönnen.

Jürgen Urban kam wenige Minuten, nachdem ich in einer der kleinen holzgetäfelten Nischen einen freien Platz gefunden hatte. Ich bestellte mir einen Junghirschbraten mit Preiselbeeren und Kartoffelkroketten, Jürgen wählte eine Schlachtplatte, wir tranken wieder ein kleines Bier.

Ich hatte erwartet, daß Jürgen mich mit Fragen bestürmen würde, und war maßlos enttäuscht, daß er kein einziges Wort über meine Entdeckung verlor. Wahrscheinlich erwartete er, daß ich von selbst anfangen würde, darüber zu sprechen, aber ich tat ihm nicht den Gefallen. So redeten wir über alles Mögliche, nur nicht über meine aufsehenerregende detektivische Leistung, bis wir unser Essen vertilgt hatten.

Dann erst murmelte er, eine Zigarette zwischen den Lippen, das Feuerzeug in der Hand: »Also, schieß endlich los, Sonja!«

Mein Eifer war inzwischen etwas abgekühlt, und ich sagte zögernd: »Ich hoffe bloß, daß du mich nicht auslachst . . .«

»Wieso?« fragte er und nahm die Zigarette aus dem Mund. »Vorhin warst du doch noch so sicher.«

»Ja, vorhin. Aber inzwischen habe ich mir die Sache noch einmal durch den Kopf gehen lassen. So weit, wie ich geglaubt habe, bringt uns meine Entdeckung vielleicht doch nicht. Leider.«

»Also, mach's nicht so spannend, Sonja, rück endlich mit deiner sensationellen Neuigkeit heraus. Ob sie von Bedeutung ist oder nicht, werde ich dann entscheiden.«

Ich wurde wütend. Erst hatte er mir die ganze Freude verpatzt, und jetzt wollte er mich noch als vollendeten Trottel hinstellen. »Wie kommst du mir vor?« fragte ich. »Wenn du dir einbildest, daß du soviel gescheiter bist als ich, dann betreibe deine Untersuchungen gefälligst auf eigene Faust! Ich kann jederzeit auf deine Hilfe verzichten.«

»Ist das ein Ultimatum?«

»Ja, und nicht nur für diesen einzigen Fall. Wenn überhaupt je etwas mit uns beiden werden soll, mußt du dir angewöhnen, mich wie einen Menschen zu behandeln und nicht wie – wie einen unmündigen Dackel. Die angebliche Überlegenheit des männlichen Geschlechts ist längst ad absurdum geführt, wir leben im Zeitalter der Gleichberechtigung.«

Er lachte. »Hat euch das euer Professor beigebracht?«

»Das und noch einiges mehr. Also – willst du jetzt lieb, bescheiden und ohne Zwischenfragen zuhören oder nicht?«

Er grinste. »Ich beuge mich der Gleichberechtigung. Ist es recht so?«

»Großartig. Also – paß auf!« Ich erzählte Jürgen Urban von meinen Überlegungen und wie ich auf den Gedanken gekommen war, mit meinen Nachforschungen bei der Personalabteilung einzusetzen. Ich berichtete ihm wahrheitsgetreu, wie ich den alten Knaben eingewickelt hatte, und dann erst platzte ich mit der Sensation heraus: »Stell dir vor, es gibt einen Menschen, der in Hans Ullrich Gardens Team arbeitet und Beziehungen zu Untersteinbach hat – Otto Schulze, der Bühnenmaler. Was sagst du jetzt?«

»Toll!« sagte er ehrlich beeindruckt. »Du bist wirklich eine ganz große Nummer, Sonja!«

»Ist das dein Ernst? Oder willst du mich auf den Arm nehmen?«

»Es ist mein voller Ernst. Das hast du großartig gemacht.«

Ich seufzte. »Soviel, wie ich anfangs geglaubt hatte, nutzt uns diese Entdeckung leider doch nicht.«

»Immerhin«, sagte Jürgen Urban anerkennend, »hilft sie uns ein ganzes Stück weiter. Jetzt kennen wir den Namen des Täters ...«

»Ach, Jürgen«, unterbrach ich ihn niedergeschlagen, »ich kann mir nicht vorstellen ... Ausgerechnet Otto Schulze! Kennst du ihn? Ein ruhiger, freundlicher Mann – ein wirklich netter Mensch –, ich kann beim besten Willen nicht glauben, daß er der Mörder ist!«

»Otto Schulze? Ist das nicht der mit dem Existentialistenbart?«

»Ja«, sagte ich, »das ist aber auch das einzige Besondere an ihm.«

»Sonja! Fällt dir wirklich nichts auf? Überleg doch mal. Warum läßt sich ein moderner Mensch ein solches Sauerkraut im Gesicht wachsen?«

»Wahrscheinlich, weil es ihm gefällt!«

»Unsinn! Um nicht erkannt zu werden. Wir haben uns immer den Kopf darüber zerbrochen, wieso Garden den Täter, dem er doch früher schon einmal begegnet sein muß, nicht wiedererkannt hat. Jetzt haben wir die Lösung! Der Bart! Ein Bart kann einen Menschen völlig verändern.«

»Klingt ziemlich einleuchtend«, sagte ich. »Aber ob die Kriminalpolizei uns das abnimmt?«

»Natürlich können wir in diesem Stadium unserer Untersuchungen noch nicht zur Polizei gehen«, erklärte er ernsthaft, »aber wir tappen jetzt wenigstens nicht mehr im dunkeln. Otto Schulze muß der Täter sein. Uns fehlt nur noch der Beweis und das Motiv.«

»Nur noch!« sagte ich. »Ich finde, das ist doch die Hauptsache. Wie wollen wir ihm das je beweisen?«

»Gar nicht mal so schwer, Sonja – dank deiner weisen Voraussicht! Ich hoffe, du hast den anonymen Brief noch nicht weggeworfen?«

»Was hältst du denn von mir? Dann hätte ich ihn gar nicht erst zu entwenden brauchen!«

»Ausgezeichnet. Wir gehen mit diesem Brief und einer Schriftprobe Otto Schulzes zum Graphologen ...«

»Jürgen – wo willst du denn eine Schriftprobe von Otto Schulze hernehmen? Meinst du, der gibt sie uns freiwillig?«

»Verdammt, daran habe ich nicht gedacht.« Jürgen drückte seine Zigarette aus. »Sag mal, bestimmt hat er doch schon mal wo seine Unterschrift abgegeben – ich meine, wenn er Material empfängt oder so?«

»Schon möglich. Aber glaubst du, wir könnten diese Unterschrift herausholen? Niemals. Außerdem würde sie uns gar nicht viel nützen. Soviel ich weiß, kritzeln sie da bloß was hin.«

»Na, immerhin, wenn wir dieses Gekritzel hätten . . .«

»Wir kriegen es nicht, Jürgen. Laß dir was Besseres einfallen.«

Er legte die Stirn in tiefe Falten und dachte angestrengt nach. »Na ja«, glaubte er endlich, »dann bleibt's also dabei – wir fahren nach Untersteinbach. Ja, ja, ich weiß, Sonja, dir paßt das nicht, aber bedenke doch, daß wir jetzt einen sehr schönen Anhaltspunkt haben! Wir brauchen nicht mehr die Beziehungen Hans Ullrich Gardens zu einem Unbekannten in Untersteinbach, sondern nur noch die Beziehungen zwischen Garden und Otto Schulze zu erforschen. Für einen gewiegten Journalisten wie mich ist das ein Kinderspiel.«

Ich lachte. »Ich bin zwar kein gewiegter Journalist, Jürgen; aber dafür ist mir inzwischen eingefallen, wie ich an eine Schriftprobe von Otto Schulze kommen könnte!«

»Da bin ich mal gespannt.«

»Es ist höchst einfach, Jürgen. Du weißt doch sicher, was ein Poesiealbum ist?«

»Na klar. So etwas hatten die Mädchen bei uns im Kindergarten.«

»Sei nicht albern, Jürgen, deine Überheblichkeit geht mir langsam auf die Nerven. Was hast du gegen Poesiealben? Ein Gästebuch ist doch schließlich auch nichts anderes, und so was führen die gescheitesten Leute.«

Jürgen Urban starrte mich an. »Hast du etwa vor, Schulze etwas in dein Poesiealbum schreiben zu lassen? Und du glaubst, er wird nicht merken, woher der Wind weht?«

»Ganz bestimmt nicht, mein Süßer. Ich werde nämlich alle einschreiben lassen – das ganze Fernsehteam, verstehst du?«

»Und wie willst du das motivieren?«

»Um Himmels willen, Jürgen, sei doch nicht so schwerfällig! Was ist da groß zu motivieren? Ich halte ihnen das Album unter die Nase und sage, ich möchte ein paar Zeilen oder wenigstens eine Unterschrift zur Erinnerung sammeln. Das ist doch nichts Absonderliches!«

Er zündete sich eine Zigarette an. »Unter normalen Umständen vielleicht nicht, aber du scheinst zu übersehen, daß wir mitten in einem Kriminalfall stehen. Niemand wird dir abnehmen, daß du aus einer sentimentalen Regung heraus Unterschriften zur Erinnerung sammelst.«

»Sentimentale Regung«, sagte ich. »Quatsch! Ich habe ja ein angefangenes Album – ja, ich weiß, du hältst mich jetzt für eine alberne Gans, aber ich kann es nicht ändern. Meine Kommilitonen haben mir, als ich zum Fernsehen ging, ein Album mit ihren Unterschriften und vergnüglichen Sprüchlein geschenkt. Ich habe es in der Pension. Du kannst es dir ansehen. Ich fand das nett und habe mich darüber gefreut.«

»Das würde die Sache natürlich glaubhafter machen«, gab er zu.

»Niemand wird etwas dabei finden«, behauptete ich. »Und wenn – was schadet das? Das Schlimmste, was uns passieren kann, ist, daß Otto Schulze sich weigert, etwas in mein Album zu schreiben. Und das wäre doch auch nur eine Bestätigung für unseren Verdacht, nicht wahr?«

»Mir gefällt das gar nicht«, sagte er stirnrunzelnd.

»Und warum nicht, wenn ich fragen darf?«

»Ich mag nicht, daß du dich so exponierst. Der Täter ist ein gefährlicher Bursche. Wenn er merkt, daß wir ihm auf der Spur sind, wird er zuschlagen.«

»Du bist überängstlich, Jürgen. Bis jetzt hat Schulze nicht die geringste Ahnung, daß ich mich überhaupt mit der Sache beschäftige.«

»Aber Garden«, sagte Jürgen. »Hast du schon vergessen, was dir gestern abend passiert ist?«

»Garden wird davon nichts erfahren«, sagte ich. »Paß mal auf. Die Situation ist doch die: Heute abend veranstaltet Garden mit seinen Leuten einen großen bunten Abend in Eppenheim. Er und Lewin und Gaby und alle Prominenten werden in ihren oder in den funkeigenen Autos hinausfahren, das technische Personal fährt bestimmt mit der Bahn. Ich brauche also nur herauszubekommen, mit welchem Zug sie fahren, fange sie am Bahnhof ab und lasse mir die Unterschriften geben.«

»Wenn das nur gutgeht.«

»Warum sollte es nicht? Ich habe nicht die geringsten Bedenken.«

»Aber ich, Sonja«, sagte er entschlossen. »Auf keinen Fall werde ich es dich allein machen lassen. Ich komme mit. Versuch nur nicht, mir das auszureden.«

»Ich muß es leider, Jürgen. Deine Anwesenheit würde die Sache erst recht verdächtig machen. Also tu mir die Liebe und laß es mich versuchen. Ich verspreche dir, wenn ich nichts erreiche, fahre ich mit dir nach Untersteinbach. Ist das ein Wort?«

»Ja.«

Meine Rechnung ging nicht ganz auf. Als ich im Fernsehstudio anrief, erfuhr ich, daß eine Gruppe unseres Teams mit dem Zug fünfzehn Uhr siebzehn vom Südbahnhof abfahren sollte. Das konnte ich gerade noch schaffen, wenn ich mir ein Taxi nahm. Natürlich mußte ich vorher noch zur »Pension Television«, um mein Album zu holen.

Es war eine ziemliche Hetze, und atemlos kam ich, wenige Minuten vor der Abfahrt des Zuges, auf dem Bahnsteig an. Zum Glück standen unsere Leute noch in einem Grüppchen vor ihrem reservierten Abteil zusammen. Sie ließen sich heiße Würstchen mit Senf schmecken. Alle fanden meine Idee, ihre Unterschriften in meinem Album zu sammeln, großartig. Die Techniker hatten selten Gelegenheit, Autogramme zu geben, und sie taten es jetzt mit Vergnügen. Ich mußte jedem meinen Buckel hinhalten, und sie trugen sich alle der Reihe nach mit mehr oder minder witzigen Zusätzen ein.

Es ging viel leichter, als ich geglaubt hatte, und als der Zug abgepfiffen wurde, hatte jeder seinen Wilhelm eingetragen – nur der, auf den es mir eigentlich angekommen war, Otto Schulze, nicht. Der Bühnenmaler war überhaupt nicht auf dem Bahnsteig erschienen. Ich hoffte bis zum letzten Augenblick, daß er auftauchen würde, aber vergebens.

Die Männer winkten mir lachend aus den offenen Fenstern zu, als der Zug anfuhr. Ich humpelte nebenher und rief verzweifelt: »Wo ist Schulze?«

Eberhard, einer der Elektriker, beugte sich heraus und schrie, die Hände vor dem Mund, zurück: »Der Otto fährt mit den Requisiten!«

»Wann?« schrie ich.

Eberhard zuckte die Achseln. Taschentücher flatterten, das Abteilfenster wurde hochgezogen. Der Zug fuhr aus der Halle, ich stand verlassen und enttäuscht auf dem Bahnsteig.

Aber ich war nicht so schnell bereit aufzugeben.

Ich humpelte die Treppe hinunter, durch die Unterführung und auf den Vorplatz hinaus zum Taxistand.

»Bitte, zum Fernsehstudio«, sagte ich zu dem Fahrer, der mir die Tür öffnete. »So schnell wie möglich!«

Ich stieg ein und ließ mich in das Polster zurücksinken. Ich war entsetzlich enttäuscht. Warum hatte ich die Möglichkeit überhaupt nicht in Betracht gezogen, daß Schulze nicht mit der Bahn fahren würde? Das war ein unverzeihlicher Fehler gewesen. Schlimmer noch war, daß ich nach ihm gefragt hatte. Wenn ich den Mund gehalten hätte, hätte ich ihm immer noch in den nächsten Tagen ganz harmlos mein Album vorlegen können. Eppenheim war kaum vierzig Kilometer entfernt, die meisten Fernsehleute würden noch heute abend, spätestens morgen früh zurückkommen. Es wäre also nichts verloren gewesen, wenn ich den Mund gehalten hätte. So aber konnte es passieren, daß jemand heute abend Otto Schulze darauf ansprach: »Mensch, Otto, hat dich eigentlich noch die Kleine erwischt, die Sonja? Sie wollte unbedingt ein Autogramm von dir haben.«

Wenn Schulze tatsächlich der Täter und der Verfasser der anonymen Briefe war, mußte er stutzig werden. Er würde alles dar auf anlegen, mir aus dem Weg zu gehen. Bestimmt würde ihm auch eine einleuchtende Erklärung einfallen, mit der er mir seine Unterschrift verweigern konnte. Das war mehr als ärgerlich. Ich spürte, daß ich mich blamiert hatte, aber das war nicht einmal das Schlimmste. Ich hatte einen gefährlichen Verbrecher vorzeitig gewarnt. Möglicherweise würde er jetzt zum Gegenschlag ausholen.

Ich seufzte tief. Warum war ich wieder so übergescheit gewesen? Ich hätte besser daran getan, Jürgen Urbans Warnung zu beherzigen.

Die funk- und fernseheigenen Wagen pflegten im teilweise überdachten Hinterhof des Sendehauses zu parken. Ich ließ mein Taxi vor dem Haus halten, um kein Aufsehen zu erregen, und humpelte durch die Einfahrt. Ein Stein fiel mir vom Herzen, als ich den Lieferwagen entdeckte. Der Fahrer saß schon am Steuer, und ein paar Männer mit Aktentaschen waren gerade im Begriff einzusteigen. Ich erkannte den Inspizienten, den Requisiteur und – Otto Schulze, den Bühnenmaler.

»Hallo!« rief ich laut, und sie drehten sich um.

Ich humpelte eifrig weiter. »Fein, daß ich euch noch erwische! Könnt ihr mir einen Gefallen tun?«

Der Fahrer beugte sich heraus. »Wenn Sie mitfahren wollen, Fräulein Sonja – wir sind leider schon komplett. Oder ist einer der Herren bereit, seinen Platz abzugeben?«

»Wenn's sein muß«, sagte Otto Schulze zögernd.

»Nicht die Bohne!« versicherte ich rasch. »Ich komm' nicht mit nach Eppenheim, ich bin krankgeschrieben.« Ich wies auf mein verbundenes Bein. »Kleiner Unfall.«

»Wie ist denn das passiert, Fräulein Sonja?« fragte Otto Schulze.

»Ich bin gestürzt.«

»Sollen wir Sie zum Arzt bringen?« fragte der Inspizient.

»Ach wo. Da war ich längst. Es handelt sich bloß um folgendes: Ich möchte meine Krankheit ein bißchen nutzbringend verwenden. Ich sammle Unterschriften.«

»Etwa Autogramme?« fragte der Requisiteur erstaunt. »Da sind Sie bei uns an der falschen Adresse.«

»Unterschriften – für was?« fragte Otto Schulze.

Ich spürte selbst, daß meine Erklärung wenig überzeugend geklungen hatte. Sie konnte ja überhaupt nicht überzeugend wirken, da jeder wußte, daß ich noch einige Monate beim Fernsehen arbeiten würde. Es war daher unverständlich, daß ich es so brandeilig hatte, meine Mitarbeiter sich in das Album eintragen zu lassen. »Nur als Erinnerung«, erklärte ich. »Das ist mein Hobby sozusagen.« Ich zeigte den Herren mein Album. »Da – blättern Sie mal –, meine ganzen Kommilitonen sind drin, und ein paar Fernsehleute habe ich auch schon erwischt.«

»Muß das ausgerechnet jetzt sein?« fragte Otto Schulze.

»So was Verrücktes«, sagte der Fahrer und ließ den Motor an.

»Bitte!« sagte ich flehend und hielt dem Inspizienten, der mir am zugänglichsten schien, das aufgeschlagene Album unter die Nase. »Nur Ihren Namen und vielleicht etwas Witziges – es dauert ja nur eine Minute!«

Der Inspizient nahm mir zögernd den Tintenstift aus der Hand. »Worauf soll ich denn schreiben?«

»Einen Augenblick mal, Herr Schulze!« Ich packte den Bühnenmaler, der gerade in den Lieferwagen, der inzwischen gewendet hatte, einsteigen wollte, beim Arm. »Leihen Sie uns doch einmal Ihren Rücken – nur für einen Augenblick.«

Der Inspizient legte mein Album auf Schulzes Rücken und schrieb. »Genügt das?« fragte er dann.

»Genau richtig. Jetzt bitte umgekehrt. Herr Schulze, jetzt sind Sie dran!«

»Können wir endlich?« rief der Fahrer des Lieferwagens ungeduldig.

»Noch eine Sekunde!« gab ich zurück.

Schulze zögerte eine Sekunde, die mir unheimlich lang erschien. Dann begann er tatsächlich zu schreiben. »Halb zog sie mich, halb sank ich hin«, schrieb er, »Otto Schulze.«

»Jetzt noch das Datum«, bat ich.

Schulze kritzelte es hin, dann gab er mir das Album mit dem Stift zurück.

Ich hatte erreicht, was ich wollte, aber ich wußte, daß ich es mir auf keinen Fall anmerken lassen durfte. Ich lief zum Lieferwagen. »Bitte, möchten Sie nicht auch noch schnell?« fragte ich den Fahrer.

»Ausgeschlossen«, sagte der Requisiteur an seiner Stelle, »Garden reißt uns die Ohren aus, wenn wir zu spät kommen!«

»Dann bitte morgen«, rief ich, »aber ganz bestimmt!«

Schulze, der als letzter einstieg, streckte seine Hand nach meinem Album aus. »Am besten geben Sie's uns gleich mit, Fräulein Sonja . . . und wir lassen es 'rumgehen!«

Ich erschrak. »Nein, lieber nicht«, sagte ich und zwang mich zu einem Lächeln, von dem ich selbst spürte, daß es mißglückte, »ich möchte doch lieber dabei sein!«

Er sah mich an, seine braunen Augen blickten ruhig und freundlich, und dennoch krampfte sich mein Magen zusammen vor Furcht.

Wenn er der Mörder war – wenn er mich durchschaut hatte!

»Sie sind eine ulkige Nudel«, sagte Otto Schulze und kletterte in den Wagen.

Ich stand da und winkte, als sie davonfuhren, aber bald gab ich es auf, denn der rückwärtige Teil des Lieferwagens war vollgestopft mit Requisiten.

»Ich habe es geschafft«, sagte ich laut, aber es wollte keine Freude in mir aufkommen. Ich fürchtete mich.

Jürgen Urban machte nicht einmal den Versuch, meine Angst zu zerstreuen.

Ich war vom Fernsehhaus in die Stadt zur Redaktion gefahren. Ich hatte es einfach nicht ausgehalten, mit meinen verworrenen Gedanken und Ängsten allein zu bleiben.

Jürgen empfing mich nicht gerade begeistert. Man hatte mich in sein Büro gewiesen, einen winzigen Raum, der fast ganz von einem Schreibtisch ausgefüllt war, auf dem zahllose Fotografien – die meisten von Hans Ullrich Garden –, zwei Leimtöpfe, Scheren und Bleistifte herumlagen. »Was ist dir eingefallen, hier einfach hereinzuplatzen?« fragte er statt einer Begrüßung. »Hättest du nicht wenigstens vorher anrufen können?«

»Na schön«, sagte ich, »wenn dir mein Besuch nicht paßt, kann ich ja wieder gehen!«

»Sonja! So habe ich das doch nicht gemeint!«

»Aber gesagt hast du es so. Ich finde überhaupt – du bist nicht sehr freundlich zu mir. Seit du weißt, daß ich dich liebe, bist du ganz verändert.«

»Das bildest du dir nur ein!«

»Du entwickelst dich langsam, aber sicher zu einem Ekel. Aber wenn du dir einbildest, daß ich mir von dir alles gefallen lassen . . .«

Er seufzte tief. »Grauenhaft. Kaum zwölf Stunden verlobt . . .«

»Verlobt?« fragte ich ihn. »Wer spricht denn hier von – verloben?«

»Sind wir das etwa nicht?«

»Keine Spur. Ich erinnere mich nicht, daß du um meine Hand angehalten hättest.«

»Zum Teufel!« sagte er ziemlich unpassend. »Habe ich das vergessen? Dann bleibt mir wohl nichts anderes übrig, als es jetzt in aller Form nachzuholen. Sonja – möchtest du meine Frau werden?«

»Nein«, sagte ich wütend. »Ich bin gekommen, um etwas sehr Wichtiges mit dir zu besprechen.«

»Unsere Zukunft dürfte doch wohl so ziemlich das Wichtigste sein!«

»Wenn man mich umbringt, habe ich keine Zukunft mehr.«

»Von was sprichst du?«

»Jürgen«, sagte ich kleinlaut, »bitte schimpf mich jetzt nicht aus – ich weiß, ich habe einen Fehler gemacht . . .«

»Hat Schulze etwas gemerkt?« fragte er sofort alarmiert.

»Ich fürchte ja. Und wenn nicht, die anderen werden ihn heute abend mit der Nase draufstoßen.«

Ich erzählte ihm alles, was geschehen war.

»Es ist meine Schuld«, sagte er düster, »ich hätte es dir nicht erlauben dürfen.«

»Blödsinn! Ich allein trage die Verantwortung für das, was ich tue.«

»Ich hätte mich nicht abschütteln lassen dürfen – nein, widersprich mir nicht, Sonja, es ist meine Schuld.«

»Es hat keinen Sinn, wenn du jetzt den Gentleman spielst, Jürgen . . . sag mir lieber, was wir tun sollen?«

»Das ist doch klar wie Kloßbrühe. Wir müssen handeln – noch schneller handeln!«

»Handeln ist gut, aber wie?« Ich setzte mich auf die Kante seines Schreibtisches.

»Glaubst du, daß Schulze etwas – von unserer Verbindung weiß?« fragte er.

»Kaum anzunehmen.«

»Das ist wenigstens etwas. Also, paß auf, Sonja. Ich werde dich jetzt in deine Pension bringen. Du wirst dich zu Bett legen – widersprich mir nicht, das wäre überhaupt das Beste für dich in deinem augenblicklichen Zustand; ich werde mit dem Stubenmädchen sprechen, daß sie dich in den nächsten Tagen gut pflegt. Du bleibst also in deinem Bett und rührst dich nicht, bevor ich mich nicht wieder mit dir in Verbindung gesetzt habe. Du mußt das eisern durchhalten, Sonja – du darfst keinen Menschen zu dir lassen, besonders niemand von den Fernsehleuten, hast du mich verstanden?«

»Jürgen, das ist doch undurchführbar«, sagte ich. »Gaby wohnt mit mir in der Pension. Wie soll ich ihr verwehren, mir einen Krankenbesuch zu machen? Überhaupt, in der ›Pension Television‹ wimmelt es nur so von Fernsehleuten, das weißt du ganz genau. Schulze kann dort aus und ein gehen, wie es ihm gefällt . . . jeder zweite Gast ist ein Bekannter von ihm.«

»Gut. Dann mußt du eben die Pension wechseln. Pack deine Sachen, ich bringe dich irgendwo anders unter, das heißt, das Beste wäre natürlich, du fährst nach Hause. Du bist ja krankgeschrieben!«

»Was willst du denn in der Zwischenzeit tun, Jürgen?«

»Was ich immer gewollt habe. Nach Untersteinbach fahren.«

»Das gefällt mir nicht, Jürgen«, sagte ich, »das gefällt mir ganz und gar nicht.«

»Hast du einen besseren Vorschlag?«

»Ja. Ich habe ja jetzt eine Schriftprobe von Schulze, hast du das vergessen? Wir geben mein Album und den anonymen Brief einem Graphologen und hören erst mal, was er dazu zu sagen hat. Wenn Schulze die Drohbriefe doch nicht geschrieben haben sollte und wir auf einem falschen Dampfer sind, besteht ja keine Gefahr für mich.«

»Doch, Sonja. Wenn er ihn nicht geschrieben hat, würde das ja nur bedeuten, daß er einen Helfershelfer in Untersteinbach besitzt. Weiter nichts. Der Täter ist er auf alle Fälle.«

»Wie kannst du so sicher sein?«

»Ich weiß es, und du weißt es auch, Sonja. Aber, bitte, ich bin bereit, dir entgegenzukommen – gehen wir zum Graphologen. Hast du den Brief bei dir?«

»Immer«, sagte ich und tippte auf meine Handtasche.

Jürgen nahm den Hörer des Telefons ab und wählte eine Nummer. »Verbinden Sie mich bitte mit Doktor Sukowsky, Uschi«, sagte er, »ja, danke!« Er wartete einen Augenblick, und dann sagte er: »Doktor, hier spricht Jürgen Urban. Könnte ich Sie wohl einen Augenblick sprechen? Es ist sehr wichtig! Ja. Gut. Ich komme, das heißt wir. Ich bringe Ihnen nämlich noch eine junge Dame mit, ja. Vielen Dank, Doktor.«

Jürgen Urban legte den Hörer auf und ging zur Tür. »Doktor Sukowsky ist unser Hausgraphologe«, sagte er erklärend, »er arbeitet für die Personalabteilung und macht überhaupt alle Schriftgutachten, die anfallen. Außerdem ist er natürlich Redakteur.«

Dr. Sukowsky war ein schwerer Mann mit einer grauen Löwenmähne, schwarzgefärbten buschigen Augenbrauen über sehr wachsamen dunklen Augen.

Er stand auf, als wir eintraten, begrüßte Jürgen mit einem kurzen Nicken, reichte mir seine riesengroße Hand, in der mein nicht eben zartes Händchen fast verschwand, und forderte uns auf, Platz zu nehmen.

Der Schreibtisch war mit Bergen von Manuskripten besät, zwischen denen gerade noch sein schwerer Kopf sichtbar wurde. »Kognak gefällig?« fragte er.

»Bitte«, sagte ich rasch, und zu Jürgen gewandt fügte ich entschuldigend hinzu: »Ich bin wirklich ganz fertig.«

Dr. Sukowsky holte eine Flasche Kognak und drei Gläser aus seinem Schreibtisch, schenkte ein, und wir tranken aus.

»Wollen Sie die junge Dame in unseren Betrieb einschleusen, Urban?« fragte er, dann leckte er sich mit der Zunge über die vollen Lippen.

»Nein – wie kommen Sie darauf?«

»Aha, jetzt verstehe ich«, sagte Dr. Sukowsky, »ihr wollt wissen, ob ihr zueinander paßt. Sehr gescheit. Wirklich. Ich rate immer allen jungen Leuten, bevor sie sich, wie es so schön heißt, für ewig binden, sich erst einmal ein graphologisches Gutachten einzuholen. Wenn es sich darum handelt . . .«

»Nein, auch nicht, Herr Doktor«, sagte ich. »Es ist etwas viel Wichtigeres – es handelt sich um ein Verbrechen.«

»Aha«, sagte Dr. Sukowsky mit hochgezogenen Augenbrauen und faltete seine Hände über dem Bauch. »Dann würde ich euch doch raten – wendet euch an die Kriminalpolizei. Die haben ganz ausgezeichnete Graphologen.«

»Wir haben noch keine Beweise«, sagte Jürgen Urban.

»Soll die Polizei sich drum kümmern. Wofür zahlen wir Steuern?«

»Herr Doktor«, sagte ich, »der, auf den es der Täter abgesehen hat, will keine Anzeige erstatten – er glaubt, daß es sich um eine Sache handelt, durch die er möglicherweise kompromittiert wird.«

»Das ist mir zu hoch!«

»Mein lieber Doktor Sukowsky«, sagte Jürgen ungeduldig, »erwarten Sie wahrhaftig, daß wir Ihnen die ganzen Hintergründe der Geschichte darlegen, bloß weil wir Sie um die Gefälligkeit bitten möchten, uns ein graphologisches Gutachten auszuarbeiten?«

»Wir wollen es ja auch bezahlen«, fügte ich hinzu.

»Ich glaube nicht an euer Verbrechen«, sagte Dr. Sukowsky, »ihr seid zwei junge Wirrköpfe mit viel zuviel Phantasie. Das Leben ist eine nüchterne Angelegenheit – leider, ehrlich gesagt. Aber ihr seid erwachsen genug, euch damit abzufinden.«

»Sie wollen uns nicht helfen?« fragte Jürgen enttäuscht.

»Bitte, bitte, lieber, verehrter Herr Doktor«, flötete ich und versuchte es wieder einmal mit meinem telegenen Augenaufschlag, »Sie können uns doch jetzt nicht im Stich lassen! Bitte, werfen Sie doch nur einen einzigen Blick auf die beiden Schriftproben. Der Fall wird Sie bestimmt interessieren!« Ich legte ihm mein aufgeschlagenes Album auf den Schreibtisch und begann, in meiner Handtasche nach dem anonymen Brief zu suchen.

Dr. Sukowsky nahm das Album hoch und blätterte darin. »Sehr interessant«, sagte er schmunzelnd und las Peters Eintragung: »Liebe gute Dame, Fernsehen und Reklame sind ein feiner Job! Blitz nur mit die Zähne, zeige deine Beene – du kommst an – und ob!« Er ließ das Buch sinken und sah mich an. »Wirklich . . . sehr interessant.«

Ich errötete. »Peter hielt es sogar für witzig«, sagte ich, »aber wenn Sie uns helfen wollen, Doktor, müssen Sie schon weiter hinten aufschlagen. Ja, die letzte Eintragung – auf die kommt es an!« Ich reichte ihm den anonymen Brief über den Tisch. »Glauben Sie, daß der Urheber beider Schriften identisch sein könnte?«

Dr. Sukowsky ließ eine lange Zeit seine Augen vergleichend von dem anonymen Brief zu der Eintragung Schulzes in meinem Poesiealbum gleiten, dann sagte er: »Keine Ahnung!«

»Nicht?!« rief ich. »Sie wollen sagen, Sie können keine Ähnlichkeit erkennen?«

»Ähnlichkeit genügt wohl nicht«, sagte Dr. Sukowsky, »wenn ich Sie recht verstanden habe, brauchen Sie so etwas wie einen Beweis.«

»Die Schriften müssen von derselben Person stammen«, behauptete Jürgen Urban.

»Sie könnten . . .«, sagte Dr. Sukowsky, »zugegeben. Aber auf

Anhieb kann ich das nicht entscheiden. Es ist immer sehr schwierig, Druckbuchstaben zu identifizieren. Wenn es sich nur um verstellte Schriften handelt . . .«

»Wann können wir den Bescheid kriegen?« fragte Jürgen Urban.

»In drei Tagen.«

»Dann ist es zu spät«, sagte ich, maßlos enttäuscht.

»Wieso denn? Der Anschlag ist ja für den fünften August geplant, bis dahin sind es ja noch ein paar Tage.«

»Schon«, sagte Jürgen, »aber Sonja glaubt . . . na ja, sie glaubt, daß Schulze gemerkt hat, daß sie ihm auf der Spur ist.«

»Kinder, Kinder«, sagte Dr. Sukowsky und schüttelte seine Löwenmähne. »Laßt die Finger von dieser Geschichte. Übergebt das Ganze der Kriminalpolizei.«

»Die würde genau derselben Meinung sein wie Sie, Doktor Sukowsky«, sagte ich heftig. »Die Beamten würden bestimmt glauben, wir hätten einfach zuviel Phantasie.«

»Dann laßt die Dinge laufen und gebt auf.«

»Na schön«, sagte ich und erhob mich. »Bitte, geben Sie mir das Album und den Brief.«

»Was wollen Sie damit?« Dr. Sukowsky runzelte die buschigen Augenbrauen.

»Was schon? Zu einem anderen Graphologen gehen, zu jemand, der bereit ist, uns zu helfen.«

Eine Sekunde sahen Dr. Sukowsky und ich uns in die Augen, dann legte er den anonymen Brief in das Album – ich dachte schon, er wollte es mir wahrhaftig zurückgeben –, aber er schob es in die oberste Schublade seines Schreibtisches. »Na gut, ich mache es . . . aber nur, weil ihr es seid! Übermorgen früh kriegt ihr Bescheid.«

»Geht es wirklich nicht früher?« fragte ich.

»Ganz unmöglich. Ich habe augenblicklich einen Haufen Arbeit, und ich kann mich mit der Sache ja nur abends befassen. Wenn der Fall nicht so interessant wäre . . .«

»Aha«, hakte Jürgen Urban ein. »Sie tun es also nicht nur aus Nächstenliebe, wie?«

»Über dieses Alter, junger Mann bin ich längst hinaus. Also, Freunde, bei Philippi sehen wir uns wieder!«

Damit waren wir entlassen.

Wir waren nicht sehr glücklich. Zwar hatten wir den Graphologen gewonnen, uns zu helfen, aber die beiden Tage, die er brauchte, um das Gutachten auszuarbeiten, schienen uns unerträglich lang. Zwei ganze Tage – und Otto Schulze war gewarnt! Es war nicht auszudenken, was in dieser Zeit alles passieren konnte.

»Ich habe mir meine Situation genau überlegt, Jürgen«, sagte ich jetzt, als wir uns im Treppenhaus verabschiedeten, »das einzig Richtige ist, daß ich dich nach Untersteinbach begleite. Nein, widersprich mir nicht – ich weiß genau, daß Otto Schulze jetzt gar nicht nach Hause fahren kann, weil er beim Sender gebraucht wird. Ich bin also in Untersteinbach so sicher wie in jedem anderen Ort auf der Welt, wo Schulze nicht ist. Außerdem glaube ich, daß ich dir helfen kann.«

»Und wenn ich mich weigere, dich mitzunehmen?«

»Dann fahre ich auf eigene Faust. Bilde dir nicht ein, daß du mich überreden kannst, aus lauter Angst in meinem Bett zu bleiben. Ich habe die Spur des Täters als erste entdeckt, und ich will auch dabei sein, wenn er gestellt wird. Das ist mein letztes Wort. Hugh, ich habe gesprochen!«

Auf dem Heimweg kaufte ich mir ein Viertelpfund Fleischsalat, zwei Semmeln und eine Flasche Bier zum Abendbrot, denn ich hatte nicht vor, die »Pension Television« bis zum nächsten Morgen noch einmal zu verlassen. Ich aß, duschte mich – das Wasser war, wie immer, abends nur lauwarm – und machte es mir mit einem soziologischen Wälzer in meinem Zimmer so bequem wie möglich. Ich legte meine Beine hoch und versuchte zu studieren. Natürlich schweiften meine Gedanken immer wieder ab und kreisten um das Problem Otto Schulze.

Als das Stubenmädchen anklopfte und mir einen Besuch anmeldete, war ich nicht überrascht. Ich wäre nicht einmal sonderlich verblüfft gewesen, wenn Otto Schulze persönlich auf der Bildfläche erschienen wäre. Aber es war Doktor Janos Lewin.

Ich hatte keinerlei Bedenken, ihn zu empfangen. Allerdings wunderte ich mich ein wenig, daß er nicht mit nach Eppenheim gefahren war, aber tatsächlich freute ich mich, daß er auf die Idee gekommen war, bei mir einen Besuch zu machen. Er brachte eine Flasche echten Campari mit, ich bestellte bei dem Stubenmädchen zwei Gläser und eine Flasche Sodawasser, nahm meine Beine vom Stuhl und bat Lewin, Platz zu nehmen.

Er erkundigte sich ausgiebig nach meinem Befinden, ich entschuldigte mich, daß ich ihm die geliehenen Sachen noch nicht zurückgeschickt hatte, und so redeten wir eine Weile her und hin über Dinge, die keinen von uns beiden wirklich interessierten.

Das Stubenmädchen brachte ein Tablett mit zwei Gläsern und dem Wasser herein. Lewin goß für uns beide ein. Wir tranken, und es ergab sich eine kleine Pause, in der wir beide plötzlich nichts mehr zu reden wußten.

»Komisch«, sagte ich aus meinen Gedanken heraus, als das Schweigen begann, peinlich zu werden.

Er hob den schmalen Vogelkopf und sah mich aus seinen großen klugen Augen aufmerksam an. »Was finden Sie komisch, Sonja?«

»Mir fällt nur plötzlich auf«, sagte ich mit einem halben Lächeln, »es ist das erste Mal, daß ich Sie ohne Garden sehe . . .«

»Stimmt«, sagte er nur, »wir sind meistens zusammen. Das bringt wohl unser Beruf so mit sich.«

»Seit wann kennen Sie Garden?«

»Es ist schon ein paar Jahre her. Ich habe ihn in Wien kennengelernt. Es war einige Zeit nach meinem Unfall. Kein Unfall im gewöhnlichen Sinne, müssen Sie wissen – Kinderlähmung, Sie verstehen. Machen Sie nicht so ein mitleidiges Gesicht, Sonja – es hätte schlimmer kommen können. Immerhin habe ich mir meine Karriere damit kaputt gemacht. Ich stand gerade am Anfang.«

»Und dann? Was haben Sie nachher getan?«

»Das einzige, was mir übrigblieb. Ich bin zum Funk gegangen. Aber natürlich war das nicht das, was ich mir erträumt hatte. Wissen Sie, Funk ist schön und gut, aber da fehlt einem der unmittelbare Kontakt mit dem Publikum.«

»Haben Sie den jetzt?«

»Ja. Durch Garden. Er verkörpert mich sozusagen, verstehen Sie?«

»O doch«, sagte ich, »obwohl, nun ja – ich finde es ein wenig bitter.«

Er lächelte trübe. »Das Leben ist kein Honiglecken, mein liebes Kind! Das werden Sie eines Tages auch noch merken.«

»Vielleicht habe ich es schon gemerkt.«

Lewin ließ sein Zigarettenetui aufschnappen und hielt es mir hin, ich schüttelte den Kopf. Er steckte sich eine Zigarette zwischen die Lippen und zündete sie an. »Warum fragen Sie mich das alles, Sonja?«

»Aus Interesse, warum sonst?«

»Ohne Hintergedanken?«

»Ich wüßte nicht, was ich für Hintergedanken dabei haben könnte.«

»Sie sind nicht ganz so naiv, wie Sie sich geben!«

»Gebe ich mich naiv?«

»Was haben Sie zum Beispiel mit dem Brief gemacht? Das war ja wohl wirklich ein tolles Stück!«

»Brief?« fragte ich so verständnislos wie möglich, obwohl ich genau wußte, wovon er sprach.

»Ja. Oder wollen Sie etwa behaupten, daß Sie den anonymen Brief nicht an sich genommen haben?«

»Da müssen Sie sich schon deutlicher ausdrücken, Doktor.«

»Wie Sie wünschen. Ich habe das Haus nach Garden verlassen und noch die Post in Empfang genommen. Ich weiß genau, daß einer dieser anonymen Briefe darunter war, denn ich habe alles auf den Tisch in der Diele gelegt. Als wir nach Hause kamen, war der Brief nicht mehr da. Wollen Sie immer noch leugnen?«

»Das habe ich nie getan. Ich wußte nur nicht gleich, wovon Sie sprachen.«

»Sonja, Sonja! Sie haben es faustdick hinter den Ohren.«

»Haben Sie Garden gesagt, daß ein Brief verschwunden ist?«

»Erst wollte ich einmal mit Ihnen darüber sprechen.«

»Na schön. Ich habe ihn genommen. Was weiter?«

»Das fragen Sie? Ich nehme an, daß es Ihnen nicht sehr angenehm wäre, wenn Garden davon erfährt.«

»Sehr angenehm nicht«, gab ich zu, »aber mir sind so viele unangenehme Dinge passiert, seit ich beim Fernsehen arbeite, daß es darauf schon nicht mehr ankommt.«

»Haben Sie den Brief zur Polizei gebracht?«

»Noch nicht.«

»Das war ein Fehler. Wenn jemand darauf kommt, daß Sie ihn behalten haben – die Sache ist gefährlich, Sonja, gefährlich wie Dynamit.«

»Ich habe ihn nicht mehr«, sagte ich, und um ihn nicht länger auf die Folter zu spannen, fügte ich hinzu: »Ich habe ihn zu einem Graphologen gebracht!«

»Aber das hat doch gar keinen Zweck, Sonja«, sagte er, »es sei denn, Sie hätten Ihrem Graphologen noch eine andere Schrift zum Vergleich geben können.«

»Das habe ich getan.«

»Wenn ich Sie recht verstehe, haben Sie also schon einen ganz bestimmten Verdacht?«

»Sie verstehen völlig richtig, Herr Doktor.«

Er hatte vergessen, die Asche seiner Zigarette abzustreifen, sie fiel, als er jetzt eine hastige Bewegung machte, auf den Teppich. »Oh, entschuldigen Sie bitte!«

»Macht nichts. Ich brauche ja hier nicht zu putzen.«

»Sie möchten mir sicher nicht sagen, wen Sie verdächtigen, nicht wahr?«

»Nein. Nicht, bevor ich Beweise habe. Es könnte – wie üble Nachrede aussehen.«

»Wollen wir nicht einen Tausch miteinander machen? Ich sage Ihnen, was ich weiß ...«

»Das brauchen Sie nicht zu sagen, Doktor«, unterbrach ich ihn, »ich kann es mir sehr genau vorstellen.«

»Da bin ich gespannt.«

»Ich bin ziemlich sicher, daß Ihnen aufgefallen ist ... die anonymen Briefe... oder wenigstens einige der anonymen Briefe sind in Untersteinbach aufgegeben worden, nicht wahr?«

»Alle«, sagte Janos Lewin.

»Und Untersteinbach war gerade jene Stadt, die Garden von seiner Gastspielreise gestrichen hat. Das ist auch meine Spur, Doktor.«

»Aber Sie müssen doch noch einen näheren Anhaltspunkt haben, Sonja, sonst könnten Sie doch nicht ...«

»Habe ich auch. Aber darüber möchte ich lieber nicht reden. Immerhin bin ich bereit, Ihnen einen Tip zu geben. Lassen Sie sich mal von der Personalabteilung Einsicht in die Akten unseres Teams geben. Dann werden Sie selber darauf kommen.«

»Hm«, sagte er, »na ja. Aber eigentlich hatte ich nicht vor, mich als Detektiv zu betätigen. Sagen Sie mal ganz ehrlich, Sonja ... warum tun Sie das eigentlich?«

»Weil ich ein Verbrechen verhindern will.«

»Nicht weil Sie Garden lieben?«

»Nein.«

»Stimmt es, daß er Sie heiraten will?«

Ich lachte und nahm einen Schluck Campari. »Da müssen Sie ihn schon selbst fragen.«

»Er ist mir gegenüber nicht mehr ehrlich, Sonja – er verheimlicht mir irgend etwas.«

»Warum sollte er das tun?«

Lewin sah mich aus traurigen Augen an. »Ich weiß es nicht. Aber ich habe das Gefühl, daß er irgend etwas im Schilde führt – etwas, was gegen mich gerichtet ist.«

»Seien Sie nicht böse, aber für mich klingt das ein bißchen nach Verfolgungswahn.«

»Sie wissen also nichts, Sonja . . . wirklich nichts?«

»Ich habe keine Ahnung, worauf Sie hinauswollen.«

Janos Lewins lange, schmale Finger spielten nervös mit dem Trinkglas. »Garden hat Ihnen einen Heiratsantrag gemacht, nicht wahr? Das stimmt doch. Dann muß er Ihnen auch gesagt haben, was für Pläne er für die Zukunft hat.«

»Ich habe ihm keine Gelegenheit dazu gegeben«, log ich.

»Sonja«, sagte Lewin, ohne mich anzusehen, »Garden ist kein guter Mensch. Es war nicht recht von mir, daß ich Sie nicht vor ihm gewarnt habe. Aber Sie dürfen mich das jetzt nicht entgelten lassen. Sie müssen mir die Wahrheit sagen. Er hat mich schrecklich getäuscht. Ich hatte geglaubt, wir könnten Freunde sein . . . wir wären Freunde. Seine vielen Mädchengeschichten habe ich nie ernst genommen. Aber jetzt weiß ich, daß er zu einem aufrichtigen Gefühl nicht fähig ist . . . weder zur Freundschaft noch zur Liebe. Für ihn bin ich nur ein Mittel zum Zweck, und sobald er mich nicht mehr braucht, läßt er mich fallen. Sie meinen, daß ich an Verfolgungswahn leide – aber ich bin ziemlich sicher, daß es schon sehr bald soweit sein wird.«

»Haben Sie Beweise?«

»Nein. Aber es geschehen Dinge, sonderbare Dinge. Er telefoniert mit Leuten, die mir unbekannt sind – das hat er früher nie getan. Ich höre ihn abends unten in seinem Zimmer sitzen und tippen – früher hat er alles seiner Sekretärin diktiert. Ich weiß nicht, an wen er schreibt, und wenn ich ihn danach frage, wird er zornig. Nein, Sonja, es ist keine neue Liebesgeschichte, es ist etwas ganz anderes. Es ist gegen mich gerichtet. Vielleicht gegen uns alle.«

Ich war nahe daran, Lewin die Wahrheit zu sagen. Ich hatte keinen Grund, Garden zu schonen. Warum sollte ich Lewin nicht mitteilen, was ich wußte? Daß Garden aussteigen wollte, daß er die Gründung einer eigenen Fernsehproduktion plante. Aber dann wurde mir klar, daß Lewin nur gekommen war, um das von mir zu erfahren. Er hatte anfangs vorgehabt, mich mit der Tatsache, daß er vom Verschwinden des anonymen Briefes wußte, unter Druck zu setzen. Erst als ihm das nicht gelungen war, hatte er es auf andere Weise versucht. Nein, es war entschieden klüger, wenn ich mich da nicht einmischte.

»Sie überschätzen mich, lieber Doktor«, sagte ich ruhig, »ich bin nicht Gardens Vertraute. Aber wenn Sie wollen, kann ich Garden gerne bei Gelegenheit sagen, daß Sie zu wissen wünschen, was er vorhat.«

»Nein, nur nicht!« sagte er. »Das ist sehr lieb von Ihnen, Sonja, aber das sähe doch sehr merkwürdig aus. Jedenfalls, ich danke Ihnen.« Er stand auf und sagte mit einem verzerrten Lächeln: »Ich fürchte, ich habe Sie jetzt lange genug gestört. Leben Sie wohl, Sonja – und viel Erfolg in Untersteinbach!«

Ich war so überrascht, daß mir das Blut zu Kopf schoß. »Wieso?« fragte ich töricht.

»Nun, Sie wollen doch nach Untersteinbach und dort Nachforschungen anstellen, nicht wahr?«

»Bis jetzt noch nicht«, behauptete ich, »aber immerhin, das wäre gar keine schlechte Idee. Wenn es soweit ist, werde ich Sie rechtzeitig benachrichtigen, ja?«

In der Nacht schlief ich schlecht. Ich hatte einen bösen Traum. Ein Mörder verfolgte mich durch stockdunkle Gänge, ich rannte und rannte, aber ich fand keinen Ausgang. Die Schritte des Mörders kamen näher und näher, ich wußte, es gab für mich kein Entrinnen. Schon fühlte ich mich von eisernen Fäusten gepackt – da wachte ich auf.

Noch nie war mir mein Zimmer in der »Pension Television« so schön erschienen wie in diesem Augenblick. Es war ein grauer trüber Tag, Regen tropfte gegen die Scheiben, aber ich war glücklich – glücklich, daß ich lebte und alles nur ein Traum gewesen war.

Pünktlich um acht Uhr klingelte Jürgen Urban an der Haustür, ich humpelte die Treppe hinunter und stieg rasch in sein Auto.

Bis wir die Stadt hinter uns hatten, sprachen wir kaum etwas. Ich wußte nicht recht, ob ich Jürgen von Lewins Besuch erzählen sollte. Ich befürchtete, daß er vielleicht glauben könnte, ich hätte das Gespräch ungeschickt geführt, aber dann entschloß ich mich doch, ihm die Wahrheit zu sagen.

Aber ich kam nicht mehr dazu.

Wir hatten gerade die Autobahn erreicht, Jürgen Urban wollte einen Lastwagen, der vor uns auf der linken Seite fuhr, überholen – da geschah es. Plötzlich verlor Jürgen die Gewalt über sein Auto, es geriet ins Schleudern, unwillkürlich schloß ich die Augen und stemmte meine Beine fest gegen die Vorderwand, um nicht gegen das Fenster zu prallen.

Es gab einen furchtbaren Krach. Ich verlor die Besinnung.

Als ich wieder zu mir kam – es kann nur wenige Sekunden später gewesen sein –, stand der Wagen. Der Motor lief noch immer, und Jürgen griff gerade nach dem Zündschlüssel, um ihn umzudrehen.

Ich hob den Kopf und sah ihn an. Er war kreideweiß, seine sonst so hellen Augen dunkel vor Schrecken.

»Was ist geschehen?« fragte ich, und ich wunderte mich selbst, daß meine Stimme ruhig und gelassen klang.

»Das rechte Vorderrad . . . es hat sich gelöst.«

Wir starrten uns an und wußten, ohne ein Wort zu wechseln, daß wir beide dasselbe dachten – ein neues Attentat.

»Verdammt«, sagte Jürgen, »und ich hatte vorsichtshalber, bevor wir losfuhren, alles genau durchgeprüft. Das wäre um ein Haar schiefgegangen.«

Das Auto stand mitten auf dem Grünstreifen, es war mit den Hinterrädern unter die niedrige weiße Holzbarriere geschleudert worden. Uns selbst war nichts geschehen, und als wir ausstiegen, stellten wir mit Genugtuung fest, daß auch Jürgens Wagen nur Blechschaden erlitten hatte.

Der morgendliche Verkehr brauste an uns vorüber, und es war nicht der Zeitpunkt, sich über den Täter den Kopf zu zerbrechen. Wir waren auch viel zu benommen.

Ein Personenwagen, der vor dem Unfall hinter uns gewesen war, hatte etwa hundert Meter vor uns an einer Haltestelle gestoppt. Der Fahrer kam den Grünstreifen entlang zurückgelaufen. Es war ein netter, dunkelhaariger junger Mann, und er trug das vordere Rad, das wir verloren hatten, unter dem Arm. »Das ist Ihres, wie?« rief er schon von weitem. »Verdammtes Pech! Beinahe wäre ich Ihnen von hinten in die Karre gesaust. So was habe ich noch nie erlebt! Kann ich Ihnen helfen?«

Wir nahmen sein Angebot dankbar an. Zwar blieb eine der abgesprungenen Schraubenmuttern unauffindbar, trotzdem gelang es Jürgen und dem jungen Mann, das Rad wieder an dem Auto zu befestigen, und unser Helfer versicherte, daß wir damit ohne weiteres bis zur nächsten Werkstatt kommen würden.

Mit vereinten Kräften hoben wir das Auto dann über die Barriere, und Jürgen Urban und ich glitten wieder auf die Autobahn zurück, während der junge Mann uns die rechte Fahrbahn freihielt.

Wir atmeten beide auf, als wir endlich die Unglücksstelle hinter uns ließen. »Wenn ich den Kerl erwische«, sagte Jürgen Urban wütend, »dem schlage ich das Nasenbein entzwei, worauf du dich verlassen kannst. Schulze oder Garden – einer von beiden muß es gewesen sein.«

»Oder Lewin«, sagte ich und kam jetzt endlich dazu, mein Erlebnis von gestern abend zu schildern.

An der nächsten Autobahnwerkstätte hielten wir, und einer der Techniker drehte uns auch noch die dritte Schraube ein. »Schlecht montiert«, sagte er, »so was kann vorkommen. Gott sei Dank nur selten. Sie sollten den Burschen von Ihrer Werkstätte mal den Kopf waschen – so was von unverantwortlicher Schlamperei!«

Als wir wieder losfuhren, fragte ich Jürgen: »In welche Werkstätte gibst du dein Auto?«

»Überhaupt nicht«, sagte er.

»Soll das heißen, du überholst deinen Wagen selbst?«

»Traust du mir das etwa nicht zu?«

»Nicht ganz«, sagte ich. »Du hast ja erlebt, was dabei herauskommt.«

»Ich habe die Schrauben richtig angezogen, worauf du dich verlassen kannst!« sagte er und bekam einen roten Kopf.

Ich ließ das Thema fallen, denn mir war klar geworden, daß er sich selbst seiner Sache nicht mehr sicher war, und ich wollte ihn nicht unnötig ärgern. Der Schreck allein sollte eine heilsame Lehre für ihn gewesen sein.

Ich versuchte ihn abzulenken und fragte: »Hast du dir schon überlegt, was wir in Untersteinbach machen wollen – ich meine, wo wir anfangen?«

»Während du mit Lewin Campari getrunken hast ...«

»Die Flasche ist noch dreiviertel voll«, warf ich ein, »du kannst sie von mir haben, wenn du willst!«

Er ließ sich nicht unterbrechen. »... habe ich das Adreßbuch von Untersteinbach gewälzt.«

»Na und? Weißt du jetzt, wo Otto Schulze wohnt?«

»Leider nicht. Schulzes habe ich genug gefunden, aber keinen Otto.«

»Schlecht«, sagte ich, »und was nun?«

»Ein Eduard Schulze ist drin, Malermeister. Ich denke, den sehn wir uns mal an. Vielleicht ist es ein Bruder von ihm.«

»Gut«, sagte ich, »probieren wir's!«

Nach fast dreistündiger Fahrt erreichten wir Untersteinbach. Ich stellte fest, daß der Agent Maier nicht übertrieben hatte – es war wirklich ein zauberhaftes Städtchen, sehr romantisch in einem Tal gelegen. Bunte Dächer, vom Regen blankgewaschen, leuchteten zwischen grünen Wäldern, ein klarer Gebirgsbach ergoß sich rauschend durch ein Wehrgatter.

Wir fuhren bis zum Marktplatz. Jürgen zog sein Notizbuch aus der Tasche und suchte die Adresse Eduard Schulzes heraus. »Haflingerstraße siebenunddreißig«, las er vor.

»Komisch«, sagte ich, »gibt es hier Haflinger? Ich dachte, die kämen nur in Südtirol und Bayern vor.«

»Wahrscheinlich war's ein berühmter Einwohner dieses Namens«, sagte Jürgen achselzuckend.

Eine alte Frau mit einer Einkaufstasche und einem großen schwarzen Regenschirm näherte sich unserem Wagen.

Ich kurbelte das Fenster herunter und rief sie an. »Entschuldigen Sie bitte, könnten Sie uns eine Auskunft geben? Wir suchen die Haflingerstraße ...«

Die alte Frau kam heran. Sie hatte ein breites, gutmütiges Gesicht mit kleinen schlauen Augen. »Haflingerstraße?« fragte sie. »Wo soll das sein?«

»Jedenfalls in Untersteinbach.«

»Tut mir leid. Da kann ich Ihnen nicht helfen. Wen suchen Sie denn?«

»Den Malermeister Eduard Schulze.«

»Ach so. Na, da werden Sie kein Glück haben. Der hat nämlich sein Geschäft schon längst aufgegeben.«

»Wirklich?« fragte ich. »Man hat uns gesagt . . .«

»Wenn Sie einen Malermeister brauchen, dann gehen Sie doch zu Eckmeyr. Der arbeitet ordentlich und nicht mal so teuer.«

»Aber wir wollen zu Herrn Schulze«, sagte ich.

»Aber wenn ich Ihnen doch sage, daß er sein Geschäft aufgegeben hat. Der arbeitet jetzt – ja, warten Sie mal –, ich hab's doch gewußt – beim Fernsehen. Wenn das sein Vater wüßte, der täte sich im Grab umdrehen. Da hätt' er doch geradeso gut zum Zirkus gehen können.«

»Er wohnt aber noch hier?«

»Kann sein – kann nicht sein. Jedenfalls seine Frau, die Irma, die seh' ich noch manchmal. Aber selten genug. Wissen Sie, sie läßt sich nicht mehr gerne unter Menschen blicken – seit damals diese Sache passiert ist.«

»Was denn für eine Sache?«

Die Augen der alten Frau verengten sich. »Das wissen Sie nicht?« fragte sie mißtrauisch.

»Nur ungefähr«, sagte ich rasch. »Da war doch etwas mit einem anderen Mann, nicht wahr?«

»Ja, ein Skandal war das. Der Mann war in Kriegsgefangenschaft – und dann so etwas. Und ausgerechnet die Irma. Aber ich habe immer gesagt, es wird ein schlechtes Ende mit ihr nehmen. Zu hübsch, wissen Sie. Die Hübschen taugen alle nichts – das ist mein Standpunkt. Die Männer wollen das nicht glauben. Aber ich weiß es.«

»Der arme Schulze«, sagte ich. »Es muß ein schrecklicher Schlag für ihn gewesen sein, wie?«

»War es auch, das können Sie sich vorstellen. Der andere war weg, wie vom Erdboden verschwunden, als er zurückkam. Irma hatte ihm natürlich nichts gesagt, so was erzählt man ja nicht – niemand hier hat ihm etwas gesagt. Wissen Sie, bei uns in Untersteinbach ist so was nicht üblich. Wir mischen uns nicht in die Angelegenheiten anderer Leute. Aber dann hat er es doch erfahren.«

»Und?« fragte ich.

»Nichts . . . und. Was sollte er denn machen? Der andere war weg, und Irma – natürlich, Sie kennen die Irma nicht – aber die versteht's. Sie hat halt ein bißchen geweint und gebettelt – und da hat er ihr verziehen. Ich an der Stelle vom Schulze hätte das nicht getan. Aber Sie werden ja selbst wissen, Fräulein, wie die Männer sind. Leider. Aber ich rede hier und rede, und dabei habe ich noch nichts zu Mittag gekocht . . .«

»Wo die Haflingerstraße ist, können Sie uns also nicht sagen?« fragte ich rasch.

»Nein. Aber wo die Irma wohnt, das weiß ich. Da müssen Sie jetzt immer geradeaus fahren, ja, bis ganz aus der Stadt, und dann geht so eine Straße – das heißt, eigentlich ist es mehr ein Weg – zum Berg rauf, und dort im dritten Haus, da wohnt die Irma.«

»Vielen Dank«, sagte ich strahlend. »Sie haben uns sehr geholfen.«

Ich kurbelte das Wagenfenster wieder hinauf, und als ich einen Blick zurückwarf, sah ich die alte Frau immer noch stehen, wo wir sie verlassen hatten. Sie starrte uns durch den Regen nach.

»Gräßliche alte Ziege«, knurrte Jürgen Urban.

»Sei nicht undankbar, Jürgen«, sagte ich, »sie hat uns doch sehr geholfen.«

»Was für ein Nest! In diesem Untersteinbach möchte ich nicht begraben sein.«

»Sollst du auch nicht. Dir tut die hübsche Irma leid, wie?«

»Ich bedaure jeden, der in so einem Nest leben muß, wo einer dem anderen in den Suppentopf guckt.«

»Wenn man nichts zu verbergen hat, ist es vielleicht nicht so arg«, meinte ich. »Reg dich nicht auf, Jürgen . . . du darfst die Dinge nicht so persönlich nehmen. Wenigstens wissen wir jetzt so ziemlich Bescheid.«

»Wenn die Alte uns nicht einen Bären aufgebunden hat.«

»Bestimmt nicht, Jürgen, so sah sie nicht aus.«

»Ich traue keinem Menschen, der wildfremden Leuten gleich solche Geschichten auftischt.«

»Aber kannst du das wirklich nicht verstehen? Sie hat bestimmt weiter nichts dabei gefunden. Jeder hier in Untersteinbach weiß über die Sache Bescheid. Wahrscheinlich war sie einfach froh, endlich jemand zu finden, der sich für eine ihrer Geschichten interessiert. Wenn du mich fragst, ist mir diese Irma absolut nicht sympathisch. Schulze ist so ein netter Mann . . .«

»Abgesehen davon, daß er ein Mörder ist!«

»Doch nur durch seine Frau geworden. Wie kann man so einen Mann betrügen, noch dazu, wenn er gerade in Kriegsgefangenschaft ist.«

»Du tätest das nicht, wie?«

»Ganz bestimmt nicht. Selbst wenn ich in solch einer Situation dem Mann meines Lebens begegnen würde. Aber das war Garden ja nicht, sonst hätte er sich nicht sofort aus dem Staub gemacht.«

Das Haus, in dem Irma lebte, war eines jener kleinen hübschen Siedlungshäuser, wie sie nach dem Krieg zahlreich entstanden sind. Es war ziemlich billig gebaut, denn obwohl es noch nicht alt sein konnte, wirkte es schon ein bißchen windschief. Aber es stand mitten in einem großen Garten, auf dem Balkon blühten rote Geranien. Alles machte einen freundlichen und friedlichen Eindruck, und wenn wir es nicht gewußt hätten, hätten wir nicht geglaubt, daß seine Bewohner in eine Tragödie verwickelt waren.

Jürgen parkte das Auto an der Seite des schlammigen Weges. Wir stiegen aus, stießen die Gartenpforte auf und rannten unter das Vordach, um uns vor dem Regen in Schutz zu bringen.

Jürgen klingelte, und bald darauf öffnete uns eine sehr blasse dunkelhaarige Frau in einer bunten Küchenschürze.

Ehe sie noch den Mund auftun konnte, sagte ich rasch: »Guten Tag, Frau Schulze . . . entschuldigen Sie bitte den Überfall! Wir sind Kollegen Ihres Gatten!«

Sie riß die großen dunklen Augen auf. »Ist Edi . . . ist meinem Mann etwas passiert?«

»Noch nicht«, sagte ich bedeutungsvoll.

Sie brachte kein Wort über die Lippen, während wir an ihr vorbei in den Hausflur traten. »Dürfen wir ablegen?« fragte ich, während Jürgen Urban sich schon seinen Regenmantel auszog.

Sie nickte nur.

Jürgen half mir aus meinem Mantel, Frau Schulze öffnete die Tür zu einem behaglichen, wenn auch nicht gerade geschmackvoll eingerichteten Zimmer. Es wimmelte von Deckchen, Sesselschonern und nicht immer sehr schönen Nippesfiguren. An der einen Seitenwand stand ein großer Fernsehempfänger und starrte uns aus seinem mattpolierten Auge an.

Wir nahmen ohne viel Umstände Platz, Frau Schulze folgte nach einem kurzen Zögern unserem Beispiel. Sie setzte sich, wie sprungbereit, auf die Vorderkante eines Sessels, rang nervös ihre blassen schmalen Hände. »Was ist geschehen?« fragte sie.

»Das wissen Sie besser als wir«, sagte ich hart.

»Ich?! Aber . . .«, stammelte sie, dann verlor sie die Fassung und schlug die Hände vors Gesicht. »Ich wußte, daß es eines Tages so kommen würde«, schluchzte sie, »ich wußte es.«

»Warum haben Sie es nicht verhindert?« fragte Jürgen Urban. Er stand auf und holte sich einen Aschenbecher.

Frau Schulze hob den Kopf und sah uns aus verängstigten Augen ab. »Was hätte ich denn tun sollen? Bitte . . . sagen Sie mir doch . . . was hätte ich tun sollen? Ja, ich habe es gewußt, von Anfang an – aber was sollte ich denn machen? Zur Polizei gehen? Meinen eigenen Mann anzeigen? Nein, das kann niemand von mir verlangen.«

»Es geht um ein Menschenleben, Frau Schulze«, sagte ich.

Sie hob flehend die Hände. »Bitte, spannen Sie mich nicht länger auf die Folter! Sagen Sie mir – hat er ihn getötet?«

»Nein«, sagte ich, »und er wird auch hoffentlich nie dazu kommen.«

Frau Schulze sank in ihren Sessel zurück und schloß für einen Moment die Augen. »Gott sei Dank!« sagte sie inbrünstig. »Gott sei Dank!«

»Wir sind gekommen, Frau Schulze«, sagte Jürgen Urban, der sich eine Zigarette angezündet hatte, »um Ihnen, Ihrem Mann und auch Garden zu helfen! Sie wollen doch bestimmt nicht, daß Ihr Mann zum Mörder wird, nicht wahr?«

»Es wäre meine Schuld«, sagte sie.

»Sie müssen uns alles erzählen«, drängte ich. »Hören Sie – alles.«

Sie sah mich an, und in ihren Augen leuchtete Erkennen auf. »Sind Sie Sonja?«

»Ja, Hans Ullrich Gardens Assistentin.«

Sie wandte sich an Jürgen Urban. »Und wer sind Sie?«

»Mein Verlobter«, erklärte ich rasch, denn ich fürchtete, wir würden nichts aus Frau Schulze herausbekommen, wenn sie erfuhr, daß Jürgen Journalist ist.

»Dann haben Sie ja alles miterlebt«, sagte Frau Schulze leise, »es hat also keinen Zweck, Ihnen etwas vorzumachen.«

»Sie haben Garden geliebt?«

»Ich weiß es nicht mehr«, sagte sie nervös, »ich weiß nicht mehr, was damals alles in mir vorging – es ist schon so lange her.«

»Bitte, versuchen Sie, uns die ganze Geschichte zu erzählen. Sie dürfen volles Vertrauen zu uns haben. Wir wollen nichts als Ihrem Mann helfen – und auch Ihnen.«

»Es ist sehr schwer«, sagte sie zögernd, »ich habe noch nie mit einem Menschen darüber gesprochen, außer mit meinem Mann. Aber der hat mich nicht verstanden.« Sie konnte ihre Hände keinen Augenblick ruhig halten. »Ich habe Edi – meinen Mann . . .«

»Er heißt Eduard?« fragte Jürgen Urban dazwischen. »Wieso nennt er sich dann beim Fernsehen Otto?«

»Das ist doch ganz einfach«, erklärte ich ärgerlich, weil Jürgen gerade im unpassenden Moment unterbrochen hatte. »Er wollte vermeiden, daß Garden auf ihn aufmerksam wurde. Ist es nicht so?«

»Ja«, sagte Frau Schulze. »Otto ist sein zweiter Vorname.« Sie schwieg und starrte vor sich hin.

»Sie wollten uns gerade erzählen«, sagte ich, »wann Sie Ihren Mann geheiratet haben.«

»Kurz bevor er zur Wehrmacht eingezogen wurde. Natürlich kannte ich ihn schon immer. Wir sind beide hier geboren, und in Untersteinbach kennt sich jeder.« Sie lächelte schwach. »Sonst wäre vielleicht alles nicht so schlimm geworden.«

»Und – weiter?« drängte ich. »Wann lernten Sie Garden kennen?«

»Die ganzen Kriegsjahre war ich allein – natürlich hatte Edi hin und wieder Urlaub. Sie sind noch zu jung, Fräulein Sonja, Sie haben die Zeit nicht mitgemacht. Sie ahnen nicht, wie kurz so ein Urlaub ist – ich meine, wie schnell er vorübergeht. Als der Krieg zu Ende war, waren wir vier Jahre verheiratet – aber eine richtige Ehe hatten wir nie geführt.«

»Ja, ich verstehe. Und dann kam Garden. Was wollte er in Untersteinbach?«

»Er wollte zu mir. Nein, wir haben uns früher nicht gekannt, aber – er hatte die Papiere meines Mannes.«

»Gestohlen?« fragte Jürgen Urban stirnrunzelnd.

»Ich weiß nicht – ich weiß es auch heute nicht genau. Er muß sie ihm abgenommen haben. Er selbst – er war ja damals noch sehr jung, er hatte seine eigenen Papiere verbrannt. Das hat er mir jedenfalls erzählt. Sie waren nicht in Ordnung, wissen Sie – er war bei der Waffen-SS, und er hatte Angst.«

»Mit diesen gestohlenen Papieren hat er sich bei Ihnen hier eingeführt?« fragte ich.

»Ja.« Frau Schulze biß sich auf die Lippen. »Er sagte mir, Edi wäre tot – Edi hätte ihm seine Papiere kurz vor seinem Tod gegeben. Sie wären Kameraden gewesen. Er hätte versprochen, ihn zu beerdigen und mich zu benachrichtigen.«

»Das haben Sie ihm geglaubt?«

»Natürlich. Alles klang für mich ganz überzeugend. Außerdem – Hans tat mir leid. Ich habe mich nicht in ihn verliebt, nein, so war das nicht – aber er war so abgerissen, so verängstigt und so arm. Es ist heute schwer, Ihnen das zu erklären.«

Mir war es vor allem merkwürdig, daß sie Hans Ullrich Garden, der für alle, die ihn heute kannten, immer nur Ulli hieß, als Hans bezeichnete, aber mir fiel ein, daß er ja damals bestimmt noch Johann Gärtner geheißen hatte.

»Sie waren also bereit, ihn anstelle Ihres Mannes bei sich aufzunehmen?«

»Ja«, sagte Frau Schulze, »damit begann es. Natürlich haben die beiden gar keine Ähnlichkeit miteinander, aber damals, nach dem Krieg, war doch alles ziemlich durcheinander. Viele Flüchtlinge waren hier, und auch der Bürgermeister war neu. Niemand hat mir Fragen gestellt, als ich ihn anmeldete. Er durfte sich natürlich nicht unter den Leuten sehen lassen. Ich erzählte einfach, daß er krank wäre und noch ganz verstört von allem, was er durchgemacht hatte. Hans versprach mir, wenn die Zeiten sich erst beruhigt hätten, sich eigene Papiere zu verschaffen und mich dann wirklich zu heiraten.«

»Sie haben sich dann also doch in ihn verliebt?« fragte ich.

»Verliebt – nein, ich weiß nicht. Ich war lange Jahre sehr allein gewesen, ich glaubte, mein Mann wäre tot – er sagte, daß er mich liebte und mich brauchte – na, und da habe ich eben nachgegeben.« Sie sah uns aus ihren dunklen Augen flehend an. »Sie sind doch eine Frau, Fräulein Sonja, Sie müssen das doch verstehn – ich meine, daß man einem Mann nachgeben kann, auch wenn man ihn nicht liebt, nicht wahr?«

Ich wollte schon nein sagen, aber dann fiel mir noch rechtzeitig ein, daß nicht sehr viel gefehlt hätte, und ich wäre Gardens Geliebte geworden. »Doch«, sagte ich ehrlich, »ich kann es verstehen. Aber was hat Ihr Mann dazu gesagt?«

»Erst hat er es gar nicht gemerkt. Als ich die Nachricht bekam, daß mein Mann ins Lager Friedland heimgekehrt war – das war natürlich ein entsetzlicher Schock für mich. Ich war ganz außer mir. Ich glaube, ich habe Hans eine entsetzliche Szene gemacht. Er hat nicht einmal versucht, sich zu verteidigen. Im Grunde hatte ich wohl erwartet, daß er mir erklären würde, er liebte mich trotzdem – daß er sich vor mich stellen würde. Ich hatte Eduard so lange nicht mehr gesehen, daß ich nicht mehr wirklich wußte, ob ich nun ihn liebte oder Hans. Ich wußte überhaupt nichts mehr. Es war entsetzlich. Aber als Hans seine paar Sachen – viel hatte er ja nicht – packte und verschwand, ja, da war ich fast erleichtert. Noch bevor mein Mann zurückkam, erhielt ich dann die Nachricht, seine Nachricht, daß er in den Tod gegangen wäre, weil er ohne mich nicht leben konnte.«

»Haben Sie das geglaubt?« fragte ich.

Sie dachte nach. »Nein«, sagte sie dann, »ich glaube, ich habe es nie für wahr gehalten. Ich weiß nicht, wie Hans heute ist, aber damals war er so voller Pläne, voller Unternehmungsgeist, er konnte es fast nicht mehr aushalten, daß er immer und ewig an das Haus gebunden war; ich konnte mir nicht vorstellen, daß er freiwillig von diesem Leben, das er doch so sehr liebte, Abschied genommen hatte.«

»Haben Sie Nachforschungen nach ihm angestellt?« fragte Jürgen Urban.

»Natürlich nicht«, sagte Frau Schulze sofort, »warum sollte ich? Edi kam zurück, und es wurde eine sehr schwere Zeit für mich. Ich hätte ihm gern die Wahrheit gesagt, aber ich wagte es nicht. Er war furchtbar herunter. Natürlich haben es ihm die Nachbarn dann doch erzählt.«

»Dann haben Sie ihm aber alles gesagt?«

»Ja«, sagte Frau Schulze, »aber heute glaube ich, daß es ein Fehler war. Er hat die Wahrheit nicht ertragen können. Er hat mir verziehen, er hat auch nicht mehr darüber gesprochen, und eine Zeit schien es auch so, als wenn wir doch wieder glücklich miteinander werden könnten. Aber immer war etwas zwischen uns. Es war wie eine unsichtbare Wand – wir konnten nicht zueinander kommen. Aber wir haben es beide ehrlich versucht. Edi hatte damals viel zu tun, er mußte das Malergeschäft seines Vaters wieder in die Höhe bringen, es ging auch ganz gut, und nach der Währungsreform standen wir ganz schön da. Bis . . .« Sie stockte.

»Bis Sie sich einen Fernsehapparat anschafften, nicht wahr?« warf ich ein.

»Ja. Vielleicht wäre doch noch alles gut geworden, wenn ich – wenn ich nicht – es ist alles meine Schuld, das müssen Sie mir glauben. Edi kann nichts dafür, er ist einfach verrückt, von einer fixen Idee besessen. Es ist meine Schuld, glauben Sie mir doch!«

»Was?« fragte Jürgen Urban. »Von was reden Sie?«

»Ich war so töricht, so ganz und gar blind! Als ich eines Abends Hans auf dem Fernsehschirm erkannte, da habe ich mich gefreut. Verstehen Sie das? Ich habe mich gefreut, daß er doch noch lebte und daß er es zu etwas gebracht hat. Wenn ich wenigstens den Mund gehalten hätte, aber ich habe es Edi gesagt. Und von dem Moment an war es aus. Völlig aus. Er hatte geglaubt, daß Garden tot wäre, und vielleicht hat ihm das ein bißchen geholfen, über alles hinwegzukommen. Aber jetzt konnte er es einfach nicht mehr ertragen. Tage- und nächtelang hat er sich mit seiner Eifersucht gequält. Es war einfach nicht mehr auszuhalten. Als er dann schließlich sein Geschäft verkauft und dieses Häuschen hier für mich gebaut hat – als er mir erklärte, daß er jetzt auch zum Fernsehen gehen wollte – ja, da war ich fast erleichtert. Ich ahnte ja nicht, was er vorhatte. Es dauerte noch eine ganze Weile, bis es ihm tatsächlich gelang, bis zu Hans vorzudringen; ich meine, in seiner Nähe arbeiten zu dürfen. Ich wußte nicht, was er trieb, bis er es mir sagte.«

»Was hat er Ihnen gesagt?« fragte Jürgen.

»Daß er Hans töten wolle. Vor meinen Augen. ›Dann wirst du

ihn endlich vergessen‹, sagte er mir. Ich konnte ihm nicht klarmachen, daß er mir längst nichts mehr bedeutete – daß er mir wahrscheinlich nie etwas bedeutet hatte. Ich habe geweint und gefleht, aber alles, was ich sagte, bestärkte ihn nur in seiner Meinung, daß ich um Hans zitterte, nicht um ihn. Ach, es ist alles so entsetzlich – so unfaßbar! Was soll ich denn nur tun? Was wollen Sie tun?«

»Garden alles erklären«, sagte ich.

Frau Schulze sprang auf. »Nein! Das dürfen Sie nicht! Garden – ich glaube nicht, daß er ein guter Mensch ist, denn sonst hätte er mir damals das nicht angetan – mir nicht und Edi nicht. Sie dürfen es ihm nicht sagen. Er wird Edi ins Zuchthaus bringen.«

»Das wird er nicht. Er hat viel zuviel Angst vor einem Skandal«, erklärte ich ihr. »Er wird Ihren Mann höchstens entlassen, und ich glaube, das wäre gut – für Sie, für alle.«

»Ich hätte Ihnen das alles nicht sagen dürfen«, flüsterte sie verzweifelt, »aber ich war so froh, endlich einmal mit jemand darüber sprechen zu können. Jetzt kommt es mir vor, als wenn ich ihn verraten hätte.«

»Das haben Sie nicht, liebe Frau Schulze«, sagte ich beruhigend, »ganz bestimmt nicht. Wir wußten, daß Ihr Mann der Täter war, noch bevor wir nach Untersteinbach kamen. Auch was sich abgespielt hat, konnten wir uns schon zusammenreimen. Dafür hat eine alte Dame gesorgt, der wir auf dem Marktplatz begegneten. Sie hat so viel angedeutet, daß wir Ihre Bestätigung eigentlich nicht mehr brauchten.«

»Edi darf nicht erfahren, daß Sie mit mir gesprochen haben!«

»Wenn es irgendwie geht, werden wir es nicht erwähnen«, versprach Jürgen Urban. Er stand auf. »Ich denke, wir können, Sonja!«

»Wollen Sie mitfahren, Frau Schulze?« fragte ich aus einem Impuls heraus.

»Ja!« sagte sie sofort, dann änderte sie ihre Meinung: »Nein, lieber doch nicht. Es hätte keinen Sinn. Ich habe keinen Einfluß auf Edi – nicht den geringsten. Es würde alles nur noch schlimmer machen.«

»Wie Sie meinen«, sagte ich. »Also, leben Sie wohl! Ängstigen Sie sich nicht. Sie können sich auf uns verlassen. Wir werden alles versuchen, um die Sache in Ordnung zu bringen, ohne Polizei und ohne irgendwelches Aufsehen!«

Als wir vor die Haustür traten, hatte es aufgehört zu regnen. Ein Schimmer von Sonne brach durch die fasrig gewordene Wolkendecke.

Bevor er in das Auto stieg, zog Jürgen Urban seinen Fotoapparat und knipste das Haus.

»Wozu tust du das?« fragte ich.

»Nur so.«

»Ich begreife nicht . . .«

»Ich bin Fotoreporter, wußtest du das nicht?« Er öffnete die Autotür und stieg ein. Es blieb mir nichts anderes übrig, als seinem Beispiel zu folgen.

Als er auf dem verschlammten Weg gewendet hatte – was gar nicht so einfach war –, nahm ich das Thema wieder auf. »Ein Bild von diesem Haus. Was kann uns denn das nützen?«

»Dir nicht, aber mir. Begreifst du denn nicht, daß das ein toller Stoff ist? So was wird von den Lesern gefressen. Heimkehrer – ungetreue Frau – Abschiedsbrief des Liebhabers – Wiedererkennung vor dem Fernsehschirm – einmalig!«

»Du willst doch nicht im Ernst?« fragte ich entsetzt. »Also, Jürgen, wenn ich das gewußt hätte, ich hätte dich niemals mit nach Untersteinbach genommen.«

»Du verdrehst die Dinge, Sonja. Ich habe dich mitgenommen.«

»Jürgen, wenn du über diese Geschichte schreibst«, sagte ich zornig, »das werde ich dir nie verzeihen.«

»Du bist also immer noch in Garden verliebt?«

»Jetzt kommst du mir vor wie Schulze. Nein, ich bin nicht in ihn verliebt, und es liegt mir auch nichts daran, ihn zu schonen. Aber denk doch mal an diese arme Frau, an ihren armen Mann, der ganz irrsinnig vor Eifersucht ist. Willst du ihm wirklich das auch noch antun?«

»Ein guter Journalist darf keine Sentimentalitäten kennen.«

»Auch keinen Anstand?«

Er schwieg.

»Du weißt genau, daß die Frau kein Wort gesagt hätte, wenn sie geahnt hätte, daß du von der Presse bist, Jürgen. Du kannst das nicht tun, wirklich nicht.«

»Na ja, vielleicht hast du recht«, sagte er widerwillig, »vielleicht ist die Sache im augenblicklichen Stadium doch unangebracht, aber es ist wahrhaftig ein Jammer.«

»Auf alle Fälle hast du großartige Arbeit geleistet«, tröstete ich ihn, »du hast den Täter gefunden, das Motiv und den Beweis.«

»Ich?« fragte er. »Wieso denn? Du!«

»Na schön, dann sagen wir – wir. Das klingt auch viel netter.«

Am liebsten hätte ich noch am selben Abend mit Garden gesprochen und ihm von unserer Entdeckung berichtet, aber als ich bei ihm zu Hause anrief, meldete sich Janos Lewin. Er teilte mir mit, daß Garden von Eppenheim aus auf eine kleine Reise gegangen wäre – wohin, das konnte oder wollte er mir nicht sagen –, jedenfalls ließ er mit boshaftem Vergnügen durchblicken, daß Garden nicht allein unterwegs war. Er wollte erst kurz vor der nächsten Fernsehsendung wieder zurück sein.

Ich war drauf und dran, Janos Lewin alles zu berichten, damit er mir eine Verbindung mit Garden verschaffte, aber Jürgen Urban, der mit mir in der Telefonzelle stand, machte mir warnende Zeichen, und so schwieg ich. Ich wußte, daß Jürgen recht hatte. Solange Garden auf seiner Vergnügungsreise war, konnte ihm nichts passieren, und wir würden ihn bestimmt noch vor der nächsten Sendung abfangen können.

Der 5. August, an dem der große Quizabend mit Hans Ullrich Garden über alle deutschen Sender und die angeschlossenen österreichischen und Schweizer Sender gehen sollte, war ein Samstag.

Am Abend zuvor rief mich Hans Ullrich Garden an.

Als er sich am Apparat meldete, glaubte ich, daß Janos Lewin ihn von meinem Anruf unterrichtet hatte und daß er mir Gelegenheit geben wollte, ihn zu sprechen.

Aber bevor ich noch irgend etwas erklären konnte, sagte Garden: »Sonja! Es tut mir leid, aber du mußt deinen Krankenurlaub unterbrechen, du bist unsere letzte Rettung.«

»Ich begreife nicht ...«

»Gaby ist krank. Sie fällt aus. Uns bleibt keine Zeit, jemand einzuarbeiten ... Du mußt unbedingt einspringen, Sonja.«

»Gaby ist krank? Ich habe sie ja noch gestern abend gesehen!«

»Sie bekommt ein Kind«, sagte Garden.

»Ach was. Und deshalb kann sie nicht ...?«

»Kann sie nicht oder will sie nicht – ich kann das nicht entscheiden. Jedenfalls behauptet sie, daß ihr dauernd schlecht wird. Wie geht es mit deinem Bein?«

»Der Verband ist ab, aber das Pflaster wird man sicher sehen – besonders wenn die Kamera meine Beine aufs Korn nehmen sollte.«

»Humpelst du noch?«

»Ein bißchen.«

»Macht nichts. Ein Mädchen mit einem verletzten Bein kann ganz rührend wirken, besonders wenn du die Nummer vorführst, Sonja. Außerdem haben wir keine Wahl. Also, abgemacht – du erscheinst morgen um acht Uhr zur letzten Probe.«

»Ich muß dich vorher sprechen, Ulli«, sagte ich hastig. »Es ist wichtig!«

»Ich kann mir nicht denken . . .«

»Doch. Du kannst. Ich weiß jetzt, wer der Mann ist, der dir nach dem Leben trachtet, Ulli!«

Einen Augenblick blieb es ganz still am anderen Ende der Leitung. Dann fragte Hans Ullrich Garden, und seine Stimme klang plötzlich ganz verändert: »Wer?«

»Erwartest du wirklich, daß ich es dir durchs Telefon erzähle?«

»Ich hoffe, du phantasierst nicht wieder was zusammen, Sonja!« Er schien seine Fassung schon wiedergewonnen zu haben.

»Wann hätte ich das je getan, Ulli?«

»Willst du mir nicht wenigstens eine Andeutung machen, wen du dabei im Auge hast?«

»Es ist besser, ich fahre sofort zu dir hinaus, dann wirst du alles haarklein erfahren«, sagte ich und hängte rasch ein, bevor er etwas entgegnen konnte.

Ich trug mein Pepitakostüm und verlor daher keine Zeit damit, mich umzuziehen. Aber als ich mein Zimmer schon verlassen wollte, fiel mir ein, daß es doch besser wäre, nicht allein zu Hans Ullrich Garden zu fahren. Ich rief Jürgen Urbans Redaktion an und hatte Glück. Er arbeitete noch. Als ich ihn bat, mich zu Hans Ullrich Garden zu bringen, versprach er mir, mich sofort abzuholen.

Um ganz ehrlich zu sein, muß ich zugeben, daß ich die Eröffnung, die ich Hans Ullrich Garden machen würde, schon im voraus genoß; ich fühlte mich wie ein Triumphator beim Einzug in die belagerte Stadt.

Der Diener führte uns in ein elegantes, modern eingerichtetes Wohnzimmer. Garden war nicht allein. Janos Lewin war bei ihm. Die beiden standen sich gegenüber, und ich hatte flüchtig den Eindruck, daß sie sich gestritten hatten. Aber als wir eintraten, lächelten beide.

»Bitte, Kinder, nehmt doch Platz«, sagte Garden herablassend, »ich bin wahrhaftig gespannt auf das Ergebnis eurer detektivischen Tätigkeit!«

»Du hast immer geahnt, wer dir nachstellt, Ulli«, sagte ich ruhig.

»Ich? Du mußt wahnsinnig sein, so was zu behaupten!«

»Nun, dann will ich dir einen Tip geben – dein Mörder kommt aus Untersteinbach!«

Garden wurde blaß, sein Lächeln gefror. Aber er sagte dreist: »Das hast du mir schon einmal erzählt, mein Mädchen!«

»Es ist Otto Schulze!« sagte Jürgen Urban ungeduldig. »Sie werden verstehen . . .«

Gardens Gesicht verfiel. »Der Bühnenmaler? Nein! Damals – er hieß doch – Eduard!«

»Ja, er hieß Eduard, und er war seinerzeit zehn Jahre jünger, und er trug auch höchstwahrscheinlich keinen Bart – so konntest du ihn nicht wiedererkennen. Er will dich vor ihren Augen umbringen, um sich an dir zu rächen – begreifst du jetzt endlich?«

»Das kann nicht wahr sein.« Hans Ullrich Garden ließ sich in einen Sessel sinken. »Nein, ihr wollt mich nur erschrecken – das ist nicht wahr!«

»Wir haben Beweise«, sagte Jürgen Urban. »Wir haben uns erlaubt, ein graphologisches Gutachten einzuholen. Schulze ist es, der die Drohbriefe geschrieben hat, und seine Frau hat uns bestätigt, daß er vorhat, Sie zu töten.«

»Du mußt ihn entlassen, Ulli«, sagte ich eindringlich, »sofort!«

Garden stöhnte auf. »Das kann ich nicht. Begreift ihr denn nicht, daß ich das nicht kann?«

»Du mußt es«, sagte ich.

»Er würde einen Skandal machen. Wenn dann die Sache in die

Presse kommt, bin ich erledigt. Ein für allemal erledigt, ruiniert.«

»Nichts erledigt einen Menschen mehr als der Tod«, sagte Janos Lewin, und ich hatte fast den Eindruck, daß er die Situation genoß.

»Herr Garden . . .«, begann Jürgen Urban.

Ich unterbrach ihn. »Komm, Jürgen, du siehst, es ist zwecklos. Wir haben unsere Pflicht getan, jetzt liegt die Entscheidung bei Garden.«

Wir erhoben uns fast gleichzeitig, und im selben Augenblick sprang auch der Quizmaster auf. »Bitte«, sagte er, »bitte, versucht doch, mich zu verstehen! Ich bin euch sehr dankbar – ich bin euch wirklich dankbar. Natürlich sollt ihr es nicht umsonst getan haben – ich werde . . .«

»Alles, was wir von dir wollen, ist, daß du Schulze entläßt. Um seinet- und um deinetwillen, Ulli!«

»Versprecht mir, daß ihr mit niemand darüber redet!« flehte Garden. »Sie werden die Sache doch nicht in die Presse bringen, Urban? Ich bin bereit, jeden Preis zu bezahlen . . .«

Ich seufzte. »Es hat keinen Zweck, Jürgen, er versteht uns nicht. Komm, gehen wir!«

Garden machte eine Bewegung, als wenn er uns nachlaufen wollte, aber Lewin hielt ihn zurück.

Schweigend verließen wir Gardens Haus, nicht einmal der Diener begegnete uns.

Jürgen Urban und ich wußten, daß es jetzt nur noch eine einzige Möglichkeit gab, das Verhängnis aufzuhalten – wir mußten Eduard Otto Schulze sprechen und unsere Karten aufdecken. Aber leider hatten wir beide keine Ahnung, wo wir ihn treffen konnten.

Wir fuhren zum Fernsehhaus. Dort war er nicht. Im Studio III wurde eine Life-Aufführung gesendet, die den beziehungsvollen Titel »Späte Rache« trug. Das rote Schild leuchtete über der Tür, und wir wagten nicht zu stören. Schließlich trieben wir Inge Kreuder, die Fernsehansagerin, auf, die in ihrer winzigen Garderobe hockte, ein Coca-Cola trank und darauf wartete, daß es Zeit für die Absage wurde. Aber auch sie konnte uns nicht weiterhelfen.

Es blieb uns nichts anderes übrig, als mit ihr auf das Ende der Übertragung zu warten, dann erwischten wir Jupp Schlemmer, einen jungen Regieassistenten, der uns Schulzes Adresse sagen konnte. Der Bühnenmaler wohnte in einer zweitrangigen Pension am Südbahnhof.

Wir fuhren sofort los, doch Otto Schulze war nicht zu Hause. Die Wirtin, eine dicke, ziemlich schmuddelige Person mit hochgetürmtem Haar, konnte uns nur sagen, daß Schulze meistens abends, wenn er dienstfrei war, in der Nähe noch ein Glas Bier zu trinken pflegte. Wir kämmten sämtliche Kneipen rund um den Südbahnhof ab und hatten die Suche schon fast aufgegeben, als wir ihn endlich fanden – in der Schwemme der Felsenbrauerei. Er saß mit zwei hemdsärmeligen Männern in der Nähe der Theke und drosch einen Skat. Die Luft war dick vor Rauch, es roch nach abgestandenem Bier und schwitzenden Männern. Das Gedudel der Musikbox wurde durch die lauten Stimmen, das Aufklatschen der Karten, das Klirren der Biergläser fast übertönt. Ich fühlte, daß ich sehr wenig in diese Atmosphäre paßte, und hätte mich am liebsten verdrückt, aber ich mochte Jürgen Urban nicht im Stich lassen. Einige der Männer hatten nur kurz aufgeschaut, als wir eintraten, um sich dann gleich wieder ihren politischen Reden, Berichten von Kriegserlebnissen oder dem Kartenspiel hinzugeben, andere aber starrten uns neugierig und mit unverhohlener Frechheit an.

»Süßer Käfer, wie?« fragte einer der Männer an der Theke und stieß seinen Kumpan in die Seite.

»Komm her, Puppe!« rief ein anderer. »Wie wär's mit einem Likörchen?« Er packte mich beim Arm.

Blitzschnell kratzte ich meine spitzgefeilten Fingernägel über seine Hand.

Er ließ mich mit einem Aufschrei los. »Na, so etwas!« sagte er und starrte auf seinen zerschrammten Handrücken. »Hat man so etwas schon erlebt?«

Eduard Otto Schulze hatte uns anscheinend noch nicht gesehen, jedenfalls stellte er sich so. Die Karten waren gerade ausgegeben worden, und er schien vollauf damit beschäftigt, seine Partner zu reizen.

»Achtzehn – zwanzig – zweiundzwanzig – vierundzwanzig!«

»Das spielst du!«

Jürgen Urban legte Schulze die Hand auf die Schulter. »Entschuldigen Sie bitte, wenn wir stören«, sagte er.

Schulze fuhr blitzschnell herum, und einen Augenblick glaubte ich, daß er Jürgen niederschlagen wollte. Aber dann lächelte er. »Na, was gibt's?«

»Wir müssen Sie sprechen.«

Schulze warf mir einen Blick zu, seine Augen verengten sich, dann sagte er: »Ach so.«

»Einen Augenblick noch«, sagte Schulze, nahm seelenruhig den Skat auf, dann sah er sein Blatt an, legte zwei Karten weg und erklärte: »Ich spiele einen Grand mit zweien . . .«

Ich sah ihm über die Schulter und stellte fest, daß sein Blatt nicht ganz sauber war. Die Herzflöte war nicht vollständig, und vom Kreuz fehlte das As. Aber er hatte Glück, die beiden Buben fielen beim ersten Stich. Er bluffte meisterhaft und gewann. Er lächelte triumphierend, und gelbe, unregelmäßige Zähne erschienen zwischen seinem Bart. »Rechne schon mal aus, Benno«, sagte er und schob seinen Stuhl zurück, »ich bin gleich wieder da.«

Jetzt stand er vor uns, ein schwerer Mann, gut einen Kopf größer als Jürgen. »Womit kann ich dienen?«

»Gehen wir nach nebenan«, schlug ich vor.

Im Speisezimmer war die Luft klar. Die meisten der weißgedeckten Tische standen leer. Kein Wunder, es war bald Mitternacht und Essenszeit längst vorüber. Ich steuerte an einem gemütlichen älteren Ehepaar vorbei in die hinterste Ecke des Raumes, wo wir, wie ich hoffte, ungestört sprechen konnten.

Jürgen bestellte, ohne uns zu fragen, drei Glas Bier, und während wir warteten, daß der Ober sie uns brachte, zündete er sich eine Zigarette an. Schulze holte umständlich ein Zigarettenmaschinchen aus der Tasche und begann sich einen Glimmstengel zu drehen.

Mir war inzwischen klar geworden, daß wir kein leichtes Spiel mit Schulze haben würden. Nach den Erzählungen seiner Frau hatte ich fast erwartet, in ihm einem psychopathischen Nervenbündel zu begegnen. Aber er war ein hartgesottener Bursche, das hatte ich deutlich gemerkt, als ich ihn beim Spiel beobachtete. Er rauchte, ohne uns anzusehen, und zeigte weder Erregung noch Neugier.

»Ich nehme an, Sie wissen, weshalb wir Sie sprechen wollen«, eröffnete Jürgen die Unterhaltung – nicht sehr geschickt, wie ich fand.

»Ich nehme es an«, sagte Schulze ruhig.

»Hören Sie mal, Herr Schulze«, mischte ich mich ein, »warum sollen wir wie die Katze um den heißen Brei herumgehen? Sie haben die anonymen Drohbriefe an Garden geschrieben! Es hat keinen Sinn zu leugnen, wir wissen es. Wir haben ein graphologisches Gutachten eingeholt . . .«

»Damit sagen Sie mir nichts Neues«, unterbrach er mich kalt. »Das habe ich geahnt, als . . .«

»Ich weiß, ich weiß. Ich begreife auch durchaus, daß Sie uns unser Vorgehen möglicherweise übelnehmen. Aber wenn man sich gegen einen Mörder wehren will, darf man in der Auswahl der Mittel nicht allzu heikel sein.«

»Ich bin kein Mörder.«

»Herr Schulze«, sagte Jürgen Urban, »es hat doch keinen Sinn zu leugnen.«

»Das möchte ich dann doch bezweifeln.«

»Wir waren bei Ihrer Frau«, sagte ich eindringlich.

Eine Sekunde lang war es, als wenn seine Maske zerbrechen würde, ein nervöses Zucken huschte über sein Gesicht, dann hatte er sich wieder gefangen. »Meine Frau ist keine Zeugin«, erklärte er, »ganz abgesehen davon, daß sie befangen ist. Sie hat Untersteinbach nie verlassen.«

»Sie haben ihr doch selbst gesagt, daß Sie Garden umbringen wollen!«

»Na, wenn schon. Man redet viel, wenn der Tag lang ist. Falls Sie sich tatsächlich einbilden, Beweise gegen mich in der Hand zu haben, warum gehen Sie nicht zur Polizei?«

Ich erhob mich sofort. »Na schön, wenn Sie so stur sind – gehen wir! Kommen Sie gleich mit, Herr Schulze, oder wollen Sie darauf warten, bis Sie verhaftet werden?«

»Man wird mich nicht verhaften«, behauptete er, »ich habe keinem Menschen ein Haar gekrümmt.«

»Aber Sie wollen es doch!«

»Wie kommen Sie darauf?«

»Mir langt es.« Jetzt stand auch Jürgen Urban auf. »Komm, Sonja . . .«

Ich hatte mich anders besonnen. »Einen Augenblick, Jürgen«,

sagte ich. »Darf ich Ihnen ein paar Fragen stellen, Herr Schulze?«

»Mit dem größten Vergnügen.«

Wir setzten uns beide wieder hin.

»Wollen Sie leugnen, daß Sie die anonymen Briefe geschrieben haben?« fragte ich.

»Nein.«

»Geben Sie zu, daß Sie die Spielzeugpistole mit einer echten Waffe vertauscht haben?«

»Ja.«

»Daß Sie das Winkeleisen heruntergeworfen haben, gerade als Hans Ullrich Garden und ich darunter standen?«

»Nein«, sagte er, »ich habe es erst herunterfallen lassen, als Sie zur Seite sprangen.«

»Sagen Sie lieber, daß wir noch rechtzeitig zur Seite gesprungen sind!«

»Keineswegs. Wenn Sie mich nicht gesehen und Garden zurückgerissen hätten, würde ich es nicht geworfen haben.«

Mir fiel etwas ein. »Komisch«, sagte ich, »damals hatte ich eigentlich das Gefühl, daß der Mann, den ich auf dem Hängeboden beobachtet hatte, ziemlich klein war!«

»Das täuscht, Fräulein Sonja«, sagte er mit einem halben Lächeln. »Sie haben völlig recht, ich habe es heruntergeworfen, aber erst ...«

»Lassen wir das mal beiseite«, sagte Jürgen Urban. »Was war mit dem Glas Selterswasser? Sie waren es doch, der es vergiftet hat, nicht wahr?«

»Vergiftet ist nun doch übertrieben. Ich habe ein Schlafpulver hineingeschüttet. Selbst wenn Garden das ganze Glas in einem Zug geleert hätte, womit ich allerdings – da ich Ihre Aufmerksamkeit kannte, Fräulein Sonja – nicht gerechnet hatte, wäre er höchstens schläfrig geworden.«

»Das können Sie jetzt alles leicht behaupten«, sagte ich wütend, weil er es nicht aufgab, uns an der Nase herumzuführen.

»Es ist die Wahrheit«, betonte Schulze. »Ich hatte niemals vor, Garden wirklich umzubringen, ich wollte ihn nur erschrecken.«

»Jetzt sagen Sie nur noch, Sie hatten damit gerechnet, daß ich die Pistole nicht abschoß.«

»Sie hätten es ruhig tun können, sie war nicht geladen.«

»Verdammt«, sagte Jürgen Urban, »Sie sind sehr geschickt.«

Schulze schien ihn falsch zu verstehen. »Oh, so schwierig war das alles nicht. Jeder, der hinter der Bühne zu tun hatte, hätte es genausogut durchführen können.« Er nahm einen tiefen Schluck aus seinem Bierglas. »Ich bewundere, wie schnell Sie die Zusammenhänge herausgebracht haben. Nein, ganz ehrlich, das war entschieden schwieriger.«

»Ihre Verteidigung klingt nicht schlecht«, mußte ich zugeben, »aber möchten Sie uns vielleicht auch verraten, warum Sie diesen ganzen Zirkus aufgezogen haben?«

»Muß ich Ihnen das wirklich sagen, Fräulein Sonja? Einem so intelligenten Mädchen wie Ihnen?«

»Es wäre mir schon sehr recht, Herr Schulze.«

»Sie wissen, was Garden mir angetan hat, nicht wahr, Sie wissen es? Sie müssen doch dann auch verstehen, daß ich mich rächen wollte. Ich tat es nicht nur meinetwegen. Ich wollte ihm eine Lektion erteilen, ihm und meiner Frau. Weiter nichts. Ich wußte, daß Garden viel zuviel Angst vor einem Skandal hatte, um Anzeige zu erstatten. Aber stellen Sie sich vor, ich hätte ihn wirklich getötet, die Polizei hätte sich eingemischt – Sie zweifeln doch nicht daran, daß man mich sehr schnell als Täter entlarvt hätte? Glauben Sie etwa, daß ich den Rest meines Lebens im Zuchthaus verbringen wollte? Wegen Garden? Wegen dieses Lumpen?«

»Selbst wenn alles so ist, wie Sie jetzt erklären«, sagte ich fast überzeugt, »so war das Ganze doch – äußerst gewagt.«

»Halten Sie Garden für einen feinen Menschen?«

»Durchaus nicht«, sagte ich. »Aber dennoch! Warum sind Sie nicht einfach hingegangen und haben ihm Ihre Meinung gesagt? Warum haben Sie ihn nicht verprügelt oder so etwas? Das hätte ich verstehen können. Aber anonyme Drohbriefe zu schreiben und uns alle in Angst und Schrecken zu versetzen – nein, das war wirklich niederträchtig und abscheulich, selbst wenn Sie, wie Sie behaupten, keine Mordabsichten gehabt haben. Ihre Frau hat Entsetzliches durchgemacht.«

»Sie hat es verdient.«

»Unsinn! Ihre Frau liebt Sie – Sie leidet um Ihretwillen!«

»Sie haben sich etwas vormachen lassen. Irma hängt immer noch an diesem Popanz Garden.«

»Herr Schulze«, sagte Jürgen Urban, »wir sind nicht gekommen, um uns mit Ihnen über Ihre fixen Ideen auseinanderzusetzen. Wir möchten Ihnen ein Ultimatum stellen.«

»Das klingt nach Erpressung, finden Sie nicht auch?«

»Keineswegs. Das Recht ist auf unserer Seite. Sie werden noch heute abend Ihre Koffer packen und nach Untersteinbach zurückfahren . . .!«

»Ich denke nicht daran! Warum sollte ich das?«

». . . oder wir werden Anzeige gegen Sie erstatten!«

»Bitte tun Sie, was Sie nicht lassen können.«

»Herr Schulze«, sagte ich, »wollen Sie wirklich Mittelpunkt eines Skandals werden?«

»Warum nicht? Ich habe nichts zu verlieren, aber Garden alles.«

»An Ihre Frau denken Sie überhaupt nicht, wie?«

»Irma hat auch nicht an mich gedacht, damals, als . . .«

»Natürlich hat sie das«, sagte ich, »sie war fest überzeugt, daß Sie tot wären. Sonst hätte Garden niemals bei ihr landen können. Sind Sie wirklich nicht fähig, das einzusehen?«

Einen Augenblick sah es so aus, als wenn er unseren Vorschlag annehmen würde, dann aber sagte er stur: »Mir kann nichts passieren.«

»Da irren Sie sich aber gewaltig«, erklärte Jürgen Urban, »und ob Ihnen etwas passieren kann! Schon allein durch Ihre anonymen Drohbriefe haben Sie sich strafbar gemacht. Außerdem kann ich mir nicht vorstellen, daß irgendein Gericht der Welt Ihnen abnehmen wird, Sie hätten Garden nur erschrecken wollen, selbst wenn es so war. Sie müssen sich mindestens auf eine längere Gefängnisstrafe gefaßt machen. Aber wenn Ihnen das nichts ausmacht – bitte!«

Schulze schwieg, und wir sahen ihn erwartungsvoll an. »Ich kann unmöglich heute nacht noch abfahren«, sagte er, »es geht kein Zug mehr.«

»Dann eben morgen früh.«

»Sie wissen genau, daß ich bei der Probe gebraucht werde. Ich kann meine Arbeit nicht einfach im Stich lassen.«

»Hören Sie gut zu«, sagte Jürgen Urban, »das ist doch kein Argument! Wollen Sie uns einreden, Sie wären unersetzlich?«

»Ich mache Ihnen einen Vorschlag«, sagte Schulze. »Genügt es Ihnen, wenn ich verspreche – ich gebe Ihnen mein Ehrenwort –, daß ich morgen abend nichts unternehmen werde?«

»Nein, das genügt uns nicht«, sagte Jürgen Urban. »Wenn Sie glauben, daß Sie morgen wirklich auf der Probe noch dabei sein müssen – bitte. Von uns aus. Aber während der Sendung dürfen Sie das Sendehaus auf keinen Fall betreten. Wenn Sie uns das versprechen ...«

Plötzlich verlor er die Beherrschung. »Was wollen Sie denn von mir?« brüllte er. »Ich habe Ihnen doch gesagt, daß ich niemals etwas gegen Garden im Schilde geführt habe! Ich bin nicht imstande, einer Fliege ein Bein auszureißen – weshalb wollen Sie mich dann unbedingt fernhalten?«

»Weil wir Angst haben. Angst vor Ihnen, Herr Schulze«, sagte ich. »Sie haben monatelang mit Ihren Drohbriefen und Ihren Attentaten auf unseren Nerven herumgetrampelt. Jetzt verlangen Sie von uns, daß wir glauben sollen, es war alles nur ein übler Scherz. Beweisen Sie uns, daß Sie kein Interesse daran haben, Garden zu töten! Wenn Sie wirklich nichts gegen ihn unternehmen wollen, warum wollen Sie dann unbedingt morgen im Sendehaus sein?«

Er seufzte. »Ich weiß nicht, warum ich Ihnen nachgebe – aber bitte, ich tu's. Sie denken immer nur an sich, an das, was Sie durchgemacht haben. Aber glauben Sie etwa, daß ich glücklich bin?«

»Wer ist schon wirklich restlos glücklich, Herr Schulze«, sagte ich und stand auf. »Wir haben also Ihr Wort?«

Er reichte mir seine breite Hand, und es kostete mich einige Überwindung einzuschlagen. »Ja«, sagte er, »meine Hand darauf! Ich werde nicht kommen.«

Der nächste Tag verging mit anstrengenden Proben. Ich hatte die ganzen Vorbereitungen für die zehnte Sendung »Lachen ist gesund« versäumt, und ich mußte im letzten Augenblick noch so viel einpauken, daß ich bald nicht mehr wußte, wo mir der Kopf stand. Ich verfluchte Gaby, die sich offensichtlich gedrückt hatte, denn sie war mir am frühen Morgen kerngesund und mit bester Laune in der Pension begegnet und hatte mir noch höhnisch »Viel Vergnügen!« gewünscht.

Hans Ullrich Garden war sichtlich nervös, was ich ihm nicht verargen konnte – ich wäre das auch gewesen, wenn ich gewußt hätte, daß ein Mörder am Abend auf mich lauern würde. Für die dritte Runde war vorgesehen, daß die Kandidaten auf ziemlich hohen Stelzen herumhumpeln sollten, und um der Sache Pfiff zu geben, sollte ich den Stelzengang erst einmal vorführen. Ich war als Kind gerne Stelzen gelaufen und traute es mir auch zu, aber mein schmerzendes Bein behinderte mich, dazu lag noch ein vergessenes Kabel quer über der Bühne, ich stolperte, stürzte und schlug mir ein Knie auf. Garden brüllte mich wütend und ungerecht an, ich war den Tränen nahe.

An diesem Tag war Janos Lewin wirklich der ruhende Pol. Er schlichtete, begütigte, tröstete, und ich konnte seine Haltung nur bewundern.

In der Mittagspause, während alle anderen sich in die Kantine zurückzogen, mußte ich das Kleid für den Abend – eine korallenrote Robe mit vielen rauschenden Petticoats – anprobieren, das eigentlich für Gaby geschneidert worden war. Es war für mich nicht gerade erfreulich, als die Schneiderin feststellte, daß meine Taille um gut zwei Zentimeter breiter war als die Gabys. Es mußten Nähte getrennt werden, es wurde an mir herumgesteckt, und die ganze Zeit mußte ich still und gerade dastehen, während mir der Magen knurrte und die Beine fast den Dienst versagten. Dann war die Pause um, und die Probe ging weiter. Zu allem Überfluß begegnete ich auf dem Weg zum großen Sendesaal Otto Schulze, ich wollte ihn an sein Versprechen erinnern, aber da drehte er sich schon auf dem Absatz um und war schon zwischen den Kulissen verschwunden, ehe ich ihn fassen konnte.

Angst kroch mir über den Rücken. Hatten wir nicht einen schweren Fehler gemacht, uns auf das Wort dieses Mannes zu verlassen? Hätten wir nicht doch besser daran getan, ihn anzuzeigen? Wäre es nicht eigentlich unsere Pflicht gewesen?

Während wir probten und probten, waren meine Gedanken nicht bei der Sache. Ich machte mehr Fehler, als nötig gewesen wären, und selbst Janos Lewin verlor die Geduld mit mir. »Mein Gott, stellen Sie sich doch nicht so an, Sonja!« rief er verzweifelt. »Wollen Sie denn wirklich, daß Ihretwegen die ganze Sendung platzt?«

Ich verfluchte innerlich den Tag, an dem ich Hans Ullrich Gardens Angebot, seine Assistentin zu werden, angenommen hatte, aber ich arbeitete mit zusammengebissenen Zähnen weiter.

Endlich, um sechs Uhr abends, war alles vorüber. Es blieb mir gerade noch vor der Fernsehsendung Zeit genug, eine Kleinigkeit zu essen und mich, wenn ich mich sehr beeilte, eine halbe Stunde hinzulegen.

Als ich das Sendehaus verließ, traf ich Jürgen Urban. Er hatte auf mich gewartet. »Menschenskind, Sonja«, sagte er bestürzt. »Wie siehst du denn aus?«

Ich nahm seinen Arm und brauchte einige Zeit, um meine aufsteigenden Tränen hinunterzuschlucken. »Ich bin fix und fertig, Jürgen«, sagte ich. »Ich kann nicht mehr. Ich glaube, ich stehe diesen einen Abend einfach nicht durch.«

»Angst?« fragte er.

»Wahnsinnige Angst«, sagte ich. »Wir hätten Schulze nicht laufen lassen dürfen.«

»Das habe ich nicht getan«, sagte er.

»Nicht? Du meinst, weil du ihm sein Wort abgenommen hast? Das Wort eines Verbrechers?«

»Ich war bei der Kriminalpolizei«, sagte Jürgen Urban. »Schulze wird noch vor der Sendung verhaftet.«

Der Stein, der mir vom Herzen fiel, muß mindestens einen Zentner schwer gewesen sein.

Wie meist, wenn bei der Probe alles schiefgegangen ist, klappte es am Abend bei der Aufführung großartig. Hans Ullrich Garden war in Höchstform und hatte schon nach den ersten Minuten seines Auftretens im Alleingang das Publikum in dem bis auf den letzten Platz vollgestopften großen Sendesaal mitgerissen. Er übertraf sich förmlich selbst, und das will etwas heißen. Auch mit den Kandidaten hatte er ausgesprochenes Glück. Es waren die nettesten Teams, die ich in der ganzen Zeit meiner Zusammenarbeit mit Hans Ullrich Garden erlebt hatte.

Ich selbst schwebte auf Wolken. Es war das erstemal, daß mir meine Arbeit wirklich Freude machte, das erstemal, daß ich sie ohne Angst ausführen durfte.

Obwohl Janos Lewin mit Rücksicht auf mein verletztes Bein den Gag mit den Stelzen gestrichen hatte, fühlte ich mich jetzt stark genug, ihn vor versammeltem Publikum durchzuführen, und es klappte glänzend. Von den Kandidaten schafften es nur zwei, die ehrlich bejubelt wurden, aber der Beifall, den die anderen ernteten bei ihren vergeblichen Versuchen, sich auf den Stelzen zu halten, bei ihrem Holpern, Stolpern und Stürzen, war geradezu rasant.

Dann, als das Siegerteam, das nun in die letzte Runde gehen sollte, festgestellt worden war – eine nette, harmlose Familie, Vater, Mutter und ihre Tochter, ein Teenager mit einem dicken blonden Zopf, die von vornherein die meisten Sympathien beim Publikum gehabt hatte –, kündigte Hans Ullrich Garden die letzte der artistischen Einlagen an – die drei Rialtos, eine Trapeznummer.

Hans Ullrich Garden stand allein auf der Bühne und jubelte dem Publikum im Saal und an den Fernsehschirmen zu: »Und jetzt, meine Damen und Herren – und ich muß sagen, daß ich froh und stolz bin, Ihnen diese Sensation bieten zu können – es ist sozusagen ein Höhepunkt meines Lebens . . .«

Das Orchester Bert Bünger intonierte einen rasenden Trommelwirbel – und in diesem Augenblick geschah es. Hans Ullrich Garden sackte lautlos zusammen.

Ich stürzte auf die Bühne und beugte mich über ihn. Alle Farbe war aus seinem Gesicht gewichen, er starrte mich an, aber ich wußte nicht, ob er mich erkannte. Seine Lippen bewegten sich, aber er brachte kein Wort hervor. Ich sah, wie seine Augen brachen. Auf der Brust seines blütenweißen Hemdes erschien ein kleiner roter Fleck, der sich immer weiter ausbreitete.

Das Publikum war totenstill, in meinen Ohren dröhnte es.

Als der Vorhang fiel, erhob ich mich langsam. Jetzt kamen sie alle, die Rialtos zuerst, der Inspizient, der Requisiteur, Semmelweis – und sie starrten mich an, als wenn ich Garden umgebracht hätte.

»Ich glaube, er ist tot«, war alles, was ich sagen konnte.

»Entsetzlich«, sagte Janos Lewin. »Ich habe es nicht verhindern können!«

Wir standen schweigend und erschüttert. Im Zuschauerraum wurden Rufe, Pfiffe, Geschrei laut.

»Herr des Himmels«, rief Semmelweis, »können diese Leute nicht wenigstens den Mund halten?«

»Sie wissen ja noch nicht . . .«, sagte Lewin, »man muß es ihnen sagen.«

Es blieb keine Zeit, Inge Kreuder, die von allem nichts wußte, zu holen. Ich mußte vor den Vorhang. Das Publikum brüllte. Der große Sendesaal glich einem Hexenkessel.

Ich hob beide Hände und rief: »Meine Damen und Herren ...« Meine Stimme klang klein und dünn, nicht fähig, den Lärm zu übertönen. Jetzt erst begriff ich, daß das Mikrofon ausgeschaltet war, drückte auf den Knopf, hielt es mir dicht an den Mund und schrie: »Meine Damen und Herren ... wir bedauern unendlich, daß wir die Sendung vorzeitig abschließen müssen. Hans Ullrich Garden hat ... er ist ... ein Herzanfall! Bitte nehmen Sie Rücksicht, meine Damen und Herren, gehen Sie jetzt nach Hause! Wir bedauern unendlich ...«

Als ich hinter den Vorhang zurücktrat, hatte sich der Kreis um den toten Hans Ullrich Garden noch verdichtet.

Auch Inge Kreuder war hinzugekommen. Immer wieder wiederholte sie monoton: »Aber – das kann doch nicht wahr sein! Das kann doch nicht wahr sein! Das kann doch nicht ...«

»Halten Sie den Mund!« schnauzte Semmelweis sie an. »Sie sehen doch, daß es wahr ist.«

»Wenn ich nur etwas schneller gewesen wäre«, sagte Janos Lewin, »nur eine Sekunde schneller – ich hätte es verhindern können!«

»Aber wieso denn?« fragte Semmelweis. »Wie hätten Sie denn das gemacht? Er ist erschossen worden! Begreifen Sie das immer noch nicht?«

»Ich habe den Mörder gesehen!«

Eine Sekunde lang herrschte verblüfftes Schweigen, dann prasselten von allen Seiten Fragen auf Janos Lewin ein, die er unmöglich gleichzeitig beantworten konnte. Er machte nicht einmal den Versuch. »Man muß die Kriminalpolizei verständigen«, sagte er nur.

Lenchen Krupp, der Maskenbildnerin, rannen die Tränen über das Gesicht. »Man kann ihn doch hier nicht so liegen lassen«, schluchzte sie, »mein Gott, der arme, arme Mensch!«

Zwei der Bühnenarbeiter wechselten einen Blick miteinander, dann beugten sie sich über den toten Hans Ullrich Garden und wollten ihn allem Anschein nach aufheben. »Lassen Sie das!« sagte Janos Lewin sofort. »Nichts darf verändert werden, bis die Polizei kommt.«

»Können wir jetzt in unsere Garderobe gehen?« fragte der Älteste der drei Rialtos, die bisher ziemlich unglücklich in ihren weißen Trikots mit den weinroten Schärpen dagestanden hatten.

»Nein, bleiben Sie lieber«, sagte Semmelweis, »wir alle sollten hier auf der Bühne bleiben, bis die Polizei kommt.«

Inge Kreuder schien sich wieder gefaßt zu haben. »Was soll denn das für einen Sinn haben?« fragte sie. »Der Mörder ist ja doch schon weg . . .« Sie wandte sich an Janos Lewin: »Oder ist es etwa einer von uns?«

»Sie haben ganz recht, er ist entkommen«, sagte Lewin.

Semmelweis rissen die Nerven. »Hören Sie endlich auf mit dieser verdammten Geheimniskrämerei, Lewin! Sagen Sie doch schon, wen Sie gesehen haben! Warum spannen Sie uns so auf die Folter?«

»Es war Otto Schulze«, erklärte Lewin bestimmt.

»Unser Schulze?« – »Der Bühnenmaler?« – »Das ist doch nicht möglich!« Alles redete durcheinander.

In meinem Kopf wirbelte es. Ich hatte von Anfang an geahnt, daß es nur Schulze gewesen sein konnte, mich hatte Lewins Eröffnung also am wenigsten überrascht, und doch konnte ich es nicht fassen. Hatte Jürgen Urban mir nicht versichert, daß Schulze noch vor der Aufführung von der Kriminalpolizei verhaftet werden sollte? Wie war es dann möglich, daß er trotzdem auf der Bühne gewesen war? Hatte Jürgen mich angeschwindelt, um mich zu beruhigen?

In diesem Augenblick erschien Jürgen Urban. Er kam in Begleitung eines kahlköpfigen älteren Herrn mit einem grauen, fischgrätengestreiften Anzug.

Ich stürzte auf ihn zu. »Jürgen!« rief ich. »Wie konntest du . . . Wie konnte . . .«

Er legte mir die Hand auf dem Mund. »Still!« sagte er. »Sei jetzt bitte ganz still, Sonja! Hörst du? Du sollst den Mund halten!«

Ich verstand überhaupt nichts mehr, aber ich hielt es für richtig, dem unmißverständlichen Befehl nachzukommen, obwohl mir unzählige Fragen durch den Kopf schwirrten.

»Kriminalpolizei«, sagte der kahlköpfige Herr, und sofort bildete sich in dem dichten Kreis eine Gasse, durch die er zu dem Toten gelangen konnte.

Semmelweis wandte sich an Jürgen Urban. »Wie kommen Sie

denn hier herauf?« fragte er böse. »Ich habe ausdrücklich Anweisung gegeben, daß niemand von der Presse . . .«

Der Kriminalbeamte, der sich über den Toten gebeugt hatte, richtete sich auf. »Herr Urban ist in meiner Begleitung«, sagte er kurz.

»Wenn ich Ihnen den Hergang der Tat schildern darf, Herr Kriminalkommissar . . .«

»Kriminalrat«, verbesserte Jürgen Urban.

»Herr Kriminalrat! Ich habe die Sache wahrscheinlich am besten gesehen, allerdings nur auf dem Bildschirm – dennoch . . .«

»Danke«, sagte der Kriminalrat, »ich war im Zuschauerraum. Sind alle Personen anwesend, die zur Zeit der Tat auf beziehungsweise hinter der Bühne beschäftigt waren?«

»Ja, außer dem Mörder natürlich«, erklärte Lenchen Krupp.

»Ich war nicht dabei«, sagte Inge Kreuder rasch, »ich war in der Kantine, weil ich ja erst nach zehn Uhr wieder drankommen sollte.«

»Bitte, dann können Sie jetzt gehen«, sagte der Kriminalrat.

Inge Kreuder blieb einen Augenblick stehen, hin und her gerissen zwischen ihrer Neugier und dem Wunsch, allen Unannehmlichkeiten zu entkommen, dann entschloß sie sich zu gehen.

Der Kriminalrat wandte sich an Lenchen Krupp. »Sie sagen, Sie kennen den Mörder?«

»Nein, ich nicht!« Lenchen Krupp geriet vor Verlegenheit ins Stottern. »Ich – nein, ich könnte das nicht sagen . . . nur . . .« Sie wies mit dem Finger auf Dr. Lewin. »Der Herr hat gesagt, er habe ihn gesehen!«

Jetzt wandte sich der Kriminalrat an Lewin. »Tatsächlich?« fragte er.

»Ja, es war Otto Schulze, einer der Bühnenmaler.«

»Sind Sie ganz sicher?«

»Ja.«

»Herr Kriminalrat«, meldete sich der Inspizient zu Wort, er war sichtlich nervös, »mich geht diese ganze Sache ja nichts an, aber Schulze ist heute abend gar nicht zum Dienst erschienen. Hier, Engelbert Neumann«, er stupste einen blonden jungen Mann an. »Herr Neumann ist in letzter Sekunde eingesprungen. Die eigentliche Arbeit der Maler ist natürlich längst beendet, aber es kommt immer noch vor, daß während der Sendung irgend etwas ausgebessert werden muß, verstehen Sie? Ich war sehr froh, daß ich Neumann noch erwischt habe – aber Schulze war nicht da.«

»Unsinn!« sagte Lewin heftig. »Ich habe ihn doch mit eigenen Augen gesehen!«

»Vielleicht . . .«, sagte Lenchen Krupp aufgeregt, »vielleicht hat er sich absichtlich nicht zum Dienst gemeldet, um – um ein Alibi zu bekommen, oder wie man das nennt.«

»Na, wir wollen mal den Hergang der Tat rekonstruieren«, schlug der Kriminalrat vor und warf einen Blick auf seine Armbanduhr. »Die Mordkommission muß jeden Augenblick eintreffen, aber es wäre schön, wenn wir dann schon ein Stückchen weiter wären. Hat sonst noch jemand Herrn Schulze während der Vorstellung gesehen?«

Niemand antwortete.

»Aber Sie sahen ihn, Herr Lewin – und zwar gerade im Augenblick der Tat, wenn ich Sie recht verstanden habe?«

»Ja, Herr Kriminalrat. Ich stürzte auf ihn zu, um ihm die Waffe aus der Hand zu schlagen – aber da war es schon zu spät. Der Schuß war gefallen, und Schulze verschwand zwischen den Kulissen.«

»Sind Sie ihm nachgelaufen?«

»Nein, ich lief sofort auf die Bühne – ich dachte, ich könnte Garden vielleicht helfen. Da ich den Mörder noch erkannt hatte, sah ich keinen Anlaß . . .«

»Ganz natürlich«, sagte der Kriminalrat. »Es kam Ihnen also keinen Augenblick ein Zweifel an der Identität des Mörders?«

»Nein. Ich habe ihn deutlich gesehen. Ich stand etwa fünf Meter von ihm entfernt.«

»Wollen wir das mal rekonstruieren?«

»Gern.«

Lewin und der Kriminalrat gingen auf die linke Seite der Bühne hinüber, wir anderen folgten, schweigend und neugierig.

Lewin trat auf zwei Kulissenteile zu, die einen Winkel miteinander bildeten, und sagte: »Hier! Ich glaube, hier hat er gestanden!«

»Was war mit der Waffe? Haben Sie gesehen, ob er sie wieder eingesteckt hat?«

»Nein – ich habe auch nicht darauf geachtet.«

»Hier liegt ein Revolver!« rief Karsten, einer der Bühnenarbeiter. »Da hinten in der Ecke!« Er bückte sich, um ihn aufzuheben.

»Bitte nicht«, sagte der Kriminalrat, zog ein Taschentuch aus der Hose und hob damit den Revolver vorsichtig auf, schlug ihn ein und ließ ihn in seine Jackentasche gleiten. »Und wo standen Sie, Herr Lewin?«

»Hinter dem Fenster!«

Die Rückwand der Bühne nahm die Kulisse einer Häuserfassade ein, die Fenster hatten echte Öffnungen, denn sie waren im Laufe der Sendung von den Kandidaten benutzt worden.

Lewin zeigte auf das mittlere und sagte: »Hier habe ich gestanden, Sie werden verstehen, Herr Kriminalrat, daß ich von dort aus nicht schnell genug bei Schulze sein konnte. Außerdem hätte ich ein Stückchen über die Bühne gemußt, wahrscheinlich hat mich auch das irgendwie gehemmt. Obwohl es ganz blödsinnig war. Schließlich ging es um Leben und Tod.«

»Was für eine Aufgabe hatten Sie hinter der Bühne?« fragte der Kriminalrat.

»Eigentlich halte ich mich während der Sendung sonst im Zuschauerraum auf oder in Gardens Büro – aber gerade heute abend wollte ich gerne näher dabei sein, es gab verschiedene Schwierigkeiten. Bitte, Sonja, seien Sie mir nicht böse, aber ich war hauptsächlich Ihretwegen hier.«

»Wieso?« fragte der Kriminalrat und hob die Augenbrauen.

»Herr Lewin meint sicher, daß ich mich heute während der letzten Probe ziemlich dumm angestellt habe«, erklärte ich.

»Ach so! Also, dann werde ich mich mal hinter das Fenster stellen ... Lewin, bitte, gehen Sie dorthin, wo der Mörder Ihres Erachtens gestanden hat. Ich will mal sehen, was ich beobachten kann.«

Wir wichen alle zurück, um dem Kriminalrat die Sicht freizugeben. Er trat hinter das Fenster und Lewin in den Winkel, die die Kulissen miteinander bildeten.

»Er hatte den Revolver schon in der Hand, als ich ihn sah«, erläuterte Lewin. »Garden stand in diesem Augenblick mit dem Rücken zur Bühne und mit dem Gesicht zum Publikum, aber in der Sekunde, als Garden sich nach links drehte, von wo ja die Rialtos auftreten sollten, und der Trommelwirbel einsetzte – in dem Augenblick muß er geschossen haben. Das konnte ich natürlich nicht deutlich sehen. Jedenfalls hob Schulze die Waffe, dann verschwand er blitzschnell. Ich sah mich nach Garden um, er war zusammengesunken.«

Der Kriminalrat kam hinter seinem Fenster hervor. »Es besteht kein Zweifel, daß es Schulze war?«

»Nicht der geringste. Er ist ja leicht zu erkennen, Herr Kriminalrat, er trägt so einen Existentialistenbart.«

»Ist es nicht möglich, daß Sie sich durch diesen Bart haben täuschen lassen? Es könnte ja auch eine Person gewesen sein, die sich mit einem falschen Bart maskiert hatte, nicht wahr?«

»Nein«, behauptete Lewin, »ich habe ihn deutlich erkannt.«

»Aber – ich verstehe noch immer nicht«, rief Lenchen Krupp. »Warum, um Himmels willen, sollte Schulze das getan haben? So ein netter Mensch. Was ist ihm denn eingefallen, Garden zu erschießen?«

»Fragen Sie Sonja!« sagte Lewin. »Sie hat den Fall verfolgt.«

Der Kriminalrat sah mich fragend an, und ich sagte zögernd: »Schulze hätte ein Motiv gehabt . . .«

»Na, nun sagen Sie's dem Kriminalrat doch!« drängte Lewin. »Sagen Sie doch, was Sie gestern abend Garden und mir erzählt haben! Warum sind Sie plötzlich so zurückhaltend? Sie wissen doch genau, daß Schulze allen Grund hatte, Garden umzulegen.«

»Sie wissen es doch auch, Herr Lewin, nicht wahr?« fragte der Kriminalrat.

»Selbstverständlich. Ich war ja dabei. Schulze hat Garden seit Monaten mit Drohbriefen verfolgt. Außerdem war dies heute abend nicht sein erstes Attentat. Ich hatte Garden gewarnt, Sonja übrigens auch, aber er wollte nicht auf uns hören, weil er sich vor dem Skandal fürchtete. Armer Garden! Armer Freund! Warum nur hat er sich nichts sagen lassen!«

»Sind Sie Schauspieler, Herr Lewin?« fragte der Kriminalrat.

»Ich – mit diesem Bein?« Lewin wies mit einer verächtlichen Handbewegung auf sein steifes Bein.

»Aber Sie sind Schauspieler gewesen?«

»Ja, man kann es so nennen. Ich war Conférencier, aber ich habe auch eine gewisse schauspielerische Ausbildung durchgemacht.«

»Das läßt sich nicht leugnen«, sagte der Kriminalrat ruhig, »Sie haben uns eine ausgezeichnete Vorstellung gegeben, Herr Lewin!«

Lewin wich unwillkürlich einen Schritt zurück. »Ich weiß nicht, wie Sie das meinen?«

»Doch. Das wissen Sie ganz genau. Sie haben uns sehr überzeugend einen glaubwürdigen Zeugen dargestellt. Alles stimmte bis ins Kleinste. Von Ihrem angeblichen Platz aus hätte man tatsächlich den Mörder beobachten können, ja, Sie hatten sogar ein überzeugendes Motiv, warum Sie sich dort aufhielten – Sie wußten genau, daß aller Verdacht auf Schulze, der sich tatsächlich reichlich verdächtig gemacht hatte, fallen würde. Sie haben noch ein übriges getan und behauptet, ihn während der Tat beobachtet zu haben – aber das war ein Fehler, Lewin.«

»Ich verstehe Sie nicht . . .«

»Janos Lewin, Sie haben Hans Ullrich Garden getötet!«

»Ich?!« Lewin schrie es förmlich, seine helle Stimme schnappte über. »Herr Kriminalrat! Garden war mein Freund – wie können Sie sagen . . . Schulze ist der Mörder – Schulze hat Garden . . .«

»Sparen Sie sich Ihre Worte. Schulze konnte heute abend Hans Ullrich Garden nicht erschießen, weil er gar nicht im Hause war . . .«

»Ich habe ihn gesehen . . .«

»Wir haben den Bühnenmaler Eduard Otto Schulze heute nachmittag festgenommen.«

Janos Lewins Gesicht verfiel. Seine großen dunklen Augen sanken tief in die Höhlen, sein Kinn zitterte. »Dann – dann habe ich mich vielleicht in der Person geirrt«, sagte er leise.

»Das können Sie uns alles später erzählen!«

Der Kriminalrat ließ die Handschellen aufspringen. »Obwohl ich Ihnen zu einem Geständnis raten würde. Man muß wissen, wann das Spiel aus ist, Lewin.«

Was jetzt kam, hatte nicht mehr viel zu bedeuten. Der Täter war überführt. Den Männern von der Mordkommission blieb nicht mehr viel zu tun. Der tote Hans Ullrich Garden wurde von allen Seiten fotografiert, der Polizeiarzt konnte nicht mehr feststellen, als was wir alle wußten: Garden war erschossen worden – mitten ins Herz getroffen. Er wurde auf einer Bahre hinausgetragen. Der

Platz, auf dem er gelegen hatte, wurde mit einem Kreidekreis markiert. Die Männer von der Mordkommission maßen die Entfernung zwischen dem Opfer und seinem Mörder, der unzweifelhaft an jenem Platz hinter den Kulissen gestanden hatte, wo Doktor Janos Lewin Schulze gesehen haben wollte. Es stellte sich heraus, daß der Revolver aus dem Fundus stammte. Die Munition mußte sich Lewin besorgt haben, und sicher würde man ihm auch das beweisen können.

Als ich eine Stunde später auf die Straße trat – ich hatte mich noch umgezogen und abgeschminkt –, kam mir Jürgen Urban entgegen. Er hatte auf mich gewartet. »War es sehr schlimm, Sonja?«

»Ziemlich«, sagte ich. »Ich dachte immer, wir hätten einen Fehler gemacht – ich hätte es mir nie verziehen, wenn Schulze es getan hätte – und wir hätten es nicht verhindern können.«

Er lachte leise. »Lewin gefällt dir als Mörder besser als dieser Herr Schulze, wie? Du hast ihn wohl nie gemocht?«

»Im Gegenteil«, sagte ich, »er tut mir sogar sehr leid. Garden hat ihn miserabel behandelt, es mußte so kommen. Wahrscheinlich hat er erfahren, daß Garden ihn abstoßen wollte, und das hat ihm den Rest gegeben.«

»Ja«, sagte Jürgen Urban, »die Versuchung war auch sehr groß. Er mußte glauben, ungestraft davonzukommen.«

»Was wird jetzt mit ihm geschehen?«

»Keine Ahnung. Natürlich gibt es eine Menge Milderungsgründe für ihn – aber als eine Tat im Affekt kann es sein Verteidiger nicht darstellen. Dazu war die Sache zu raffiniert ausgeklügelt.«

Mir kam ein Gedanke. »Wenn Lewin gewußt hätte, daß Schulze nicht im Theater war, hätte er es nicht getan. Ist das unsere Schuld, Jürgen?«

»Vielleicht«, sagte er, »aber dennoch – wissen wir, ob Lewin sich dann nicht einen anderen Mordplan ausgedacht hätte?«

Ich seufzte. »Kann sein. Aber entsetzlich ist es doch. So viele Mühe haben wir uns gegeben, die Tat zu verhindern . . .«

»Aber Garden hat uns nicht geholfen, Sonja, vergiß das nicht. Sonst wäre das alles nicht passiert.«

»Wir müssen Irma anrufen«, sagte ich, »Irma Schulze! Glaubst du, daß sie Telefon hat?«

»Hoffentlich.«

»Die Ärmste! Stell dir doch vor, sie hat den Tod Gardens bestimmt auf dem Bildschirm miterlebt. Sie muß glauben, es ist ihr Mann gewesen. Wir müssen ihr sofort sagen, daß er unschuldig ist!«

Wir beschlossen, von der »Pension Television« aus zu telefonieren, und es gelang uns tatsächlich, eine Verbindung mit Frau Schulze herzustellen. Es war nicht so einfach, ihr klarzumachen, daß ihr Mann nichts mit der Sache zu tun hatte. Sie glaubte, daß wir sie nur beruhigen wollten, aber als sie endlich begriff, was geschehen war, war ihre Erleichterung so groß, daß sie in Tränen ausbrach und wir kein Wort mehr von dem, was sie sagte, verstehen konnten.

Ich wäre gerne noch mit Jürgen Urban zusammengeblieben, aber ihn trieb es auf die Redaktion. Es war ihm brandeilig, seinen Bericht vom Tode des Quizmasters niederzuschreiben und in Druck zu geben.

Es blieb nicht bei diesem einen Bericht, es wurde eine ganze Serie daraus. Niemand war über die Hintergründe des Mordfalls Garden so orientiert wie Jürgen Urban, und er walzte alle Einzelheiten mit journalistischem Geschick aus. Immerhin bemühte er sich dabei, Irma Schulze als eine edle, mißbrauchte Frau und ihren Mann als Rächer der verfolgten Unschuld darzustellen. Schulze blieb übrigens auch bei allen Verhören dabei, daß er niemals vorgehabt habe, Garden ernstlich ein Leid anzutun, sondern ihn nur habe erschrecken wollen. Da er noch nicht vorbestraft war, kam er mit einer Gefängnisstrafe davon, die zur Bewährung ausgesetzt wurde.

Schulzes verkauften ihr Häuschen in Untersteinbach. Natürlich wurde Schulze vom Sender entlassen, aber er trat in das Malergeschäft eines Kriegskameraden in Köln ein, und ein Jahr später erhielt ich von Schulzes die Geburtsanzeige eines gesunden Sohnes. Es war ihnen gelungen, die Schatten der Vergangenheit zu überwinden.

Der Prozeß gegen Janos Lewin wurde zu einer Sensation, die Jürgen hochinteressantes Material für seine Artikelserie gab. Lewin hatte einen sehr geschickten Verteidiger, der es fertigbrachte, ihm das Zuchthaus zu ersparen und ihn in einer Heilanstalt unterzubringen. Ob Lewin zum Zeitpunkt der Tat tatsächlich geistig gestört gewesen war oder ob er nur simulierte, kann ich nicht beurteilen. Jedenfalls wird es einige Jahre dauern, bis er wieder auf die Menschheit losgelassen wird, und es ist nicht anzunehmen, daß er je wieder zu einer Waffe greift.

Jürgen Urban machte sich durch seinen Sensationsbericht einen Namen. Er erhielt Angebote von großen und bedeutenden Illustrierten, aber er entschloß sich, da sein Chef sein Gehalt verdoppelte, bei der Redaktion seiner Funk- und Fernsehzeitschrift zu bleiben. Die finanzielle Voraussetzung zu einer Heirat wäre also gegeben gewesen, aber ich konnte mich nicht so schnell entschließen. Alles, was ich während meiner Tätigkeit beim Fernsehen erlebt hatte, hatte meinen Glauben an die Menschheit doch ein wenig erschüttert. Ich hielt mich an den alten Wahlspruch »Drum prüfe, wer sich ewig bindet . . .« und ging erst einmal an meine Universität zurück. Ich nehme an, daß Jürgen mir nicht davonläuft – jedenfalls hoffe ich es –, und wenn ich mit meinem Studium fertig bin, ist es immer noch früh genug zum Heiraten.

Ich freue mich schon heute darauf.